불가리아 출신
율리안 모데스트의 에스페란토 원작 범죄소설

살인자를 찾지 마라
Ne serĉu la murdiston!

율리안 모데스트 지음

살인자를 찾지 마라

인　쇄 : 2022년 7월 27일 초판 1쇄
발　행 : 2022년 8월 16일 초판 3쇄
지은이 : 율리안 모데스트(JULIAN MODEST)
옮긴이 : 오태영(Mateno)
표지디자인 : 노혜지
교정교열 : 육영애
펴낸이 : 오태영(Mateno)
출판사 : 진달래
신고 번호 : 제25100-2020-000085호
신고 일자 : 2020.10.29
주　소 : 서울시 구로구 부일로 985, 101호
전　화 : 02-2688-1561
팩　스 : 0504-200-1561
이메일 : 5morning@naver.com
인쇄소 : TECH D & P(마포구)

값 : 13,000원
ISBN : 979-11-91643-61-9(03890)

불가리아 출신
율리안 모데스트의 에스페란토 원작 범죄소설

살인자를 찾지 마라
Ne serĉu la murdiston!

율리안 모데스트 지음
오태영 옮김

진달래 출판사

목차(Enhavo)

원서정보

Titolo Ne serĉu la murdiston!
Aŭtoro Julian Modest
Provlegis Johan Derks
Eldonjaro 2019
Eldonejo Eldonejo Libera
ISBN 978-0-244-23976-3

ROMANO REALISMA KAJ PSIKOLOGIA

Dum la lastaj jaroj la konata Esperanto-verkisto Julian Modest verkis kelkajn krimromanojn: "Averto pri murdo" -2018, "Murdo en la parko" -2018, "Serenaj matenoj" - 2018, "Amo kaj malamo" -2019.

Lia nova romano "Ne serĉ la murdiston!" denove estas krimromano, sed pere de la streĉa krimago Julian Modest talente priskribas la karakterojn de la herooj. La verkisto lumigas la plej kaŝitajn angulojn de iliaj animoj. "Ne serĉ la murdiston!" beletre montras socion, en kiu regas korupto, malĉesteco, hipokriteco, avido. Tie la mono estas gvidforto. La mono kaj potenco solvas eĉ la plej komplikajn kaj malhonestajn problemojn. La potenco, kiu kaŝas la krimagon, ordonas al la polico ne serĉi la murdiston. "Ne serĉ la murdiston!" estas psikologia romano, kies aŭtoro starigas aktualajn demandojn: kia estas la vera vivo, kiaj personoj kaŝiĝas malantaŭ la altaj ŝtataj postenoj, kia estas ilia moralo? Ĉu ili havas idealojn, ĉu ili honeste vivas aŭ estas hipokrituloj? En la romano la rolantoj estas malmultaj, sed detale karakterizitaj. La konflikto nestas en la animo de la ĉefrolulo, komisaro Kalojan Safirov, kiu ŝatas sian profesion, estas diligenta kaj honesta, sed li ne povas kontraŭstari al la kruela potenco. Nur la gejunuloj donas al li esperon je pli bona kaj pli morala vivo. -KIM

사실적이고 심리적인 소설

지난해 유명한 에스페란토 작가 율리안 모데스트는 범죄 소설을 여러 권 썼다.

『살인 경고』(2018)

『공원에서의 살인』(2018)

『고요한 아침』(2018)

『사랑과 증오』(2019)

그의 신작 『살인자를 찾지 마라』 역시 범죄 소설이지만, 긴장된 범죄행위를 바탕으로 율리안 모데스트는 노련하게 주요 인물들의 성격을 묘사하고 있다.

작가는 그들 영혼의 가장 깊숙한 구석까지 밝히고 있다.

『살인자를 찾지 마라』는 부패, 부도덕, 위선, 욕심이 지배하는 사회를 멋지게 그리고 있다.

거기서 돈은 지배하는 힘이 있다.

돈과 권력은 가장 복잡하고도 부정직한 문제조차 해결한다. 범죄행위를 은닉하려는 권력은 경찰에게 살인자를 찾지 말라고 지시한다.

『살인자를 찾지 마라』에서 진짜 인생은 어떤 것인가, 어떤 사람이 고위 공직 뒤에 숨어있는가, 그들의 도덕은 어떠한가, 그들은 이상(理想)을 가지고 있는가, 그들은 정직하게 사는가, 아니면 위선적으로 사는가라고 작가는 실제적인 질문을 제기한다. 이 심리 소설 속 등장인물은 소수지만, 그들의 성격은 섬세하게 부여되었다. 갈등은 주인공의 마음속에 둥지를 틀고 있다. 그는 칼로얀 사피로브 경감으로 자기 직업을 좋아하고 부지런하고 정직하지만 무서운 권력 앞에 반기(反旗)를 들 수 없다. 오직 젊은이들이 그에게 더 선하고 더 도덕적인 인생에 희망을 준다. - 킴

1.

Jam du jarojn komisaro Kalojan Safirov loĝis en la ĉefurbo kaj laboris en la ĉefurba policoficejo.

Li bone memoris la friskan, sunan, septembran antaŭtagmezon, kiam la telefono en lia kabineto en la burga policejo eksonoris. Telefonis la policestro Samuil Ganev.

-Safirov, bonvolu veni al mi – ordonis Ganev.

-Jes – respondis Kalojan.

Post kelkaj minutoj li jam staris antaŭ la policestro, kies kabineto ne estis granda kaj en ĝi videblis nur skribotablo, komputilo, ŝranko kun libroj, ĉefe leĝoj, instrukcioj, regularoj. Antaŭ la skribotablo estis longa tablo kun kelkaj seĝoj. Sur la dekstra muro pendis kolora kalendaro. La policestro ne ŝatis la lukson. Oni diris, ke li vivas tre modeste. Lia familia loĝejo en unu el la malnovaj urbaj kvartaloj ne estis granda. Ganev ne havis aŭton kaj malofte li uzis la oficejan aŭton. Ĉiam li veturis per la urbaj aŭtobusoj. Liaj vestoj ne estis laŭmodaj, li evitis vesti kostumojn kaj plej ofte li surhavis ĝinzon, ĉemizon kaj jakon. Verŝajne Ganev tiel vestiĝis, ĉar malmultaj homoj en Burgo konis lin kaj tiel vestita li trankvile piediris sur la stratoj, observis la homojn kaj subaŭskultis iliajn konversaciojn, kio helpis lin en la laboro.

Kalojan staris kaj atendis kion Ganev diros al li. "Eble oni murdis iun kaj nun oni serĉas danĝeran krimulon." Ganev tamen trafoliumis ian dosieron kaj ne rapidis diri kial vokis Kalojan. Kalojan iom ofendiĝis.

De tempo al tempo Ganev ŝatis montri, ke li estas la estro kaj ĉiuj devas subiĝi al li. Kalojan sciis, ke Ganev iom envias lin, malgraŭ ke neniam Ganev montris tion. La plej malfacilajn taskojn li donis al Kalojan, kiu ĉiam bone solvis ilin.

Antaŭ jaro Kalojan sukcesis trovi la murdiston de la lernantino Klara Veselinova el urbeto Marino kaj la murdiston de la riĉulo Plamen Filov el loĝkvartalo Lazuro. Estis malfacile, sed Kalojan sukcesis. Tiam dum tagoj li esploris la krimagojn, pridemandis multajn personojn, analizis la faktojn kaj faris konkludojn. Finfine la murdistoj estis starigitaj antaŭ la tribunalo.

"Nun eble la policestro donos al mi similan taskon, opiniis Kalojan." Sed Ganev ne rapidis. Eble li meditis pri io aŭ ankoraŭ li ne decidis kion diri al Kalojan. Tamen Kalojan rigardis lin kaj atendis.

Ganev estis korpulenta, kalva kun iom ŝvelita vizaĝo, etaj nigraj okuloj, similaj al du butonetoj, kun akra rigardo. Li spertis vidi ĉion kaj sciis ĉion, kio okazis en la policoficejo. Tre bone Ganev konis la laboron de siaj subuloj. Li sciis kiu kion kapablas fari kaj li precize distribuis la labortaskojn.

Kompreneble al Kalojan Ganev donis la plej malfacilajn taskojn, ĉar li sciis, ke Kalojan bonege plenumos ilin.

Ganev devis jam pensiiĝi, sed li prokrastis tion. Sur lia vizaĝo videblis la laciĝo. Estis streĉitaj noktoj, kiam Ganev ne dormis, kiam oni serĉis krimulojn. Ne estis sekreto, ke Ganev ŝatis drinki. Oni povis vidi lin en drinkejo "Laroj", kiu troviĝs ĉe la rando de la urbo. Malmultaj homoj sciis pri ĝi. La drinkejo estis en duetaĝa konstruaĵo, sur la teretaĝo, en ne tre vasta korto.

Iam la konstruaĵo estis eleganta domo, kiun posedis unu el la plej riĉaj komercistoj en la urbo – David Nisim, hebreo, sed li ne havis infanojn kaj liaj parencoj heredantoj ludonis la konstruaĵon, en kiu nun estis la drinkejo.

Ganev vizitis la drinkejon ne nur por drinki, sed renkontiĝi kun siaj malnovaj amikoj kaj konatoj. Ofte ili informis lin pri la novaĵoj en la urbo. Ja, Ganev bone sciis, ke en ĉiu famo estas iom da vero.

"Ĉu Ganev jam decidis pensiiĝ kaj tial vokis min, demandis sin Kalojan. Eble li proponos al mi okupi lian postenon post lia pensiiĝo?"Tio ne ŝjnis surpriza. Ganev deziris, ke la sekvonta policestro estu disciplinita kaj laborema. Tamen se Kalojan iĝus policestro, li devus okupiĝi pri administraj taskoj kaj li ne havos eblecon esplori krimagojn. Ganev naskiĝis, loĝis en Burgo kaj deziris, ke la nova policestro estu respondeca kaj strikte zorgu pri la ordo kaj trankvila vivo de la urbo.

Finfine Ganev levis la kapon, alrigardis Kalojan kaj diris:

-Pardonu min. Mi devis finlegi gravan dokumenton. Sidiĝu.

Kalojan sidis ĉe la tablo, kiu estis antaŭ la masiva skribotablo.

Ganev levis la telefonaŭskultilon kaj telefonis al sekretariino:

-Iskra, bonvolu servi al ni du kafojn kaj buterbiskvitojn. Ĉu vi matenmanĝis? – demandis Ganev.

-Jes – respondis Kalojan.

-Ĉi-matene mi ne matenmanĝis – diris Ganev. – Nokte mi malbone dormis. Kelkfoje mi vekiĝis.

-Certe vi estas tre laca – supozis Kalojan.

-Jes. Mi estas laca. Kvardek jarojn mi laboras. Mi jam devas pensiiĝi kaj dediĉi min al mia ŝatata okupo – la fiŝkaptado. Mi ne devas plu persekuti friponojn, ŝtelistojn, murdistojn.

"Do, mi bone supozis, ke mia estro decidis pensiiĝ, diris al si mem Kalojan. Mi aŭdu kion li diros."

-La laboro tamen ne haltos post mia pensiiĝo. La homo povas pensiiĝi, sed la laboro – ne! Iu devas labori.

Tiuj ĉi vortoj iom mirigis Kalojan. "Kio signifas, ke iu devas labori? Ja, mi ne timas laboron kaj mi laboras."

Iskra, la sekretariino, dudekkvarjara junulino kun belega korpo, densa longa hararo, malhelverdaj okuloj, vestita en mallonga blua robo, alportis la kafojn, la biskvitojn kaj metis ilin sur la tablon, antaŭ Ganev kaj Kalojan.

-Dankon Iskra, - diris Ganev kaj prenis unu el la kaftasoj. - Dum la lastaj du jaroj ni bone laboris - ekparolis malrapide Ganev. - Ni trovis kelkajn murdistojn, ni malebligis krimagojn···

"Ĉu hazarde li ne deziras doni al mi ian premion, denove demandis sin Kalojan." Tamen Ganev ne kutimis stimuli siajn subulojn.

-La Ministerio pri la Internaj Aferoj laŭdis nin - daŭrigis Ganev. - En la ĵurnaloj aperis artikoloj pri nia bona agado. Oni intervjuis vin.

"Jes, mi scias, ekridetis Kaljojan. Vi envias min, ĉar mi iĝis pli fama ol vi. La ĵurnalistoj intervjuis min kaj ne vin. Ja, la envio ne estas bona afero. Ankaŭ ĝi lacigas kaj tial vi ne povas bone dormi."

Tamen en la rigardo de Ganev, Kalojan vidis ne envion, sed rezignemon.

-Vi, Safirov, iĝis fama. Vin jam konas la kolegojn de la alilandaj policoficejoj. La raportojn pri via sukcesa laboro, legas la aliaj policestroj.

Jes, en ĉiu monato oni raportas pri la krimagoj en la lando, pri la arestitaj krimuloj kaj pri la verdiktoj.

-Antaŭ kelkaj tagoj mi ricevis leteron de la Ministerio pri la Internaj Aferoj, en kiu oni proponas oficigi vin en la ĉefurba policoficejo. La motivo estas, ke en la ĉefurbo okazas pli da krimagoj kaj oni bezonas spertan komisaron kiel vin.

Ganev diris tion malrapide kaj en lia voĉo estis zorgemo. Kalojan ĉion atendis, sed ne tion. Kelkajn sekundojn li silentis. Ŝajnis al Kalojan, ke li ne bone komprenis la vortojn de Ganev. Ĉu vere la Ministerio pri la Internaj Aferoj sendis tian leteron?

-Mi ricevis la leteron antaŭ kelkaj tagoj − ripetis Ganev.

Subite li komencis tusi. Li estis cigaredfumanto kaj lia tusado, profunda kaj seka, estis karaktera por la multjaraj fumantoj. Lia voĉo raŭkis.

-Mi ne tuj diris al vi pri la letero. Mi deziris kontraŭstari al la Ministerio. Ĉi tie vi estas tre bezonata. Tamen mi meditis kaj finfine mi decidis diri al vi. Vi decidu − daŭrigis Ganev. − Ĉu vi deziras labori ĉi tie aŭ en la ĉefurba policejo?

Neniam Kalojan supozis, ke en tiu ĉi sia aĝo li forlasos Burgon kaj ekloĝos, kaj eklaboros en la ĉefurbo.

-La Ministerio alte pritaksis vian laboron − diris Ganev. − En la ĉefurbo vi havos pli da eblecoj spertiĝi. Tie, en la ĉefurbo, via salajro estos pli granda. Kion vi opinias?

"Ĉu li provokas min? Ĉ li insistas, ke mi restu labori ĉi

tie, demandis sin Kalojan."

-Nun mi ne povas respondi. Mi devas pripensi — diris Kalojan.

-Tamen vi rapide decidu — avertis lin Ganev.

Ganev ekstaris de la seĝo, manprenis Kalojan kaj diris:

-Mi atendas vian respondon. Ĝis revido.

-Ĝis revido.

Kalojan iris el la kabineto kaj kiam li trapasis la ĉambron de la sekretariino, Iskra ekridetis kaj amikece diris al li:

-Ja, oni promocios vin. Mi gratulas vin.

Kalojan same ekridetis al ŝi. Por Iskra ne estis sekretoj en la policoficejo.

1장. 지방 경찰서에서

벌써 2년 동안 **칼로얀 사피로브** 경감은 수도 **소피아**에 살면서 수도경찰청에서 일하고 있다. 그는 시원하면서도 해가 환히 비치던 지난 9월 한 날의 오전을 기억하고 있다. 당시 부르가스 시 경찰서 그의 사무실로 전화가 걸려왔다. 경찰서장 **사무일 가네브**였다.

"사피로브 경감, 내 사무실로 좀 와요!" 가네브가 말했다.

"예." 칼로얀이 대답했다. 몇 분 뒤, 그는 경찰서장 앞에 섰다. 서장 사무실은 그리 넓지 않고 책상, 컴퓨터, 법률집, 지시사항철, 각종 규정집 같은 것이 꽂힌 책장이 큼직하게 자리했다.

책상 앞에는 긴 탁자와 의자 몇 개가 놓여 있었고, 오른쪽 벽에는 천연색 달력이 걸려 있었다. 경찰서장은 화려한 걸 좋아하지 않았다. 다들 그가 검소하게 산다고 말한다. 그의 집은 노후된 도시지역에 있고 그리 크지 않다. 가네브는 차가 없어 가끔 공용차를 사용한다. 평소엔 항상 시내버스로 움직인다. 옷은 유행에 뒤떨어진 편이고, 정장 차림 보다는 청바지, 셔츠, 점퍼를 즐겨 입는다. 부르가스 시에는 아는 사람이 그리 많지 않아 가네브는 늘상 그렇게 입는다. 그런 편한 차림으로 거리를 걸으며 사람들을 살피고 업무에 도움이 될만한 사람들의 대화를 엿듣곤 했다.

칼로얀은 꼿꼿이 서서 서장이 무슨 말을 할 것인지 기다리며 생각했다. '아마 누군가가 사람을 죽여서 지금 그 위험한 살인자를 찾고 있다고 말하겠지.'

서장은 파일을 넘기기만 할 뿐, 칼로얀을 왜 불렀는지는 말하지 않고 뜸을 들였다. 칼로얀은 약간 마음이 상했다. 때로 서장은 자기가 책임자이니까 모든 부하들이 자기에게 복종해야 한다는 걸 보여 주길 좋아했다.

칼로얀은 서장이 자기를 부러워한다는 걸 알고 있었다. 드러내놓고 표현한 적은 없었지만. 서장은 칼로얀에게 가장 어려운 업무를 맡기고, 칼로얀은 항상 그것들을 잘 해결했다.

1년 전 칼로얀은 마리노 시의 여학생 **클라라 베셀리노바** 살인자와 라주로 지역의 부자 시의원 **플라멘 필로브** 살인자를 찾는 데 성공했다. 어렵지만 칼로얀은 해냈다. 그때 여러 날 범죄행위를 수사했고, 많은 사람을 신문하고 사실들을 분석해서 결론을 이끌어냈다. 마침내 살인자를 재판정에 세웠다. 그랬기에 칼로얀은 지금 경찰서장은 내게 그와 비슷한 힘든 일을 맡길 것이라고 생각했다. 서장은 서두르지 않았다. 아마 그는 뭔가를 깊이 생각하거나 칼로얀에 무슨 말을 할지 아직 결정하지 않은 것 같았다. 칼로얀은 서장을 바라보며 계속 기다렸다. 서장은 건강한 편이고, 조금 부은 얼굴에 대머리이며, 작은 단춧구멍 같은 검은 눈에 날카로운 눈빛을 가졌다. 그는 경찰서에서 발생하는 모든 일을 노련하게 잘 살피고 잘 알았다. 그는 부하들의 업무를 꿰고 있었다. 누가 무엇을 할 수 있는지를 알아서 업무를 정확하게 배부했다. 서장은 칼로얀에게 가장 어려운 일을 주었다. 칼로얀이 그것들을 아주 잘 해결할 걸 알기 때문이었다. 서장은 은퇴할 나이가 됐지만 퇴직을 미루고 있었다. 그날따라 그의 얼굴엔 피곤함이 비쳤다. 부하들이 범인을 덮치는 긴장된 밤에 서장도 잠들지 못해서였다. 서장이 술을 마신다는 것은 공공연한 비밀이었다. 도시변두리 술집 '**갈매기**'에 가면 종종 그를 볼 수 있다는 건 단지 몇몇만 알았다. 술집은 2층짜리 건물에 있는데 1층에 있는 마당은 그리 넓지 않았다. 건물은 한때 도시에서 가장 부유한 상인 유대인 **다비드 니심** 소유의 우아한 집이었다. 자식이 없는 그에게 집을 상속받은 친척이 지금의 술집 주인에게 건물을 세 주었다. 서장은 술을 마실 겸 옛친구와 지인을 만나러 술집에 자주 갔다. 그들은 서장에게 도시의 이런저런 뉴스를 알려 줬다. 서장은, 유명한 곳은 뭔가 그럴만한 이유가 있다는 걸 누구보다 잘 알고 있었다.

서장이 은퇴를 결심해서 자기를 불렀는지 칼로얀은 무척 궁금했다. 그날 칼로얀은 생각했다. 아마도 서장은 은퇴 후의 직위를 내게 내놓으려 할 것이라고. 그건 놀랄만한 일은 아니었다. 서장은 훈련을 잘 받은 근면·성실한 사람이 자기 후임이 되길 바랐다. 하지만 칼로얀이 경찰서장이 된다면, 행정업무를 처리하느라고 범죄행위를 수사할 겨를이 거의 없을 것이다. 서장은 부르가스 시의 토박이여서, 새로운 경찰서장이 책임감을 갖고 도시의 평온과 질서 있는 삶을 직접 돌보기를 바랐다. 마침내 서장은 고개를 들고 칼로얀을 보며 말했다.

"미안하네. 중요한 서류를 마저 읽어야 해서 말이야. 앉게."

칼로얀은 큰 책상 앞 탁자 옆에 앉았다. 서장은 전화기를 들고 여비서에게 말했다.

"**이스크라** 양, 우리에게 커피 두 잔과 버터 비스킷 좀 가져다주지." 서장은 칼로얀에게 물었다. "그래, 아침은 들었나?"

"예." 칼로얀이 대답했다.

"오늘 아침 난 식사를 못 했어." 서장이 말했다.

"저녁에 잠을 설쳤거든. 여러 번 깼어."

"몹시 피곤하시겠네요." 칼로얀이 염려하는 투로 말했다.

"그래, 몹시 피곤하군. 40년이나 경찰일을 하고 있어서. 어서 은퇴해서 좋아하는 낚시나 하고. 악당, 도둑, 살인자 잡는 일은 이제 넘겨줘야 하는데 말이야."

"그럼 상관이 은퇴 결심했다는 내 짐작이 맞구먼."

혼잣말을 중얼거리던 칼로얀은 서장의 다음 말을 듣고 놀라지 않을 수 없었다.

"나는 은퇴 뒤에도 일을 계속할 거야. 사람은 은퇴를 해도 일은 은퇴가 없으니까 누군가는 일을 해야만 해."

놀란 칼로얀은 생각했다. '누군가 일해야만 한다는 게 무슨 의미지? 정말 나는 일을 무서워하지 않고 하는데.'

여비서 이스크라는 스물 네 살다운 예쁜 몸매에 진하고 긴 머릿결, 어두운 초록 눈을 가졌다. 파란색 짧은 웃옷을 입은 그녀는 커피와 버터 비스킷을 가져와 가네브와 칼로얀 앞 탁자 위에 두었다.

"고마워, 이스크라." 서장은 말하고 커피잔을 들었다.

"지난 2년간 우리는 일을 잘 했어." 천천히 서장이 말을 꺼냈다. "살인자 몇 명을 찾아냈고 범죄행위를 예방했지."

이 말을 듣자 칼로얀은 다시 궁금해졌다. '혹시 서장이 내게 무슨 상을 주려고 저러는 거 아냐?' 하지만 서장은 좀처럼 부하직원을 격려하지 않는다.

"내무부 장관이 우리 서를 칭찬했어." 서장이 계속 말했다. "신문에 우리의 멋진 활동상이 실렸어. 자네를 인터뷰했지."

"예, 알고 있습니다." 칼로얀은 슬쩍 미소지으며 생각했다. '서장님은 저를 부러워하시는군요. 제가 더 유명해지니까. 기자들은 서장님이 아니라 저를 인터뷰했죠. 질투는 좋은 게 아니랍니다. 역시 질투심이 서장님을 피곤하게 해서 잠을 제대로 못 주무셨나 보군요.' 그런데 뜻밖에도 서장의 눈빛은 부러움이 아니라 체념의 기색이었다.

"사피로브 자네는 유명해졌어. 다른 주(洲) 경찰서에서도 다들 자네를 알고, 경찰서장들도 다들 자네의 성공적인 활동상을 읽어 보지. 그래, 매월 발표되는 국내 범죄행위 통계로 체포된 범인과 재판 결과를 보고하니까. 며칠 전엔 내무부 장관에게 편지까지 받았다네. 자네를 수도경찰청으로 옮기게 하라고 권하더군. 수도 소피아에서는 더 많은 범죄가 발생하니까 자네처럼 유능한 경감을 필요로 하지." 천천히 말하는 서장의 목소리에는 부하직원을 돌보는 마음이 느껴졌다. 칼로얀은 잠시 온갖 기대를 했지만, 그것은 아니었다. 몇 초 동안 칼로얀은 침묵했다. 서장의 말이 선뜻 믿기지 않아서였다. '내무부 장관이 정말 그런 편지를 보냈을까?'

"며칠 전에 편지를 받았어." 서장이 되풀이했다. 갑자기 서장이 기침했다. 깊고도 건조한 기침 소리는 오랜 세월 흡연한 사람의 특징이다. 그의 목소리는 쉬었다. "내가 자네에게 곧장 편지 이야기를 꺼내지 않았어. 장관에게 반발하고 싶었어. 여기에도 자네가 필요하니까. 하지만 깊이 생각하고 마침내 말하기로 했어. 결정은 자네가 하게." 서장은 계속했다. "여기서 근무하고 싶은가, 아니면 수도경찰청에서 일하고 싶은가?" 이 나이에 부르가스를 떠나, 수도에서 일할 거라고 상상해본 적이 없었다.

"장관이 자네 업무 능력을 높이 평가했어." 서장이 말했다. "수도에서 경력을 더 쌓을 수 있어. 수도에서는 급여도 오르는데. 어떤가?"

'나를 자극하는가? 내게 여기 남아서 일하라고 주장하는가?' 칼로얀은 궁금했다. "지금은 대답할 수 없습니다. 깊이 생각해 봐야겠습니다." 칼로얀이 말했다.

"하지만 서둘러 결정해야 해." 서장이 강하게 말했다. 의자에서 일어나자 서장은 칼로얀의 손을 붙잡고 말했다. "자네 대답을 기다리겠네. 잘 가게."

"안녕히 계십시오." 칼로얀이 사무실에서 나와 여비서의 방을 지나갈 때 이스크라는 빙긋 웃으며 말했다.

"승진하실 거예요, 축하합니다!"

칼로얀도 똑같이 그녀를 향해 빙긋 웃었다. 이스크라에게는 경찰서 내에 비밀이란 없다.

2.

Dum la tuta labortago Kalojan meditis pri la letero de la Ministerio kaj pri la konversacio kun la policestro.

Li devis pretigi raporton pri granda ŝtelo de komputiloj, la ŝtelistoj estis arestitaj, tamen Kalojan nur gapis la ekranon de la komputilo kaj ne verkis la raporton. Li sukcesis skribi nur du frazojn. Li kvazaŭ daŭre aŭdis la voĉon de Ganev: "En la ĉefurbo vi havos pli da eblecoj spertiĝi. Tie via salajro estos pli granda."

Je la kvina horo Kalojan iris el la policejo, sed li ne rapidis reveni hejmen. Li deziris trankvile pripensi kaj decidi kion respondi al Ganev. Malrapide li marŝis sur la ĉefa urba strato kaj cerbumis, ĉu li rakontu al Mila, la edzino, pri la propono, aŭ li diru al Ganev, ke li ne deziras eklabori en la ĉefurba policoficejo.

Irante Kalojan rigardadis la montrofenestrojn de la vendejoj, la homojn, kiuj preterpasis lin kaj li ne povis imagi, ke subite li forlasos Burgon kaj ekloĝos en Serda, la ĉefurbo. Ja, Kalojan naskiĝis kaj jam kvardek jarojn loĝis en Burgo. Ĉi tie loĝas liaj gepatroj, parencoj, samklasanoj, amikoj···Ĉi tie li edziĝis kaj naskiĝis lia filino Greta.

"Ĉu mi povus loĝ malproksime de la maro?" Lia ĝisnuna vivo estis ligita al la maro kaj se nur unu tagon li ne vidis la maron, li malbone fartis. "La maro forte mankos al mi." Kalojan sopiris al ĝia senlima blueco, al la ondoj, aŭ kvietaj, aŭ furiozaj. Kiam li rigardis la maran vastecon, li kvazaŭ sinkis en la eternecon. Nun ŝajnis al Kalojan, ke ĉio estas senvalora: la mono, la oficoj, la postenoj. Se li eklaborus en la ĉefurbo, ĉu li estus pli feliĉa aŭ li bedaŭrus, ke li forlasis Burgon.

Nerimarkinde Kalojan venis en la ĉemaran parkon. Ĝi estis lia plej ŝatata loko en la tuta urbo – multaj arboj, belaj floroj, aleoj, benkoj, la malnova kazino, kiu nun estis kulturdomo kun salonoj por ekspozicioj kaj teatra scenejo. Proksime al la kulturdomo - somera teatro. Ĉe la parko estis la oreca sabla strando, kafejoj kaj etaj restoracioj. Somere malvarmetis ĉi tie. La branĉkronoj de la arboj similis al verdaj kupoloj, sub kiuj estis agrable sidi kaj ripozi.

Post streĉa labortago Kalojan ŝatis veni ĉi tien. Proksime al la kulturdomo estis benko, sur kiu li sidis kaj longe kontempladis la maron. Dum tiuj ĉi horoj li liberigis sin de la malbonaj travivaĵoj, de la murdoj, kiujn li esploris, de la longaj pridemandoj de la krimuloj. Ofte lia koro pezis kaj doloris. Kiam li estis juna komisaro, li opiniis, ke li alkutimiĝos rigardi la kadavrojn de la murditoj, sed evidentiĝis, ke tio ne eblas. Li ne povis alkutimiĝi, li suferis, kiam li vidis murditajn junulojn, junulinojn. En tiaj momentoj kvazaŭ tranĉilo pikis lian koron. Ja, la murditaj gejunuloj revis pri feliĉa estonteco, certe ili deziris havi familiojn, infanojn, sed iu kruele murdis ilin kaj la laboro de Kalojan estis trovi la murdiston kaj starigi lin antaŭ la tribunalo.

Kalojan revenis hejmen. Lia loĝejo estis en kvartalo "Lazuro". Kiam li eniris la domon, Mila la edzino, lavis telerojn en la kuirejo kaj aŭdiĝis la fluo de la akvo.

–Ho, vi jam estas ĉi tie – diris Mila.

Ĉiam Kalojan malfrue revenis el la laborejo. Ĉiun matenon li vekiĝis frue. Ofte nokte sonoris la telefono kaj li devis urĝe iri en la policejon. Fojfoje venis la oficaŭto kaj veturigis lin ien.

Antaŭ dek kvin jaroj, kiam Kalojan kaj Mila geedziĝis, Kalojan diris al ŝi: "Mila, mi estas policano. Estos tagoj, kiam mi revenos hejmen malfrue aŭ mi tute ne revenos. Vi devas scii tion. Streĉa estas mia laboro."

Tiam Mila respondis:

–Mi komprenas.

Tio estis ŝia respondo, sed la jaroj pasis, la laboro de Kalojan estis pli kaj pli malfacila. Estis tagoj, kiam li ne estis hejme. De tempo al tempo Mila ne eltenis, ŝin obsedis nervozecaj krizoj kaj ŝi diris:

–Mi devas zorgi pri ĉio. Mi aĉetadas, purigas la loĝejon, kuiras.

Tiam Kalojan nenion povis respondi. Mila estis prava. Ŝi laboris, kuiris, zorgis pri la filino, sed Kalojan tre malofte povis helpi ŝin. Mila estis instruistino, ŝia laboro same ne estis facila. En la lernejo la lernantoj petolis, konversaciis unu kun alia dum la lernohoroj, ili ne lernis diligente, Mila tamen deziris bone instrui ilin. Ŝi instruis biologion kaj esperis, ke iuj el la lernantoj studos medicinon kaj estos kuracistoj.

Ofte, kiam Kalojan kaj Mila vespermanĝis, Mila rakontis al Kalojan kio okazis en la lernejo.

-Hodiaŭ – diris ŝi maltrankvile – en la lernejon venis la patro de Kiril Dinev, lernanto en la dekunua klaso, kaj li demandis min kial mi skribis malbonan noton al Kiril. La patro diris, ke mi certe malŝatas Kiril kaj tial mi donas al li malbonajn notojn. Dio mia! Kion opinias tiu ĉi viro! Por mi ĉiuj lernantoj estas egalaj. La patro de Kiril minacis min, ke li plendos al la direktoro de la gimnazio. Kia homo! Anstataŭ igi sian filon lerni, li venis minaci min!

Mila parolis rapide kaj indigne. Ŝia voĉo sonis dolore kaj en ŝiaj belaj brunaj okuloj videblis ofendiĝo. Kalojan komprenis ŝian malĝojon. Mila ŝatis sian profesion, ŝi estis tolerema, ŝi sciis, ke la lernantoj ne estas malbonaj, sed maldiligentaj.

-Hodiaŭ mi kuiris vian ŝatatan manĝaĵon – diris Mila – farĉitajn paprikojn. Ni vespermanĝu pli frue.

-Bonege. Mi jam estas tre malsata.

Mila aranĝis la tablon kaj ambaŭ sidiĝis ĉe ĝi.

-Kie estas Greta? – demandis Kalojan.

-Ŝi telefonis al mi, ke ŝi kaj Viktoria, ŝia amikino, ĉeestos la premieron de nova libro en la kulturdomo en la ĉemara parko.

-Kia estis via hodiaŭa tago? – demandis Kalojan.

-Nenio okazis. La lernojaro komenciĝis, sed laŭ la lernantoj la ferio ankoraŭ ne finiĝis. Ili malfruas al la lernohoroj, iuj el ili ankoraŭ ne aĉetis la lernolibrojn kaj kajerojn. Kaj ĉe vi?

Mila demandis kaj verŝajne ŝi supozis, ke ankaŭ Kalojan respondos, ke nenio okazis, sed li ne tuj respondis. Kalojan iom hezitis ĉu diri aŭ ne pri la propono de la Ministerio kaj Mila alrigardis lin demande. Ŝi opiniis, ke li silentas, ĉar io malbona okazis en la policejo.

-Kio okazis? – demandis ŝi maltrankvile. – Ĉu nova murdo?

-Ne – tuj respondis Kalojan por trankviligi ŝin.

"Mi diros al ŝ ĉon kaj mi vidos kiel ŝ reagos, decidis Kalojan. Ŝi certe estos surprizita."

-Hodiaŭ vokis min Ganev.

-Ĉu?

Mila ĉesis manĝi kaj levis la kapon. En ŝia rigardo videblis maltrankvilo kaj timo. Ŝi pretis aŭdi malbonan novaĵon.

-Oni proponas al mi eklabori en la ĉefurba policoficejo – diris Kalojan.

-Kion vi respondis? - tuj demandis Mila.

-Mi diris, ke mi pripensos kaj decidos.

-Kial vi devas pripensi?

-Ja, estas malfacile tuj decidi - alrigardis ŝin Kalojan. - Ni loĝas kvardek jarojn en Burgo. Mi laboras, mi estas kontenta. Vi same ŝatas vian laboron. En la gimnazio, kie vi instruas, viaj gekolegoj estimas vin. Nia mono sufiĉas. Ĉi tie loĝas niaj gepatroj, kiuj jam estas maljunaj kaj ni devas zorgi pri ili, helpi ilin.

Mila atente aŭskultis lin. Kalojan pravis. Ĉi tie, en Burgo, ili havas loĝejon, ili laboras. Ĉi tie loĝas iliaj gepatroj, sed Mila malrapide diris:

-Vi pensas pri viaj gepatroj, tamen vi tute ne pensas pri la estonteco de nia filino Greta. Nun ŝi lernas en gimnazio. Post unu jaro ŝi komencos studi en la universitato en la ĉefurbo, sed tie ŝi estos sola. Pli bone estus, se ni loĝus en la ĉefurbo. Ni povus helpi ŝin.

-Greta devas esti memstara. Ŝi studos, ŝi ne bezonos nin - diris Kalojan.

-Tamen ŝi estas knabino, ni devas helpi ŝin. Ŝi ne povus loĝi sola en la ĉefurbo. Krome en la ĉefurbo vi faros bonan karieron. Ja, Burgo estas malgranda provinca urbo.

-Jes, sed ĉu facile vi trovos laboron en la ĉefurbo? - demandis Kalojan.

-Ne zorgu pri mi. Gravas, ke vi havos bonan laboron

kaj via salajro estos granda − diris firme Mila.

−Kaj Greta. Ŝi eklernos en nova lernejo, en nova urb o···

−Greta similas al mi − tuj respondis Mila. − Ŝi ĝojos loĝi en la ĉefurbo. Tie estas multaj teatroj, okazas koncertoj. La vivo tie estas pli alloga. Morgaŭ diru al Ganev, ke vi decidis eklabori en la ĉefurbo. Ni devas prepari nin por la translokiĝo. Ne estos facile. Oni certigos al ni loĝejon tie, sed ni devas scii kie ĝi troviĝas kaj kiom granda ĝi estos.

−Tio estas nur detaloj − rimarkis Kalojan.

−Detaloj, sed gravaj − diris firme Mila.

Dum la nokto Kalojan tre malfacile ekdormis. Li daŭre meditis. Kio okazos? Kia estos lia vivo en la ĉefurbo? Kiaj estos liaj kolegoj? Baldaŭ komenciĝos nova etapo en lia vivo. Mila estis pli decidema ol li. Ŝi tuj deklaris, ke pretas ekloĝi en la ĉefurbo. Eĉ por momento ŝi ne hezitis. "Ĉ mi bone konas Milan? " Ĝs nun Kalojan opiniis, ke li konas ŝin, sed malfacile estas ekkoni iun, eĉ tiun kun kiu oni vivas kaj loĝas.

Kalojan ekdormis ĉe la tagiĝo.

2장. 고향에서의 삶

근무시간 내내 칼로얀은 장관의 편지와 경찰서장의 말이 떠올랐다. 칼로얀은 대규모 컴퓨터 절도에 관해 보고서를 작성해야만 했다. 범인은 이미 체포됐다. 하지만 칼로얀은 컴퓨터 화면만 쳐다볼 뿐 보고서는 쓰지 못했다. 딸랑 두 문장만 간신히 썼다. 마치 서장의 목소리가 계속 들려오는 듯했다. "수도에서 더 경력을 쌓을 수 있어. 거기에선 자네 월급이 더 많아져."

오후 5시에 칼로얀은 경찰서를 나왔지만, 서둘러 귀가하지는 않았다. 조용하게 생각을 정리해서 서장에게 할 말을 결정하고 싶었다. 시내 중심가를 천천히 걸으며, 그 제안을 아내 **밀라**에게 말할지, 아니면 수도경찰청에서 일하고 싶지 않다고 서장에게 말할지 고민했다. 칼로얀은 걸으면서 가게 진열장과 스쳐 지나가는 사람들을 바라보았다. 그로서는 갑자기 부르가스를 떠나 수도 **소피아**로 이사해 살아가는 걸 상상할 수 없었다.

부르가스에서 태어난 칼로얀은 40년째 그 도시에 살고 있었다. 여기에 그의 부모님, 친척, 동창생, 친구가 살고 있고, 이곳 부르가스에서 결혼해 딸 **그레타**를 낳았다. 그는 거듭 생각했다. '바다에서 멀리 떠나 살 수 있을까?' 지금까지 그의 삶은 바다와 연결되어 있고 하루라도 바다를 보지 않으면 편안히 지낼 수 없었다. '내 곁엔 바다가 있어야 해.' 칼로얀은 바다의 끝없이 펼쳐진 파란 색과 때론 고요하고 때론 성난 파도를 그리워한다. 넓은 바다를 바라볼 땐 마치 영원 속에 잠긴 듯했다. 지금 칼로얀에게는 돈, 직장, 직위, 이 모든 것이 무가치하게 느껴졌다. 수도에서 일한다면 행복할까? 부르가스를 떠난 걸 후회할까? 근무시간 내내 칼로얀은 장관의 편지와 경찰서장과 나눈 대화를 곰곰이 생각했다.

어느새 칼로얀은 바닷가 공원에 도착했다. 그곳은 그가 부르가스에서 가장 좋아하는 장소다. 빽빽한 나무에 예쁜 꽃, 오솔길, 긴 의자가 있고, 전시(展示)나 연극 무대를 위한 홀인 '문화의 집'이 있는데, 예전엔 카지노였다. 문화의 집 근처에 여름 극장이 자리했다. 공원에는 황금빛 모래사장, 카페, 작은 식당들이 들어서 있다. 여름에 이곳은 시원하다. 나뭇가지들이 푸른 돔 형태를 이루며 자랐는데 그 아래서 상쾌함을 만끽하며 앉아서 쉬곤 했다. 긴장의 연속인 근무시간이 끝나면 칼로얀은 여기 오는 걸 좋아했다. 문화의 집 가까이에 놓인 긴 의자에 앉아 오래도록 바다를 바라보았다. 이 시간에 그날의 나쁜 경험에서, 특히 그가 수사하는 살인 사건 범죄자들에 대한 기나긴 신문에서 자신을 해방했다. 그의 마음은 종종 무겁고 아팠다. 젊은 시절에는, 살해된 시체를 보는 것에 점점 익숙해지리라고 생각했지만, 그것은 분명 불가능했다. 살해된 청년이나 아가씨의 시체를 볼 때, 익숙해지기는커녕 여전히 고통스러웠다. 시신을 보는 순간엔 마치 칼이 그의 심장을 찌르는 듯했다. 살해된 젊은이들도 살아 있을 땐 행복한 미래를 꿈꾸었을 테고, 분명 그들도 가정과 자녀를 갖기 원했지만 누군가가 그들을 잔인하게 살해했고 칼로얀의 일은 그들을 죽인 살인자를 찾아 재판정에 세우는 것이다.

칼로얀은 집으로 돌아왔다. 그의 집은 '**라주로**' 지역에 있다. 그가 집에 들어갔을 때 아내 밀라는 부엌에서 접시를 씻고 있어 수돗물 흐르는 소리가 들렸다.

"어머, 벌써 돌아오셨네요." 아내가 말했다.

항상 칼로얀은 직장에서 늦게 돌아왔다. 아침엔 일찍 일어났다. 자주 밤에 전화벨이 울렸고, 그러면 그는 서둘러 경찰서로 가야 했다. 한 번은 경찰차가 와서 그를 어딘가로 태워가

기도 했다.

15년 전 밀라와 결혼할 때 칼로얀은 그녀에게 말했다. "밀라, 나는 경찰관이오. 내가 집에 늦게 돌아오거나, 아니면 돌아오지 않는 날도 있을 거요. 그걸 알고 있어야 해요. 경찰 일은 항상 긴장의 연속이니까."

그때 밀라는 대답했다. "잘 알아요." 그것이 그녀 대답이었지만 세월이 흐를수록 칼로얀의 업무는 점점 더 어려워졌다. 그가 집에 없는 날도 생겼다. 때로 밀라는 참지 못하고 신경질적인 외마디를 질러대며 불평했다. "나 혼자 모든 걸 다 해요! 쇼핑에, 집 청소에, 요리까지 다!"

그럴 때마다 칼로얀은 한 마디도 대꾸할 수 없었다. 밀라의 말이 맞으니까.

그녀는 일하고 요리하고 딸을 돌봤지만, 칼로얀은 아주 가끔씩만 그녀를 도왔다. 중학교 교사인 밀라의 일도 만만치 않았다. 학교에서 학생들은 늘 장난치고, 수업 시간에도 떠들어대느라 열심히 공부하지 않았다. 하지만 밀라는 제자들을 잘 가르치길 원했다. 생물학을 가르치는 교사로서 제자 중 몇몇만이라도 의학을 공부해서 의사가 되길 희망했다.

칼로얀과 함께 저녁 식사를 할 때면 밀라는 학교에서 무슨 일이 있었는지 남편에게 솔직히 털어놓았다. 그날은 그녀가 걱정하며 말했다.

"오늘 학교에 11학년 학생 **키릴 다네브**의 아버지가 방문했어요. 키릴에게 왜 나쁜 점수를 줬냐고 내게 따지듯 물었지요. 그 아버지는 내가 키릴을 좋아하지 않아서 나쁜 점수를 줬다고 말하더라고요. 아이고, 참! 도대체 무슨 말을 하는 건지! 내게는 모든 학생이 다 똑같다고요. 키릴의 아버지는 중학교 교장 선생님께 이르겠다고 나를 협박까지 했다니까요! 어떤 인간이길래 자기 자식을 가르치는 대신 교사를 협박하는 건지!"밀라는 분개하며 빠르게 말했다. 그녀 목소리는 앙칼지고 그녀의 예쁜 갈색 눈엔 분노가 서렸다.

칼로얀은 아내의 고초를 이해했다. 밀라는 자기 직업을 좋아했다. 참을성이 있는 밀라는 학생들이 나쁜 게 아니라 단지 게으르다는 점을 잘 알고 있다.

"오늘 난 당신이 좋아하는 음식을 요리했어요. 튀긴 고추에요. 일찍 저녁을 먹어요."밀라가 말했다.

"아주 좋아. 배가 몹시 고프군."

밀라는 식탁을 마련하고는 남편 옆에 앉았다.

"그레타는 어디 갔어?"칼로얀이 물었다.

"여자친구 **빅토리아**와 함께 바닷가 공원에 있는 문화의 집 신간 출판기념식에 참석한다고 전화 왔어요."

"당신은 오늘 어땠어?"칼로얀이 물었다.

"별일 없었어요. 학기가 시작되었지만, 방학이 아직 안 끝난 애들도 있어요. 수업 시간에 늦게 오는 애도 있고 몇몇은 아직 교과서와 공책을 사지 않았어요. 당신은 어때요?"밀라는 칼로얀 역시 별일 없다고 대답할 걸로 짐작했는데 뜻밖에 그는 금세 대답하지 않았다.

칼로얀은 장관의 제안을 아내에게 말할지 말지 주저했다. 밀라는 질문하듯 그를 바라보았다. 뭔가 나쁜 일이 경찰서에 일어나서 그가 침묵한다고 그녀는 생각했다.

"무슨 일인가요?"걱정스럽게 그녀가 물었다. "새로운 살인 사건인가요?"

"아니!"칼로얀은 그녀를 안심시키려고 재빨리 대꾸했다. '그래, 모두 걸 털어놓고 그녀가 어떻게 나오는지 보자.'칼로얀은 생각했다. '그녀는 분명 깜짝 놀랄 거야.'

"오늘 가네브 서장이 불렀어."

"정말?"밀라는 식사를 멈추고 고개를 들었다. 그녀의 시선은 걱정 반 두려움 반이었다. 나쁜 소식을 들을 준비를 하는 듯했다.

"나더러 수도경찰청에서 근무하라고 했어." 칼로얀이 말했다.

"뭐라고 대답했나요?" 밀라가 물었다.

"생각해 보고 결정한다고 말씀드렸지."

"왜 생각해야 하나요?"

"바로 결정하기가 정말 어려워." 칼로얀은 그녀를 바라보았다. "우리는 40년간이나 부르가스에서 살고 있어. 나는 이곳에서 일하는 게 행복해. 당신도 마찬가지로 당신 일을 좋아하지. 당신이 가르치는 중학교에서 당신 동료들은 당신을 존경해. 우린 돈도 충분하고. 여기에 우리 부모님이 살고 계시고 그들은 연세가 많아서 우리가 돌보고 도와야만 해."

밀라는 주의 깊게 그의 말을 들었다. 칼로얀의 말이 옳았다. 여기 부르가스에 그들의 집이 있고, 여기에서 그들이 일을 하고, 여기에 그들 부모님이 사신다. 하지만 밀라는 천천히 말을 꺼냈다. "당신은 부모님을 생각하지만, 우리 딸 그레타의 미래는 전혀 생각지 않네요. 지금 그 아이는 고등학교에 다녀요. 내년에는 수도에 있는 대학에서 공부할 거예요. 거기서는 그 아이 혼자예요. 우리가 수도에 산다면 그 아이를 도울 수 있어서 더 좋을 텐데요."

"그레타는 자립해야 해. 그 애는 공부할 것이고 우리 도움은 필요치 않아." 칼로얀이 말했다.

"하지만 그 아이는 여자라 우리가 도와야만 해요. 수도에서 여자아이가 혼자 살 순 없어요. 게다가 수도에서 근무하면 당신은 좋은 경력을 쌓는 거예요. 부르가스는 정말 작은 지방 도시예요."

"그래, 하지만 수도에서 당신이 일을 쉽게 찾을까?" 칼로얀이 물었다.

"내 걱정은 마요. 당신이 더 나은 일을 하고 월급을 더 많이 받는 게 중요하죠." 밀라가 단호하게 말했다. "그리고 그레타, 그 아이는 새로운 도시, 새로운 학교에서 배우게 될 거예요."

"그레타는 나를 닮았어."

칼로얀의 말에 밀라가 재빨리 대답했다. "그 아이는 수도에서 산다면 몹시 기뻐할 거예요. 거기에는 극장도 많고 음악회도 자주 열려요. 거기 삶이 훨씬 매력적이죠. 내일 서장님께 수도에서 일하기로 마음먹었다고 말하세요. 우리는 이사할 준비를 해야만 해요. 쉽지는 않을 거예요. 거기에 우리 집을 마련하려면 어느 구역에서 얼만큼의 크기로 구해야 하는지 빨리 알아야 해요."

"그건 너무 구체적이군." 칼로얀이 말했다.

"구체적인 게 중요하다고요." 밀라는 단호했다.

칼로얀은 밤새 뜬눈으로 지새우며 생각했다. 무슨 일이 일어날까? 수도에서의 삶은 어떨까? 동료들은 어떨까? 곧 그의 삶에 새로운 단계가 시작될 것이다. 아내 밀라는 그보다 결단이 빨랐다. 그녀는 당장이라도 수도로 이사할 준비를 하겠다고 선언했다. 그녀는 잠시도 주저하지 않았다. '내가 밀라를 제대로 알고 있는가?' 지금껏 칼로얀은 아내를 안다고 생각했지만, 비록 한 집에서 살을 맞대고 살아도 누군가를 제대로 안다는 것은 어려운 일이다. 칼로얀은 새벽녘에야 겨우 잠이 들었다.

3.

Estis la naŭa horo matene kaj en la kafejo nur kelkaj viroj trinkis kafon kaj trafoliumis la dimanĉajn ĵurnalojn.

-Ĉu vi matenmanĝos? − demandis Tim.

-Mi ne estas malsata − respondis Alena.

-Bone, ni trinkos kafon.

Venis la kelnerino kaj Tim mendis du kafojn. La kelnerino, juna, eble dekokjara, iom dika kun rozkoloraj vangoj kaj krispa hararo, rapide ekiris por alporti la kafojn. Per sia volupta rigardo Tim postsekvis ŝin. Li tiel kutimis rigardi preskaŭ ĉiujn junulinojn. Tre malmulte Alena sciis pri Tim. Li estis silentema kaj singardema.

La kelnerino venis kaj servis la kafojn. Kutime Tim trinkis ĝin sen sukero. Li trinkis kaj daŭre rigardis la junan kelnerinon, kiu rapide iris de tablo al tablo. La okuloj de Tim estis helaj, lupaj, liaj lipoj - mincaj, la hararo − malhelblonda, simila al erinacaj pikiloj. Li surhavis marbluan ĉemizon kaj ĝinzon.

Ŝajnis al Alena, ke hodiaŭ Tim estas iom stranga. Li preskaŭ ne parolis. En liaj grizbluaj okuloj ŝi rimarkis ian ombron. Alena ne povis precize diri ĉu Tim meditas pri io aŭ io premas lin. Verŝajne li havis iajn zorgojn. La okuloj de Tim ĉiam estis vitrecaj. Oni ne povis penetri tra ili kaj kompreni kion li sentas aŭ kion li pensas. La ombro en liaj okuloj iom maltrankviligis Alenan. "Ĉu li planas ion ⁻demandis sin Alena. Eble ne". Tamen ŝa ina intuicio vekiĝs.

Ŝajne nenio eksterordinara estis. Ili sidis ĉe la tablo kaj trinkis kafon, ili ne konversaciis. Tim rigardis la kelnerinon, Alena rigardis la maljunulojn, kiuj estis ĉe la najbara tablo. Certe pensiuloj, eble sepdekjaruloj, ili verŝajne ĉiun dimanĉon matene venis kaj renkontiĝis en tiu ĉi kafejo. Inteligentaj, kulturaj maljunuloj, bone vestitaj. Unu el ili estis pli alta, iom kurbiĝinta, alia havis okulvitrojn. Eble ili estis inĝenieroj, juristoj aŭ kuracistoj.

Alena alrigardis Timon kaj provis diveni liajn pensojn.

Tim daŭre rigardis la kelnerinon, sed certe li meditis pri io alia. Tim vokis la kelnerinon, kiu rapide venis. Tim pagis la kafojn. Li kaj Alena iris el la kafejo. Je ducent metroj de la kafejo estis parkejo kaj tie staris la aŭto. Estis blukolora "Sitroeno". Tim proksimiĝis kaj malfermis la pordeton.

−Tio ne estas via aŭto − rimarkis Alena.

−Ne − respondis Tim. − Mia estas ĉe riparisto. Tio estas la aŭto de mia amiko. Kiam vi revenos, mi reveturigos ĝin al li.

−Bone.

Alena eniris la aŭton kaj ĉirkaŭrigardis ĝin. Kelkfoje ŝi ŝoforis la aŭton de Tim, kiu same estis blukolora "Sitroeno". Alena funkciigis la aŭton.

Tim staris kaj rigardis la forveturantan "Sitroenon".

Kiam la aŭto estis jam for, li elprenis sian poŝtelefonon kaj telefonis:

-Ŝi ekveturis – diris Tim. – Sekvu ŝin.

Li metis la telefonon en la poŝon kaj rapide ekiris al la proksima haltejo de la subtera vagonaro.

3장. 팀과 알레나의 만남

아침 9시, 카페 안에는 남자 몇 명만 커피를 마시며 일요일자 신문을 뒤적이고 있었다.
"아침 먹을 거지?" **팀**이 물었다.
"배고프지 않아요." **알레나**가 대답했다.
"좋아, 커피 마시자." 여종업원이 다가오자 팀은 커피 두 잔을 주문했다. 스무 살 정도로 조금 뚱뚱한 여종업원은 장미색 뺨에 곱슬머리를 한 채 재빨리 커피를 가지러 갔다. 팀은 야릇한 눈길로 그녀의 뒤태를 좋았다. 팀은 보통 그런 식으로 아가씨들을 훑어보곤 했다.
알레나는 팀과는 그럭저럭 알고 지내는 사이였다. 그는 과묵하고 조심성이 많았다. 여종업원이 와서 커피를 탁자 위에 내려놓았다. 팀은 보통 설탕 없이 커피를 마신다. 팀은 커피를 마시면서, 이 탁자 저 탁자로 옮겨 다니는 여종업원을 계속 쳐다보았다. 팀의 눈동자는 밝은 것이 꼭 여우 눈 같고, 입술은 얇았다. 머리카락은 어두운 금색인데 마치 고슴도치 가시 같다. 바다색 파란 셔츠에 청바지를 입었다.
오늘따라 팀이 조금 이상하다는 걸 알레나는 눈치챘다. 팀은 거의 말하지 않았지만, 그의 회색빛을 띤 파란 눈동자에 그림자가 지는 걸 그녀는 직감했다. 팀이 뭘 깊이 생각하는지, 무엇이 그를 억누르는지 정확히 말할 수는 없지만 분명 뭔가 걱정거리가 있어 보였다. 팀의 눈동자는 항상 유리 같았다. 눈빛만으로는 그가 무엇을 느끼고 무엇을 생각하는지 전혀 알 수 없었다. 그의 눈에 서려 있는 어두운 그림자 때문에 알레나는 불안했다. '그에게 무슨 계획이 있나?' 알레나는 자못 궁금했다.
'아니겠지.' 하면서도 그녀의 여성 본능엔 뭔가 짚이는 게 있었다. 겉으로는 특별한 게 아무것도 없는 듯했다. 그들은 탁자에 앉아 커피를 마셨고 대화는 거의 하지 않았다. 팀은 여종업원을 쳐다보고 알레나는 옆 탁자에 앉은 노인네들을 바라보았다.

일흔 살 정도로 분명 연금수급자로 보이는 노인들은 일요일 아침마다 이 카페에 와서 만나는 듯 보였다. 지적이고 교양 넘쳐 보이는 노인들은 잘 차려입었다. 그중 한 명은 키가 더 크고 허리가 조금 굽었고, 다른 한 명은 안경을 썼다. 아마 그들은 기술자, 법률가, 아니면 의사였을 것이다.

알레나는 팀을 쳐다보면서 무슨 생각을 하는지 짐작해 보려 했다. 팀이 여종업원을 계속 바라보지만 분명 뭔가 다른 생각을 깊이 하고 있었다. 팀이 부르자 여종업원이 잰걸음으로 다가왔다. 팀이 커피값을 내고 알레나와 함께 카페에서 나왔다. 카페에서 200m 떨어진 곳에 주차장이 있고, 거기에 차가 한 대 주차되어 있었다. 파란색 **시트로엔**이었다. 팀이 가까이 가서 작은 차 문을 열었다.

"그건 당신 차가 아니잖아요." 알레나가 바로 알아차리고 말했다. "그래, 아니야!" 팀이 대답했다. "내 차는 정비소에 보냈어. 이건 내 친구 차야. 네가 돌아오면 그에게 차를 돌려줄 거야."

"알았어요." 알레나는 차에 타서 구석구석 둘러 보았다. 그녀는 똑같은 파란색 시트로엔인 팀의 차를 여러 번 직접 운전했었다.

알레나가 차 시동을 걸었고, 팀은 그대로 서서 출발하는 시트로엔을 바라보았다. 차가 멀리 사라지자 그는 휴대전화기를 꺼내 전화를 걸었다.

"알레나가 출발했어." 팀이 말했다. "그녀를 따라가!" 그는 전화기를 주머니에 넣고 서둘러 가까운 지하철역으로 갔다.

4.

Dimanĉe la trafiko en la ĉefurbo ne estis granda. Sur la str& stratoj de Serda nur ie-tie videblis aŭtoj. Ordinare vendrede vespere aŭ sabate matene iuj el la ĉefurbanoj ekveturas al la mara bordo, al la monto aŭ al la najbaraj landoj, kie estas allogaj kuraclokoj, kampadejoj, strandoj. La dimanĉa antaŭtagmezo estis suna kaj iom post iom ĝi iĝis pli varma. Dum la nokto pluvis kaj nun la herbo verdis freŝe, verdaj estis la branĉkronoj de la arboj. Blovis venteto, kiu tra la malfermita fenestreto de la aŭto karesis Alenan. Ŝi veturis sur unu el la ĉefaj bulvardoj, la aŭto preterpasis la nacian bibliotekon, imponan konstruaĵon, Belartan Akademion, kaj Ŝtatan Universitaton. Dekstre, kontraŭ la universitato, estis la urba parko, en kiu nun ne videblis homoj. Alena ŝatis promeni en tiu ĉi parko. Post la parko estis la industria kvartalo. Je la du flankoj de la ŝosejo videblis grandaj vendejoj.

La aŭto forlasis Serdan kaj antaŭ la okuloj de Alena vastiĝis la kampo, en kiu situis la ĉefurbo. Fore videblis la monto. Alena rapidigis la aŭton. La ŝoforado plezurigis ŝin. Ŝi ŝatis la rapidecon kaj ĝojis kiam la aŭto kvazaŭ flugas.

Post tridek kilometroj la aŭto eniris la monton kaj ekveturis supren. Alena bone konis la vojon. Ŝi jam kelkfoje estis en Elhovilak. Kiam Alena estis lernantino, en la lernejo oni organizis ekskursojn al tiu ĉi monta regiono. En Elhovilak troviĝis pluraj hoteloj kaj elegantaj vilaoj. La vilao, al kiu ŝi veturis, estis bela, trietaĝa kun multaj ĉambroj, sportsalono, baseno en la korto kaj tenisejo.

Antaŭ kelkaj tagoj Despotov telefonis al ŝi.

-Saluton – diris li.

-Saluton. Finfine vi telefonas. Kio okazis?

-Mi deziras paroli kun vi – diris li.

-Ĉu pri io grava?

-Jes. Mi pripensis kaj mi decidis.

-Ĉu vere?

-Jes.

-Ni devas renkontiĝi kaj mi klarigos ĉion – diris li. Lia voĉo sonis serioze.

-Kiam kaj kie? – demandis Alena.

-Prenu la aŭton de Tim kaj venu en Elhovilak – diris li.

-Kiam?

-Dimanĉe. Mi estos sola, mi atendos vin.

-Bone – dirs Alena. – Mi venos.

"Certe li pripensis kaj decidis, meditis Alena. Ja, li estis sincera kaj nun li atendas min por diri la bonan novaĵon. Mi certis, ke tio okazos."

La ŝoseo serpentumis jen supren, jen malsupren. Ne

videblis aliaj veturiloj, sed Alena ne rimarkis la aŭton, kiu veturis post ŝi. Je la du flankoj de la vojo leviĝis altaj pinarboj. La arbaro estis densa. "Kien gvidas la padoj en la arbaro, meditis Alena. Eble al iu montodomo, al iu ŝafejo, aŭ al vilaĝo, kaŝita en la monto." Subite ŝ deziris haltigi la aŭon, eniri la arbaron kaj paŝi inter la pinarboj sendirekte kaj sencele, pensi pri nenio kaj esti libera, tute libera kiel birdo en la ĉielo.

La arbaro memorigis al ŝi pri la urbo, en kiu ŝi naskiĝis – Stubel. Ĝi same estis en la montaro. Kiam Alena estis lernantino, ŝi ŝatis vagi en la arbaro, ŝi kolektis mirtelojn, frambojn. Tiam ŝi similis al arbara feino. "Tiam mi estis libera, mi zorgis pri nenio, sed mi ne konsciis, ke mi estis feliĉa. Tiam mi revis loĝi en granda urbo."

Sekvis abrupta deklivo. Ĉe du flankoj de la ŝoseo estis ravinoj. La vojkurbiĝoj estis unu post la alia. Antaŭ granda vojkurbiĝo Alena pli forte premis la bremsilon, sed subite ŝi konstatis, ke la bremsilo ne funkcias. Obsedis ŝin paniko. La aŭto flugis. Ne eblis haltigi ĝin. Alena ekkriis. Ŝi turnis la direktilon dekstren-maldekstren. La aŭto flugis senhalte al la ravino.

Dum sekundoj Alena komprenis, ke tio estos ŝia fino. Ŝajne la aŭto longe flugis, falis, plurfoje ĝi renversiĝis kiel infanludilo. Antaŭ la okuloj de Alena rapidege pasis ŝia ĝisnuna vivo. Ŝi vidis sin lernantino, vestita en blanka bluzo kaj nigra jupo. La patrino akompanas ŝin al la lernejo. Poste ŝi vidis sin studentino. Ŝi vidis Vetkon Despotovon. Ie el la nebulo aperis Tim, la tago, kiam Alena konatiĝis kun li. Nun ŝi komprenis kial hodiaŭ matene Tim estis tiel silentema kaj ŝi denove vidis la ombron en liaj helgrizaj okuloj. Jes, tiu ĉi ombro estis suspektinda. Antaŭ la ekveturo Alena diris al li: "Tio ne estas via aŭto" kaj li respondis: "Ĝi estas la aŭto de mia amiko."

Ĉio rapidege rotaciis: ŝonoj, pinarboj, la ravino, la ŝoseo, la ĉielo, blua kaj sennuba. Aŭdiĝis forta tondro kaj poste··· ĉio silentiĝs kaj dronis en densa mallumo.

La aŭto, veturanta post la aŭto de Alena, haltis. El ĝi eliris du junuloj, kiuj tre rapide malsupreniris en la ravinon. Kiam ili estis ĉe la frakasita aŭto de Alena, unu el ili eniris ĝin tra la rompita antaŭa glaco. Li prenis la retikulon de Alena, en kiu estis ŝia poŝtelefono. Poste la junuloj bruligis la restaĵojn de la aŭto kaj rapide grimpis al la ŝoseo.

4장. 예견된 교통사고

일요일에 수도 소피아의 교통량은 그리 많지 않았다. 수도의 거리엔 군데군데 오가는 자동차만 볼 수 있다. 보통 금요일 저녁이나 토요일 아침이면 수도 시민 일부는 매력적인 휴양지, 캠프장, 모래사장이 펼쳐진 바닷가, 산, 이웃나라로 차를 타고 떠난다. 일요일인 그날 오전엔 해가 쨍하고 비취면서 점점 더워지더니, 오후엔 비가 와서 지금은 풀이 신선하고 나뭇가지도 푸르다. 자동차의 열린 창으로 바람이 불어와 알레나를 어루만졌다. 그녀는 차를 운전해 주요 신작로를 타고 국립 도서관, 웅장한 건축물, 미술학교, 국립 대학을 지나쳤다. 도로 오른쪽 대학교 맞은편에는 시립공원이 시원스럽게 자리했지만, 지금은 사람이 한 명도 보이지 않는다. 알레나는 이 공원에서 산책하는 걸 좋아했다. 공원 다음엔 공업 지역이 모습을 드러냈다. 큰 길 양옆에는 대형 판매점이 버티고 있다. 어느새 차는 수도 소피아를 벗어났고, 알레나의 눈에는 수도의 넓게 펼쳐진 들판 너머 저 멀리 산이 보였다. 알레나는 자동차의 속력을 높였다. 운전대를 잡으면 그녀는 마냥 즐거워진다. 그녀는 속도감을 즐겨서 차가 날아갈 듯 질주할 때면 쾌감을 만끽했다. 30킬로가량 지나왔을 쯤에 차는 산속으로 들어가 오르막 길을 탔다. 알레나는 이 길을 잘 알았다.

그녀는 **옐호비락**에 벌써 여러 번 와봤다. 알레나가 고등학교에 다녔을 때는 이 산 근처로 소풍을 왔었다. 옐호비락에는 호텔과 멋진 빌라가 여러 채 들어서 있다. 그녀가 가고 있는 빌라는 방이 여럿에 스포츠홀도 있고, 마당에 수영장과 테니스장까지 갖춘 예쁜 3층짜리 건물이다.

며칠 전에 **데스포토브**가 그녀에게 전화했다. "안녕." 그가 말했다.

"안녕하세요. 마침내. 전화하셨네요. 무슨 일이시죠?"
"너와 이야기 하고 싶구나!" 그가 말했다.
"무슨 중요한 일인가요?"
"그래, 여러 번 생각하고 결심했어." "정말요?"
"응, 만나서 모든 걸 설명할 게." 그가 말했다.
그의 목소리는 진지하게 들렸다.
"언제, 어디서요?" 알레나가 물었다.
"팀의 차를 타고 엘호비락으로 와." 그가 말했다.
"언제요?" "일요일에. 혼자 너를 기다릴 게."
"좋습니다. 갈게요." 알레나가 말했다. '분명 그는 오래 생각
하고 결정했어.' 알레나는 깊이 생각했다. '정말 그는 진실한
사람이야. 지금 내게 좋은 소식을 말하려고 나를 기다리는 거
야. 나는 이렇게 될 줄 알았지.'
도로는 구불구불하고 오르막과 내리막이 반복됐다. 다른 자동
차는 보이지 않지만, 알레나는 자기를 뒤따라오는 차를 알아
차리지 못했다.
길 양옆에는 키 큰 소나무가 들어차 있고, 숲은 무성했다. '숲
속에 난 길은 어디로 나 있을까?' 알레나는 생각에 잠겼다.
'아마 어느 산간이거나, 어느 양 떼거나, 산에 숨겨진 마을이
겠지.' 갑자기 그녀는 차를 세워놓고 숲 속으로 들어가고 싶
어졌다. 방향도 목적도 없이 소나무 사이로 하염없이 걷고 싶
었다. 아무 생각도 하지 않고 하늘의 새처럼 완전히 자유의
몸이 되고 싶었다.
숲을 보자 그녀는 태어난 도시 **스투벨**이 기억났다. 그곳도 마
찬가지로 산맥에 있었다. 알레나는 학생일 때 숲에서 자유롭
게 돌아다니기를 좋아했고, 거기서 월귤나무와 나무딸기를 모
았다. 그녀는 숲의 요정 같았다. '그때는 자유롭고 아무 걱정
이 없었는데, 그게 행복인 줄 몰랐지. 그저 큰 도시에서 살기

만을 꿈꿨지.' 그때 차는 갑자기 급경사로에 접어들었다. 도로 양옆은 계곡이었다. 내리막길은 계속 이어졌다. 급경사에 당황한 그녀는 브레이크를 더 세게 밟았지만, 순간 브레이크가 작동하지 않았다. 공포가 그녀를 덮쳤다. 자동차는 공중으로 붕 날아갔고, 더는 차를 제어하는 게 불가능했다. 알레나는 소리쳤다. 핸들을 이리저리 돌렸다. 자동차는 멈추지 않고 계곡 아래로 날았다. 몇 초 동안, 그녀는 그것이 자신의 종착지임을 직감했다. 자동차는 한참을 날아가서 떨어지고 마치 어린이 장난감처럼 여러 번 뒤집혔다. 알레나의 눈앞에 그녀가 지금까지 걸어온 인생이 아주 빠르게 스쳐 지나갔다. 하얀 블라우스에 검은 치마를 받쳐 입은 여학생 시절의 자신을 보았다. 어머니가 그녀를 학교에 데려다주었다. 뒤이어 대학생이 된 자신을 보았고, **베트코 데스포토브**를 보았다. 안개 속 어딘가에서 팀이 나타났다. 그를 처음 알게 된 날의 모습이었다. 그녀는 오늘 아침 팀이 왜 그리 과묵했는지 이젠 알 수 있었다. 또 팀의 밝은 회색 눈동자 속 어두운 그림자를 보았다. 그 그림자는 정말 의심할 만했다. 차를 타고 출발하기 전 알레나가 그에게 말했었다. "이건 당신 차가 아니잖아요!" 그러자 그가 대답했다. "그건 내 친구 차야."

돌, 소나무, 계곡, 도로, 파랗고 구름 한 점 없는 하늘, 이 모든 것이 빠르게 지나갔다. 강한 천둥소리가 들리고 잠시 뒤 모든 것이 조용해지고 깊은 어둠 속에 잠겼다.

알레나의 차를 뒤따르던 자동차가 멈췄다. 거기서 두 젊은이가 나와 아주 빠르게 계곡으로 내려갔다. 알레나의 망가진 차 옆에 이르자 그들 중 하나가 부서진 앞 유리창을 통해 안으로 들어갔다. 그는 휴대전화기가 들어있는 알레나의 핸드백을 들고 내렸다. 곧바로 젊은이들은 차의 잔해를 불태우고 서둘러 도로 위로 기어 올라갔다.

5.

Kafejo "Oriono", unu el la plej elegantaj kafejoj en la ĉefurbo, estis preskaŭ plena. En ĝia vasta salono kun grandaj fenestroj al bulvardo "Respubliko" estis multaj tabloj. Ĉio en la kafejo estis bela kaj moderna: la tabloj, la foteloj, la lustroj, la pentraĵoj sur la muroj, kiuj prezentis montarajn pejzaĝojn. En "Oriono" ofte estis artekspozicioj de famaj ĉfurbaj pentristoj kaj dum iliaj inaŭguroj ĉeestis pentristoj, artistoj, artsciencistoj, verkistoj. De tempo al tempo en "Oriono" venis ankaŭ politikistoj.

Ĉiuj kelnerinoj estis tre junaj kaj tre belaj. La posedanto de la kafejo, Ivan Milev, speciale elektis ilin. La afablaj kelnerinoj renkontis la gastojn jam ĉe la enirejo. Vestitaj en mallongaj ruĝaj jupoj kaj oranĝkoloraj bluzoj la kelnerinoj senlace vagis de tablo al tablo, portantaj pezajn pletojn kun glasoj kaj teleroj.

"Oriono" estis la ŝtata kafejo de Rad Pejkov, kiu ofte venis ĉi tien. Por li estis ĉiam rezervita tablo en la angulo de la kafejo. Rad kutimis mendi viskion kaj kafon. La kelnerinoj bone sciis tion kaj kiam ili vidis lin eniri, ili tuj portis al lia tablo la viskion kaj la kafon. De tempo al tempo ĉe la tablo de Rad sidiĝis aliaj personoj, ĉefe mezaĝaj viroj. Neniam Rad venis en "Oriono" kun virino. La kelnerinoj demandis sin ĉu li havas edzinon aŭ amatinon. La kelnerinoj sciis, ke Rad estas tre riĉa kaj kiam li estis en bona humoro, li donis al ili grandan bakŝiŝon.

Hodiaŭ Rad Pejkov eniris "Orionon" malrapide, kvazaŭ li eniras en sian hejmon. Li eĉ ne ĉirkaŭrigardis ĉu en la kafejo estas homoj aŭ ne, kaj li direktiĝis al sia tablo en la angulo. Dum Rad iris al la tablo, unu el la kelnerinoj jam servis al li la viskion kaj la kafon.

-Dankon kara — diris Rad kaj sidiĝis en la fotelon ĉe la tablo.

Li estis kvardekjara, dika, ĉiam vestita en kostumo kun kravato, malgraŭ ke la kravato ĝenis lin. Ankaŭ nun li surhavis helverdan someran kostumon kaj flavan ĉemizon sen kravato. Lia vizaĝo estis larĝa, liaj brovoj — densaj, la lipoj — dikaj. Oni ne povis precize diri kian koloron havas liaj okuloj — ĉu verdan aŭ malhelbluan. Rad estis kalva kaj lia verto brilis kiel pato.

Li metis du glacipecetojn en la glason da viskio kaj plezure li trinkis. Li trinkis ankaŭ iom da kafo kaj komencis atente rigardi la homojn en la kafejo. Eble li serĉis iun, sed ne vidis lin. Lia poŝtelefono eksonoris. Rad elprenis ĝin. La konversacio ne daŭris longe. Rad remetis la telefonon en la poŝon. Dum dek minutoj li restis senmova.

En la kafejon eniris Tim. Li direktiĝis al la tablo, ĉe kiu sidis Rad, kaj seninvite li sidis en la fotelon kontraŭ

Rad.

-Kio okazis? — demandis Rad.

-Ĉio estas en ordo — respondis Tim. — Oni prenis ŝian poŝtelefonon kaj ŝian personan legitimilon. Ĉio estis en ŝia retikulo. Oni bruligis la aŭton.

-Kaj la fotoj?

-Ili ne estis ĉe ŝi — diris Tim.

-Ĉu vi havas supozon pri kie estas la fotoj? — demandis Rad.

-Tute ne. Tamen kial vi bezonas ilin? Ja, ŝi mortis.

Tiuj ĉi vortoj de Tim kolerigis Rad kaj li diris al si mem: "Vi estas stultulo, Tim. Vi rezonas stulte. Laŭvi ¬ne estas homo, ne estas problemo. Vi ne konscias, ke la problemo estas granda."

-Trovu la fotojn! — ordonis Rad. — Ĉu vi scias kie estas ŝia loĝejo?

-Jes — respondis Tim.

-Iru tien, traserĉu ĉion kaj trovu la fotojn!

-Ŝi certe kaŝis ilin.

-Trovu la fotojn! — ripetis Rad.

Tim silentis, sed meditis: "Kion vi imagas? Mi ne estas sorĉisto, nek via servisto. Mi ne scias kie ŝi kaŝis la fotojn. Mi faris tion, kion vi deziris. Plu ne petu min pri io."

-Iru en ŝian loĝejon! — denove ordonis Rad.

-Nenien mi iros! — deklaris decide Tim.

Ne plaĉis al li la ordona tono de Rad.

-Ne forgesu! Vi estas en miaj manoj – malice diris Rad.

Tim abrupte ekstaris de la tablo kaj ekiris. "Stultulo, diris Tim al si mem. Li minacas min. Ne mi, sed li estas en miaj manoj."

Tim eliris el la kafejo kaj ekis sur bulvardon "Respubliko" al restoracio "Sezonoj". La restoracio troviĝis kontraŭ la urba parko. Ĝi ne estis granda, sed agrabla kaj Tim ŝatis manĝi en ĝi. Pli ofte li vespermanĝis ĉi tie. En la restoracio laboris nur du kelneroj, kiujn Tim bone konis. Ĉi tie, en "Sezonoj" antaŭdu jaroj li konatiĝs kun Alena. La restoracio estis proksime al la universitato kaj en ĝi kutimis tagmanĝi studentoj. Ĉiutage estis tagmanĝa menuo por studentoj, iom pli malmultekosta.

Dum iu tagmanĝo Tim rimarkis ĉe la najbara tablo tre belan junulinon, eble dudekjaran studentinon. La junulino estis tiel alloga, ke Tim ekdeziris tuj alparoli ŝin. Li petis la kelneron servi al la junulino glason da blanka vino. La kelnero tuj plenumis lian peton. La junulino ege miris. La kelnero montris al ŝi kiu sendis la vinon. Ŝi turnis sin kaj dankis al Tim, kiu afable ekridetis. Poste Tim sidiĝis ĉe la tablo, ĉe kiu sidis la junulino, ili komencis konversacii kaj Tim eksciis, ke ŝia nomo estas Alena kaj ŝi studas pedagogion.

Nun Tim kvazaŭ vidis la profundajn beduenajn okulojn de Alena. Kiel gracia estis ŝia korpo. Sveltaj, glataj estis ŝiaj longaj kruroj. Ŝia haŭto odoris je drogherboj. Tim ne sciis precize je kiuj drogherboj odoris la korpo de Alena, sed la odoro estis mirinda. Alena ne uzis parfumojn, nek kremojn, nek ŝminkis sin. Ŝi deziris havi naturan aspekton. Alena estis ne nur bela, sed sprita.

Ŝi kutimis rakonti al li gajajn historiojn kaj ridigis lin. Ĉu ŝi elpensis ilin? Alena verŝajne kapablis penetri en la pensojn de Tim. Matene, kiam ili trinkis kafon, ŝi iom strange rigardis lin. Ĉu ŝi suspektis aŭ antaŭsentis ion? Tim sciis, ke la virinoj havas fortan intuicion. Eble Alena antaŭsentis ion malbonan, sed ŝi nenion diris.

Tim, kiel Alena, naskiĝis en provinca urbo kaj antaŭ dek jaroj li venis en la ĉefurbon studi. En la gimnazio Tim estis perfekta lernanto, matematikisto. Li komencis studi matematikon, sed allogis lin la hazardludoj. Tim ofte estis en kazinoj, li ludis dum tutaj noktoj, kaj gajnis, kaj perdis monon. La hazardludoj iĝis lia pasio. Tim komencis pruntepreni monon. Post iom da tempo li jam ŝuldis multe da mono kaj li ĉesis studi. Liaj novaj konatoj promesis helpi lin, sed Tim devis obei ilin kaj plenumi iliajn postulojn. Unu el tiuj konatoj estis Rad, oni nomis lin Kardinalo. Rad havis multe da elstaraj altrangaj amikoj kaj komence Tim fieris, ke li estas amiko de Rad. Rad protektis lin.

Rad prunte donis monon al Tim, sed post iom da tempo li komencis postuli de Tim redoni la monon. Tim ŝuldis grandan monsumon al li. Tial en kafejo "Oriono" Rad diris al Tim: "Ne forgesu. Vi estas en miaj manoj."

La nokto estis silenta. Antaŭ "Sezonoj" dormis la urba parko. Tim iris sur la strato. Ĉu la polico trovis la bruligitan aŭton en la ravino, demandis sin li. Certe oni jam trovis ĝin kaj oni komencis esploron. La polico havos multe da laboro. Malfacile oni divenos kiu estas la junulino, meditis Tim. Post la bruligo ne estos spuroj. Kion la polico faros? Unue pere de la televizio oni informos pri la akcidento sur la ŝoseo al Elhovilak kaj oni ne mencios, ke la junulino estas nekonata. Verŝajne ili atendos, ke iu telefonos al la polico kaj informos pri malaperinta junulino. Aŭ eble la polico neniam divenos kiu ŝi estis. Ĉu tiel ni devis solvi la problemon?

Tim sentis sin elĉerpita. Li ne deziris plu pensi pri Alena, pri Rad··· Ĉ eblas ekdormi kaj matene vekiĝ kvazaŭnenio okazis, kvazaŭ neniu estis murdita kaj lin tute ne koncernas tiu ĉi murdo? Tim deziris ekkredi, ke ĉio, kio okazis hodiaŭ estis nur songo. Li baldaŭ vekiĝos kaj konstatos, ke li dormis, ke li sonĝis.

Tim elprenis la poŝtelefonon kaj telefonis. Aŭdiĝis agrabla ina voĉo.

-Keti, - diris Tim - kiel vi fartas?

-Bonege – respondis la virino.

-Estas iom malfrue, sed ĉu vi akceptos gaston?

-Kompreneble. Vi scias, ke vi ĉiam estas bonvena.

-Dankon. Mi venos.

Tim haltigis taksion kaj diris al la ŝoforo:

-Al strato "Ljulin".

Post dudek minutoj la taksio estis antaŭ kvinetaĝa domo. La loĝejo de Keti troviĝis sur la dua etaĝo. Tim premis la butonon de la sonorilo kaj post kelkaj sekundoj ŝi malfermis la pordon.

-Bonvolu – diris Keti kaj kare ekridetis al Tim.

La loĝejo estis malgranda – nur ĉambro, kuirejo kaj banĉambro. En la bele meblita ĉambro estis lito, vestoŝranko, kafotablo, sur la muroj – pentraĵoj. Keti estis pentristino kaj ŝiaj pentraĵoj plaĉis al Tim. Antaŭ kelkaj jaroj li kaj Keti konatiĝis en kafejo "Oriono", kie estis inaŭurita pentroarta ekspozicio de Keti. Tiam Tim aĉetis du ŝiajn abstraktajn pentraĵojn. Tim ŝatis rigardi ilin kaj mediti kion sentis Keti, kiam ŝi pentris ilin. Kiajn asociojn provokas la pentraĵoj. Keti ne similis al aliaj virinoj. Ŝia pensmaniero ne estis triviala kaj ŝi ne havis antaŭjuĝojn.

-Ĉu okazis io eksterordinara kaj vi decidis nun gasti al mi? – demandis Keti.

-Hodiaŭ mi estis en la provinco – mensogis Tim – kaj mi sentis bezonon vidi vin.

-Ho, tio estas tre kara. Mi ĝojas, ke vi ne forgesas min kaj de tempo al tempo vi rememoras pri mi.

-Neniam mi forgesos vin − diris Tim. − Ja viaj pentraĵoj en mia domo ĉiam memorigas min pri vi.

Keti estis samaĝa kiel Tim, preskaŭ tridekjara. Delonge ŝi estis eksedziniĝinta kaj ŝi loĝis sola. Malgraŭ la aĝo, ŝi estis bela kun blanka vizaĝo, glata kiel porcelano, kun nigra hararo kaj okuloj, kiuj brilas kiel sukceno.

-Kion vi trinkos? − demandis ŝi. − Mi havas konjakon, viskion, rumon.

-Ho, estas riĉa kolekto − ekridetis Tim. − Mi preferas konjakon.

Keti prenis du glasojn el la servoŝranko, ŝi verŝis en ili konjakon kaj sidis ĉe Tim, ĉe la kafotablo.

-Ĉu vi pentris novajn pentraĵojn? − demandis Tim.

-Ĉiutage mi pentras. Se mi ne pentras, mi ne povas vivi − respondis ŝi. − Iam vi venu en mian atelieron kaj eble iu mia nova pentraĵo plaĉos al vi.

La ateliero de Keti estis ekster la urbo, ĉe la piedoj de la monto kaj fojfoje Tim iris tien.

-Mi ĝojas, ke vi ne forgesas min − diris Keti. − Ŝi alrigardis lin, ĉirkaŭbrakis kaj kisis lin.

-Vi diris, ke se vi ne pentrus, vi ne povus vivi. Mi dirus, ke se mi ne vidus vin, mi ne povus vivi.

Keti ekstaris, estingis la lampojn de la granda lustro kaj bruligis kandelojn.

-Tiel la etoso estos pli romantika — diris ŝi.

Tim rememoris la travivaĵojn de la hodiaŭa tago. Antaŭli aperis la vizaĝo de Alena kaj kvazaŭ ŝiaj grandaj beduenaj okuloj demandis lin: "Kial?"

-Mi estas laca — diris Tim. — Pardonu min, sed mi devas foriri.

-Eble vere vi venis nun vidi ĉu mi ankoraŭ vivas — diris Keti. — Bone. Mi esperas, ke iam same neatendite vi aperos en mia ateliero.

Tim ekstaris kaj ekiris al la pordo.

-Ĝis revido — diris li.

-Ĝis revido — diris Keti.

Sur la strato Tim haltis por momento. Kvazaŭ li estis plena je pajlo, li havis nek pensojn, nek sentojn, homo sen celoj, sen planoj. "Mia vivo ne havas valoron, diris Tim al si mem."

5장. 팀과 라드의 만남

수도 소피아에서 가장 멋진 카페인 **오리오노**에는 거의 발 디딜 틈이 없다. **레스푸브리코** 대로 쪽으로 커다란 창이 난 그 넓은 홀에는 탁자가 많다.

카페를 장식한 모든 것은 예쁘고 현대식이다. 탁자, 의자, 상들리에, 산맥을 그린 풍경화. 오리오노에서는 수도의 유명 화가들의 전시회를 자주 여는데, 개막 날에는 화가, 예술가, 미술 고고학자, 작가가 많이 참석한다. 때로 오리오노에 정치가도 온다. 여종업원은 하나같이 젊고 예쁘다. 카페 사장 **이반 밀레브**는 여종업원을 신중하게 뽑았다. 친절한 여종업원들은 입구에서 손님을 맞이했다. 짧은 빨간색 스커트에 주황색 블라우스를 차려입은 여종업원들은 지치지 않고 이 탁자 저 탁자로 잔과 접시가 담긴 무거운 쟁반을 들고 다닌다.

오리오노는 **라드 페이코브**가 좋아하는 카페여서 자주 찾는다. 카페 구석에는 항시 그의 예약석이 마련돼 있다. 라드는 늘 위스키와 커피를 주문했다. 여종업원은 그가 들어오는 걸 보면 금세 탁자로 위스키와 커피를 가져 왔다. 때로 라드의 탁자에 다른 사람, 주로 중년 남자들이 앉기도 한다. 라드는 오리오노에 절대 여자와 같이 오지 않았다. 여종업원들은 그에게 아내가 있는지, 애인이 있는지 궁금했다. 여종업원들은 라드를 큰 부자로 알고 있다. 기분이 좋을 때면 종업원들에게 팁을 후하게 주었다.

오늘 라드 페이코브는 카페 오리오노에 마치 자기 집에 오듯 천천히 들어왔다. 카페에 사람이 있는지 없는지 둘러보지도 않고 구석진 자기 탁자로 바로 갔다. 라드가 탁자로 가는 사이 종업원 하나가 위스키와 커피를 금세 가져왔다. "고마워." 라드는 말하고 탁자 옆 의자에 앉았다. 마흔 살인 그는 뚱뚱한 편인데 성가시더라도 항상 넥타이를 매고 정장을 입었다. 지금 역시 밝고 푸른 여름용 정장에, 넥타이 없는 노란 셔츠 차림이다. 그는 큰 얼굴에 눈썹은 진하고 입술은 두꺼운 편이다. 그의 눈은 푸른색인지 어두운 파란색인지 정확히 말할 수 없다. 라드는 대머리여서 정수리는 프라이팬처럼 빛이 났다. 위스키 잔에 얼음 조각을 두 개 집어넣고 기분 좋게 마신 그는 곧장 커피까지 조금 마시고는 조심스럽게 카페에 앉은 사람들을 둘러보았다. 아마 그는 누군가를 찾는 모양이지만 좀처럼 찾지 못했다. 그때 그의 휴대전화기가 울렸다. 라드는 호주머니에서 전화기를 꺼냈다. 대화는 그리 길지 않았다. 라드는 휴대전화기를 다시 호주머니에 집어넣었고, 10분 동안 꼼짝않고 앉아 있었다.

카페 안으로 팀이 들어왔다. 그는 라드가 앉아 있는 탁자로 곧장 가더니 무례하게 건너편 의자에 털썩 앉았다.

"무슨 일이야?" 라드가 물었다.

"모든 것이 잘 됐습니다." 팀이 대답했다. "우리가 그녀 휴대전화기와 개인 신분증을 가져왔습니다. 둘 다 핸드백에 있었습니다. 차는 불태웠고요."

"그러면 사진은?"

"그것은 그녀가 가지고 있지 않았습니다." 팀이 말했다.

"사진이 어디 있는지 짐작가니?" 라드가 물었다.

"전혀 모릅니다. 하지만 왜 사진이 필요합니까? 정말 그녀는 죽었다고요!"

"너는 바보구나, 팀! 왜 그렇게 멍청하니? 네 말에 따르면, 사람이 없어졌으니 문제도 없다는 거냐? 너는 문제가 얼마나 심각한지 잘 몰라. 사진을 찾아!" 팀의 말대꾸에 화가 난 라드는 꾸짖고 나서 다시 지시했다. "그 여자 집이 어디 있는지 알지?" "예." 팀이 대답했다.

"거기 가서 샅샅이 뒤져 사진을 찾아 봐."

"그녀는 분명 사진을 깊이 숨겼을 겁니다."

"사진을 찾아." 라드가 반복해서 말했다. 팀은 침묵하지만 속으로 생각했다. '당신은 무슨 상상을 하는 거야? 나는 마술사나 심부름꾼이 아니야. 그녀가 사진을 어디에 숨겼는지 나는 몰라. 나는 당신이 원하는 모든 걸 했어. 이제 내게 뭔가 더 요청하지 마.'

"그 여자 집에 가 봐." 다시 라드가 말했다.

"저는 어디에도 안 갈 겁니다." 팀이 분명하게 거절했다. 라드의 지시하는 말투가 마음에 들지 않았다.

"잊지 마. 너는 내 손 안에 있어." 위협하듯 라드가 말했다.

팀은 탁자에서 벌떡 일어나서 나갔다. '바보!' 팀은 혼잣말하며 생각했다. '당신은 나를 위협하는군. 하지만 내가 아니라 당신이 내 손 안에 있다고!'

팀은 카페에서 나가 레스푸브리코 도로 위 **세로노이** 식당으로 갔다. 식당은 시립공원 맞은편에 있다. 그리 넓지 않지만 편안해서 팀은 거기서 밥 먹기를 좋아한다.

아주 여러 번 여기서 저녁을 먹었다. 식당에는 팀이 잘 아는 종업원 둘이 일했다.

팀은 2년 전 이곳 세로노이에서 알레나도 알게 되었다. 식당은 대학에서 가까웠고, 대학생이 많이 와서 점심을 먹었다. 식당 주인은 지갑이 얇은 대학생을 위해 매일 조금 값싼 점심 메뉴를 제공했다.

어느 점심때 팀은 옆 탁자에 앉은 스무 살쯤 먹은 아주 예쁜 여대생에게 눈길이 끌렸다. 아가씨가 너무 매력적이어서 팀은 그녀에게 말을 걸고 싶었다. 종업원에게 부탁해서 그 아가씨에게 백포도주를 대접했다. 종업원은 금세 그의 청을 들어주었다. 깜짝 놀란 그 아가씨에게 종업원은 누가 포도주를 보냈는지 가리켜 주었다. 아가씨는 몸을 돌려 친절하게 웃고 있는 팀에게 감사 인사를 했다. 팀은 곧 아가씨 옆 탁자로 옮겨 앉자 대화를 트고, 알레나의 이름과 교육학 전공인 걸 알아냈다. 팀은 알레나에게서 마치 베두인같이 깊은 눈망울을 보는 듯한 인상을 받았다. 그녀의 몸매는 또 얼마나 잘 빠졌는지! 날씬한 허리에 다리는 길고 매끈했다. 그녀의 피부에서 약초 내음이 풍겼다. 팀은 알레나의 몸에서 어떤 약초 냄새가 나는지 정확히 알지 못했지만, 그 향기는 놀랄만했다. 알레나는 향수나 크림을 사용하지 않고 화장도 하지 않았는데도! 그녀는 자연미를 원했다. 알레나는 예쁜 데다 재치가 넘쳤다. 팀에게 재미있는 역사 이야기를 해서 그를 웃겼다. 그녀는 어쩜 저런 걸 다 생각해냈을까? 알레나는 팀의 생각을 꿰뚫어 보는 거 같았다.

사건이 일어난 날 아침, 그들이 커피를 마실 때 그녀는 이상한 낌새를 채고 그를 바라보았다. 그녀가 의심하거나 뭔가를 예감했을까? 팀은 여자들이 육감이 강한 걸 알기에 걱정이 됐다. 알레나는 무언가 나쁜 걸 예감했지만 아무 말도 하지 않았다.

팀은 알레나와 마찬가지로 지방 도시 출신으로 10년 전 수도 소피아에 공부하러 왔다. 고등학교에서 공부를 썩 잘했고 특히 수학에 능했다. 그가 수학을 전공할 무렵, 우연히 도박을 접하게 됐다. 팀은 자주 카지노에 가서 밤새도록 놀면서 돈을 따기도 하고 잃기도 했다. 어느새 도박에 푹 빠져들었다.

팀은 주변 사람들에게 돈을 빌리기 시작했다. 얼마 뒤 도박 빚에 몰려 공부를 그만두었다. 그의 새 친구들이 그의 도박 빚을 갚아 주기로 약속했건만, 결국 팀은 그들에게 복종하고 그들의 요구를 들어줘야 했다. 그 친구 중 하나가 라드였는데, 사람들은 그를 추기경이라 불렀다.

처음에 팀은 라드가 상류계급에 속하는 훌륭한 친구를 많이 둬서 그의 친구인 게 자랑스러웠다. 라드는 팀을 지켜주었다. 하지만 라드는 팀에게 돈을 빌려주고 얼마 지나 팀에게 돈을 되돌려 달라고 요구했다. 팀은 어느새 라드에게 거액의 빚을 지고 있었다. 그래서 카페 오리오노에서 라드가 팀에게 말한 것이다. "잊지 마. 너는 내 손 안에 있어."

밤은 고요했다. 세로노이 식당 앞 시립공원은 잠든 듯했다. 팀은 거리로 나섰다. '경찰이 계곡에서 불탄 자동차를 발견했을까?' 팀은 궁금했다. 분명 벌써 자동차 잔해를 발견하고 수사를 시작했을 것이다. 경찰은 일이 많아서 불에 탄 아가씨가 누구인지 알아내기 어려울 것이라고 팀은 생각했다. 불을 지르고 나왔으니 흔적은 없을 것이 분명했다. 경찰은 무엇을 할 것인가? 처음엔 TV 뉴스로, 엘호비락으로 가는 고속도로 위 사고 소식을 사람들에게 알릴 것이고, 아가씨의 신원은 알 수 없다고 할 것이다. 실제로 경찰은 누군가 전화 제보로 아가씨에 관해 알려줄 걸 기다릴 것이다. 그렇지 않다면 아마도 경찰은 그녀가 누구인지 짐작조차 못 할 것이다. 그렇게 우리는 이번 문제를 덮을 수 있겠지! 팀은 자신이 이번 사건에 온 힘을 쏟았다는 걸 알고 있다.

그는 알레나와 라드를 더는 생각하고 싶지 않았다. 마치 아무 일도 없던 것처럼, 마치 아무도 죽지 않고 그가 살인에 전혀 연루되지 않은 것처럼 편안히 잠들었다가 아침에 살며시 깨어나고 싶었다. 팀은 오늘 일어난 모든 일이 한갓 꿈이라고 믿고 싶었다. 그는 깨어나서 '잠을 잤더니 꿈을 꾸었네' 하고 말하고 싶었다.

팀은 휴대전화기를 꺼내 전화를 걸었다. 친절한 여자 목소리가 들려왔다. "케티! 어떻게 지내요?" 팀이 말했다.

"잘 지내요." 여자가 대답했다.

"조금 늦었지만 가도 되나요?"

"물론이죠. 언제나 환영한다는 걸 잘 아시잖아요."

"고마워요. 갈게요." 팀은 택시를 세워 운전 기사에게 말했다. "**류린** 거리로."

20분 뒤에 택시는 5층 건물 앞에 섰다. 케티의 집은 2층이다. 초인종을 누르자 잠시 후 케티가 문을 열었다.

"어서 오세요." 말하면서 케티는 사랑스럽게 웃었다. 집은 아담한 것이 방, 부엌, 욕실이 다였다. 예쁘게 꾸민 방에는 침대, 옷장, 커피용 탁자가 가지런히 놓였고, 벽에는 풍경화가 걸려 있다.

케티는 화가인데 그녀의 그림이 팀의 마음에 들었다. 몇 년 전 카페 오리오노에서 열린 케티의 미술작품전시회 개막식에서 둘이 알게 되었다. 그때 팀은 케티가 그린 추상화를 두 점 샀다. 팀은 벽에 걸린 그림을 처다보면서 케티가 그걸 그릴 때 무슨 생각을 했는지 상상해보곤 했다. 그림들은 제각기 어떤 연상을 불러일으켰다. 케티는 다른 여자들과 같지 않았다. 그녀의 사고방식은 평범하지 않으면서 선입견도 품지 않았다.

"무슨 특별한 일이 있었나요? 왜 오늘 내게 깜짝 방문을 하려고 마음먹었나요?"

"오늘 지방에 갔었어요. 그래서 당신이 많이 보고 싶었어요." 팀은 거짓말했다.

"아, 그렇다니 정말 행복하네요. 잊지 않고 때로 저를 기억해 주셔서 기뻐요."

"나는 절대로 당신을 잊지 못해요. 우리 집에 있는 당신 그림 덕분에 난 항상 당신을 기억해요."

오래전에 이혼해서 혼자 살고 있는 케티는 팀과 동갑인 서른 살이다. 그 나이에도 그녀는 도자기처럼 매끈하고 하얀 얼굴에 검은 머릿결과 호박 보석처럼 빛나는 눈을 가져 예뻤다.

"뭘 마실래요? 코냑, 위스키, 럼주가 있어요." 그녀가 물었다.
"종류가 다양하네요. 코냑이 좋아요." 팀이 싱긋 웃었다.
케티는 진열장에서 잔을 두 개 꺼내 코냑을 따른 뒤, 커피용 탁자 옆 팀 앞에 앉았다.
"새로운 그림을 그리나요?" 팀이 물었다.
"매일 그림을 그려요. 그리지 않으면 난 살 수 없어요." 그녀가 대답했다. "언제든 내 화실에 들르세요. 아마 내 그림 중 당신 마음에 드는 게 몇 점 있을 거예요."
케티의 화실은 시 외곽 산자락에 있고 팀은 여러 차례 거기에 갔었다.
"당신이 나를 잊지 않아서 기뻐요." 케티가 말했다.
그녀는 그를 바라보다 껴안고 입맞춤했다.
"당신은 그림을 그리지 않으면 살 수 없다고 말했지요. 나는 당신을 보지 않으면 살 수 없다고 말하고 싶어요."
케티는 큰 형광등을 끄고 촛불을 밝혔다.
"그래야 분위기가 더 낭만적이죠." 그녀가 말했다.
팀은 오늘 하루 일어난 일을 기억했다. 눈앞에 알레나의 얼굴이 어른거리고 마치 그녀의 베두인 같은 큰 눈이 '왜?'라고 묻는 듯했다.
"피곤해요. 미안하지만 가봐야 해요." 팀이 말했다.
"아마 당신은 내가 아직 살아 있는지 살피러 온 것 같군요. 좋아요! 언젠가 지금처럼 예고 없이 내 화실에도 나타나기를 고대할게요." 케티가 말했다.
팀은 일어나서 문으로 갔다. "안녕!" 그가 말했다.
"잘 가요." 케티가 말했다.
거리에서 팀은 잠깐 멈춰 섰다. 그 자신은 지푸라기로 가득한 것 같았다. 생각도 느낌도 없고, 목적도 계획도 없는 인간 허수아비. '내 삶은 아무런 가치가 없어.' 하고 팀은 중얼거렸다.

6.

Jam tutan semajnon Kalojan, Mila kaj Greta pasigis en Laguno ĉe la Nigramara bordo. Laguno estis vilaa zono sur pitoreska duoninsulo, kie sur ne tre vasta areo estis belaj vilaoj en kortoj kun arboj kaj floroj. La vilaoj kiel fungoj kaŝis sin en densa verdaĵo kaj ĉiuj mallarĝaj stratoj de Laguno gvidis al la maro.

Kviete kaj trankvile estis sur la duoninsulo. Kiam Kalojan pasis sur la stratoj nenie videblis homoj kaj ŝajnis al li, ke en tiuj ĉi varmaj juliaj tagoj en Laguno estas neniu. Verŝajne la homoj sidis en la vilaoj aŭ ili ripozis sub la ombroj de la arboj en la kortoj, aŭ estis sur la strando. "Laguno –bonega loko por ripozo – opiniis Kalojan."

Ĉiun matenon Kalojan iris al la rokoj ĉe la maro, kie li enspiris la freŝan maran aeron, rigardante al la horizonto, kie la suno malrapide elnaĝis, simila al brila ora krono. Preskaŭ horon Kalojan sidis sur la roko kaj rigardis la maron. Sur la blua vasteco videblis nek ŝipo, nek boato. Norde estis la blankaj konstruaĵoj de Burgo, lia naska urbo. De kiam Kalojan laboris en Serda, li malofte iris en Burgon. Nur unu aŭ dufoje jare li veturis tien por viziti siajn gepatrojn. Lia laboro en Serda estis streĉa, tie Kalojan havis pli da taskoj ol en la policoficejo en Burgo. Tamen li kontentis, ke li laboras en la plej granda policoficejo en la lando. Liaj kolegoj estimis lin, helpis lin. Kalojan entute dediĉis sin al la laboro kaj ĉiam li pretis plenumi eĉ la plej malfacilajn taskojn.

La unuan jaron en Serda Kalojan ne havis ferion. Tiam estis multe da laboro kaj preskaŭ neniu el la komisaroj en la policejo feriis. Oni devis persekuti grandan bandon, kiu disvendis drogon. Dum longa tempo la policanoj spionis la anojn de la bando kaj finfine ili arestis ĉiujn, kiuj disvastigis la drogon.

En la komenco de la somero la direktoro de la policoficejo diris al Kalojan:

—Safirov, pasintjare vi ne feriis, sed ĉi-jare vi ferios. Kiam vi decidos, mi permesos al vi ferii.

Kalojan decidis ferii en la komenco de la monato julio. Lia kolego Bojan, kiu estis pli aĝa ol li, diris al Kalojan:

—Mi havas etan vilaon en Laguno. Se vi deziras, via familio povus estis tie dum la ferio. En Laguno estas trankvile, vi bone ripozos.

—Dankon. Mila, mia edzino kaj Greta, la filino, tre ĝojos. Pasintsomere ni nenie estis. Eĉ al niaj gepatroj en Burgo ni ne povis iri.

—Mi esperas, ke Laguno plaĉos al vi. Oni diras, ke tie la strando estas la plej bela sur la suda Nigramara bordo. La vilao ne estas proksime al la strando, sed utilos ĉiutage iom promenadi.

—Mi tre dankas al vi.

Bojan donis la ŝlosilojn de la vilao kaj Kalojan, Mila kaj Greta ekveturis al Laguno.

La vilao, ne granda, sed tre oportuna, estis duetaĝa. Sur la unua etaĝo troviĝis la manĝejo kaj kuirejo, kie Mila povis kuiri. Tio estis bona, ĉar ili ne devis manĝi en restoracio. Sur la dua etaĝo estis tri dormoĉambroj. Antaŭ la enirejo de la vilao estis teraso, sur kiu posttagmeze Mila kaj Greta sidis kaj legis. Ambaŭ portis librojn, kiujn ĉi tie ili povis trankvile legi. Vespere la familio vespermanĝis sur la teraso.

Kalojan ŝatis sidi ĉi tie ĝis malfrue nokte, ĝuante la ravecon de la nokta silento kaj la feblan brizon, kiu alblovis de la duoninsulo al la maro. Ĉio dormis: la vilaoj, la kortoj, la stratetoj. Supre flagris la sennombraj steloj, similaj al kristaletoj, ĵetitaj de infana mano. Sur la bluvelura ĉielo la luno arĝentis kiel granda brila monero. Kalojan sidis en la kuŝseĝo kun duonfermitaj okuloj, rememorante sian infanecon en Burgo. Tiam la someraj noktoj same estis silentaj kaj trankvilaj. Post la tuttaga infana ludado kaj naĝado en la maro, Kalojan dormis kiel ebriigita. Senzorga estis lia infaneco en Burgo. Ilia familio loĝis en kvartalo, proksima al la stacidomo, kie estis multaj infanoj. La patrino de Kalojan estis kudristino kaj la patro — lokomotivestro. Somere de matene ĝis vespere la infanoj ludis ekstere aŭ ili estis sur la strando. Ĉiuj knaboj naĝis kiel fiŝoj, kvazaŭ ili naskiĝis en la maro. Tiam Kalojan havis najbaron, studenton, kiu studis en Teknika Universitato. Liaj amikoj, samstudentoj, nomis lin Markoni. Markoni estis pasia fiŝkaptisto. Kalojan kaj li fiŝkaptadis, sed ne ĉiam ili havis ŝancon kapti fiŝojn. Estis tagoj, kiam eĉ unu fiŝon ili ne kaptis. Markoni estis maldika, alta kaj Kalojan kvazaŭ nun denove vidis lin. Somere ĉiam Markoni surhavis mallongan pantalonon, pajlan ĉapelon. Li staris senmove sur la kajo kun la fiŝkaptilo mane kaj atendis. Markoni estis tre bona kaj tre kara, sed juna forpasis. Eble li estis malsana, tamen neniam li diris, ke li malbone fartas. Li ĉiam estis gaja.

En la infaneco Kalojan revis esti ŝipkapitano, naĝanta per ŝipoj en la oceanoj, esti en diversaj landoj, vidi nekonatajn, mirindajn urbojn. Tiam Kalojan legis multajn librojn pri mondaj vojaĝoj, pri ekzotikaj lokoj, neordinaraj kreskaĵoj, rabaj bestoj, kuraĝaj vojaĝantoj.

Bedaŭrinde li ne povis ekstudi en la Oficira Mara Altlernejo. Tiam malmulte da kursanoj studis en ĝi. La dezirantoj estis el la tuta lando. Kiam Kalojan finstudis juron, li eklaboris ĉe la polico en Burgo.

Sola sur la teraso de la vilao, en la profunda nokta silento, Kalojan rememoris multajn momentojn el sia infaneco. Subite lia poŝtelefono eksonoris. "Strange, kiu deziras nokte paroli kun mi, demandis sin Kalojan." Estis la deĵranta policano el la ĉefurba policoficejo.

-Komisaro Safirov, morgaŭ vi devas esti en la policoficejo. Urĝas.

-Bone – diris Kalojan. – Morgaŭ frumatene mi ekveturos al Serda.

Matene Kalojan diris al Mila kaj Greta, ke oni urĝe vokas lin en la policoficejo.

-Vi daŭrigu la ferion.

Kalojan rapide preparis sin kaj forveturis.

6장. 라구노에서 보낸 휴가

벌써 일주일째 칼로얀, 밀라, 그레타는 흑해 연안 **라구노**에서 지내고 있다. 라구노는 멋진 반도(半島) 위에 있는 빌라 지역인데, 그리 넓지 않은 공간에 나무와 꽃이 자라는 마당이 딸린 예쁜 빌라들이 모여있다. 무성한 푸르름 속에 버섯처럼 빌라가 숨겨져 있다. 라구노의 좁은 길들은 하나같이 바다를 향해 뻗어 있다. 반도는 조용하고 평화로웠다.

칼로얀이 거리를 산책할 때면 아무 데도 사람이 얼씬하지 않아 이 더운 7월에 라구노에는 아무도 없이 텅 빈 것 같았다. 실제로는 사람들이 빌라에 머물거나, 마당의 나무 그늘에 쉬거나, 해변을 거닐고 있다. 라구노는 휴식하기엔 안성맞춤인 곳이야, 라고 칼로얀은 생각했다.

아침마다 칼로얀은 바닷가 갯바위에 가서 신선한 바다 공기를 들이마셨다. 빛나는 황금 면류관 같은 해가 천천히 헤엄쳐 나오는 수평선을 바라보면서 칼로얀은 거의 1시간 동안 갯바위에 앉아 바다를 응시했다. 넓고 파란 바다 위에는 배도 보트도 보이지 않았다. 북쪽에는 그가 태어난 부르가스 시의 하얀 건축물들이 아스라이 보였다. 수도 소피아에서 일하면서부터는 부르가스에 가끔 갔다. 일 년에 한두 번쯤, 부모님을 뵈러 부르가스에 차를 운전해서 갔다.

소피아에서 맡은 그의 일은 늘 긴장감이 있고 칼로얀은 부르가스 경찰서보다 훨씬 일이 많다. 하지만 그는 나라에서 가장 큰 경찰청에서 일하고 있다는 자부심으로 만족했다. 동료들은 다들 그를 존경하고 도와준다. 일에 자기 전부를 쏟아붓는 칼로얀은 언제 어떤 어려운 일을 맡길지라도 감당할 자세가 되어 있다. 소피아에서 일한 첫해, 칼로얀은 휴가를 가지 못했다. 일이 많아서 당시 경찰청 경감들은 누구도 휴가를 쓰지 못했다. 마약을 판매하는 대규모 갱 조직을 체포해야 했다. 오랜 시간 경찰관은 갱 조직원을 미행해서 마침내 마약 배포자들을 일망타진했다.

올 초여름에 경찰청장이 칼로얀에게 말했다.

"사피로브 경감, 작년에 휴가를 가지 않았으니 올해는 꼭 다녀오게. 마음만 먹으면 바로 허락할게."

칼로얀은 7월 초에 휴가를 쓰기로 마음먹었다. 그 즈음 몇 살 많은 동료 보얀이 칼로얀에게 말했다.

"내가 라구노에 작은 빌라를 가지고 있어. 원한다면 휴가 동안 거기서 지내게 해 줄게. 라구노는 조용해서 쉬기엔 그만이야."

"감사해요. 아내 밀라와 딸 그레타가 좋아하겠네요. 지난여름에 우리는 아무데도 못 갔어요. 부르가스에 사시는 부모님께도 갈 수 없었지요."

"라구노가 자네 마음에 들기를 바라네. 거기 모래사장이 남흑해 연안에서 가장 예쁘다고 다들 야단이야. 빌라는 모래사장에서 가깝지 않지만 매일 조금씩 산책하는 편이 더 나아."

"정말 감사합니다."

보얀에게 빌라 열쇠를 받고 칼로얀, 밀라, 그레타는 라구노를 향해 출발했다. 빌라는 크지 않지만, 매우 편리한 2층짜리 건물이었다. 1층에는 식당과 부엌이 있는데, 거기서 밀라가 요리할 수 있어서 식당에 가 밥을 사 먹지 않아도 돼 좋았다. 2층에는 침실이 셋 있고 빌라 입구 앞에는 테라스가 있어서 오후에 밀라와 그레타는 거기에 앉아 책을 읽었다. 휴양지에서 편안히 읽을 만한 책들을 모조리 가지고 왔다. 저녁에 셋은 테라스에서 만찬을 했다. 칼로얀은 늦은 밤까지 밤의 매력인 고요와 반도에서 섬으로 불어오는 희미한 바람을 즐기면서 자주 테라스에 앉아 있었다. 빌라, 마당, 작은 길, 모두 잠들었다. 어린이가 손으로 던져놓은 작은 수정 같은 수많은 별이 밤하늘에 반짝거렸다. 우단 같은 파란 밤하늘에 달은 커다란 동전같이 하얗게 빛나고 있었다. 칼로얀은 눈을 반쯤 감은 채 테라스의 '눕는 의자'에 앉아 부르가스에서 보낸 어린 시절을 회상했다.

여름밤은 그 당시나 지금이나 조용하고 평화로웠다. 온종일 친구들과 장난치고 바다 수영을 즐기다 돌아오면 어린 칼로얀은 마치 술 취한 사람처럼 푹 늘어져 잤다. 부르가스에서 지낸 어린 시절엔 아무런 걱정이 없었다. 그의 가족은 어린이가 많은 기차역 가까운 지역에서 살았다. 칼로얀의 어머니는 재봉사였고 아버지는 기차기관사였다. 여름이면 아이들은 아침부터 저녁까지 밖에서 놀거나 모래사장에 뒹굴었다. 소년들은 하나같이 마치 바다에서 태어난 물고기마냥 수영을 잘했다.

그 시절 칼로얀의 이웃에 미술대학 학생이 살았다. 같은 대학생인 그의 친구들이 그를 **마르코니**라고 불렀다. 마르코니는 낚시광이었다. 어린 칼로얀과 대학생 마르코니는 곧잘 같이 낚시를 했는데, 항상 고기를 잡은 건 아니었다. 물고기를 한 마리도 못 잡은 날도 있었다. 마르코니는 마르고 키가 컸다. 칼로얀은 마치 지금 다시 보는 듯 생생히 기억했다. 여름에 마르코니는 항상 반바지 차림에 밀짚모자를 썼다. 마르코니는 손에 낚시도구를 들고 부두에 가만히 서서 기다렸다. 마르코니는 매우 착하고 친절했다. 그러나 젊은 나이에 죽었다. 그는 몹시 아팠을 텐데도 힘든 내색을 일절 하지 않았고 항상 즐거워 보였다.

칼로얀은 어린 시절에 선장이 되기를 꿈꾸었다. 배로 대양을 항해하고 여러 나라에 가서 낯선 사람을 만나고 흥미로운 도시를 구경하길 원했다. 그래서 어린 칼로얀은 세계 여행, 이국적인 장소, 특이한 식물들, 맹수, 용감한 여행자들에 관한 책을 많이 읽었다. 아쉽게도 칼로얀은 해군사관학교에 들어갈 수 없었다. 지원자가 온 나라에서 모여 들었다. 소수의 학생들만 거기서 공부했다. 칼로얀은 법학을 마치고 부르가스 경찰서에서 경찰 일을 시작했다. 빌라 테라스에서의 깊은 밤, 침묵 속에서 칼로얀은 홀로 어린 시절의 순간들을 마음껏 추억하고 있던 중 갑자기 그의 휴대전화기가 울렸다.

'이상하네. 누가 밤에 전화를 했지?' 칼로얀은 궁금했다.

"사피로브 경감님, 내일 경찰청에 출근하셔야 합니다. 급합니다." 수도경찰청 당직 경찰관이었다.

"알았어." 칼로얀이 말했다. "내일 이른 아침에 소피아로 갈게."

아침에 칼로얀은 밀라와 그레타에게 경찰청에서 급히 호출이 왔다고 말했다.

"당신은 휴가를 계속 즐겨."

칼로얀은 서둘러 채비하고 차로 떠났다.

7.

Greta iris al la rokoj ĉe la maro. La suno kiel grandega kupra disko malrapide elnaĝis. La ondoj fariĝis rozkoloraj. La maro kvietis kiel dormanta infano. Greta atente malsupreniris. Ŝi staris ĉe la rokrando kaj saltis en la maron. Longe ŝi naĝis. La ondoj karesis ŝian korpon kaj ŝi estis kiel mara sireno. Sireno, kiu ne povas vivi sur la tero. La vento, la mara salodoro, la ondoj, la blueco sorĉadis ŝin. Greta ĝuis la benitan animan kaj korpan harmonion.

Al la rokoj venis junulo, nigrahara, alta kun simpatia vizaĝo sunbrunigita, kun okuloj, kiuj havis helverdan koloron. Antaŭe neniam Greta vidis lin ĉi tie. Ŝi eksidis sur la rokon ne tre proksime al li. La junulo venis al Greta.

-Saluton − diris li.

-Saluton - alrigardis lin Greta.

-Mia nomo estas Filip.

-Greta.

-Ĉu vi loĝas ĉi tie? − demandis li.

-Ne. Mi ferias ĉi tie.

-Mi same ferias − diris li. − Ni havas vilaon tie − kaj li montris mane al la eta arbaro, ne tre proksima.

Greta sciis, ke tie la strando ĉe la arbaro estis kaŝita de altaj rokoj kaj en ĝi povis esti nur la posedantoj de la vilaoj, kiuj troviĝis tie.

-Unuan fojon mi venas ĉi tien - diris Filip.

-Kial? - demandis Greta.

-Maljuna fiŝkaptisto diris al mi, ke ĉi tie, ĉe la rokoj en la maro, estas grotoj kaj mi deziras vidi ilin. Frue mi venis, ĉar matene la maro estas pli kvieta, ne estas grandaj ondoj kaj mi povus pli facile subakviĝi.

-Mi ne sciis, ke ĉi tie estas grotoj - diris Greta.

-Nun mi subakviĝos. Ĉu vi ne deziras subakviĝi?

-Mi timas - respondis Greta.

Filip komencis malsupreniri de la rokoj. Li saltis en la maron kaj subakviĝis. Post kelkaj minutoj li elnaĝis kaj venis al Greta. Ŝi rigardis lian atletan fortan korpon, latunkoloran pro la suno, sur kiu brilis maraj salaj gutoj. Filip sidis ĉe ŝi.

-Tie malsupre estas tre bele - diris li. - Unuan fojon mi vidas maran groton. Mi venos kaj faros belegajn fotojn.

Greta rigardis lin. Filip similis al helena Argonaŭto.

-Vi tre bone naĝas. Kie vi lernis naĝi? - demandis li.

-Mi naskiĝis en urbo Burgo kaj tie de la infaneco mi naĝas en la maro.

-Ĉu nun vi loĝas en Burgo?

-Nun mi loĝas en Serda. Antaŭ du jaroj mia patro komencis labori en Serda kaj nia familio loĝas tie - respondis Greta.

-Mi ankaŭ loĝas en Serda – diris Filip. –Ĉu vi studas aŭ laboras?

-Mi studas psikologion en la ĉefurba universitato.

-Ho, mi same studas en la universitato, sed historion. Kiam ni revenos en Serda, ni renkontiĝos en la universitato.

-Eble – ekridetis Greta.

Preskaŭ duonhoron ili sidis sur la roko kaj parolis. Kiam la suno komencis pli forte brili, Greta diris:

-Mi jam devas foriri. Ĝis revido.

-Mi esperas, ke ni denove renkontiĝos ĉi tie. Mi fotos la groton kaj mi montros al vi la fotojn.

-Dankon – diris Greta.

Filip ekiris al la vilao, kiu troviĝis en la bosko. Proksime al ĝi estis kelkaj aliaj vilaoj: de eksurbestro de la ĉefurbo, de altranga oficisto el la Ministerio pri Kulturo, de agento de sekretaj servoj, kiu nun estis pensiulo.

Trietaĝa, la vilao de la patro de Filip, estis blanka kiel cigno. En la teretaĝo troviĝis vasta salono, en kiu la familio renkontis gastojn. En la subetaĝo estis trinkejo, ĉambro kun bilardtablo, kaj ĉambro, kie oni ludis pokeron. Sur la tri etaĝoj troviĝis dormoĉambroj.

La patro de Filip, la ministro Vetko Despotov, sidis en la kiosko en la korto kaj trinkis anizan brandon. Li kutimis diri, ke tio trankviligas lin. Li estis malalta, iom dika, liaj okuloj similis al riveraj ŝtonetoj. Lia nazo estis kurba kaj lia hararo - pajlokolora.

-Hodiaŭ mi subakviĝis kaj rigardis unu el la grotoj. Tre bele estas tie - diris Filip al la patro.

-Kial necesas subakviĝi. Ĉi tie, de la korto, videblas la tuta maro. Vidu kiel bela ĝi estas - diris Vetko Despotov.

La korto de la vilao similis al ekzotika ĝardeno kun raraj kreskaĵoj kaj arboj: palmoj, figoarboj, olivarboj, bedoj kun floroj, kiosko kaj naĝbaseno. Pri la ĝardeno zorgis sperta ĝardenisto. Vetko Despotov delonge konis lin kaj bone pagis al li. Pri la vilao zorgis viro, kiu dum la tuta jaro loĝis en ĝi kaj gardis ĝin.

De la korto videblis la maro, blua, simila al vastega silka tolo, kaj la insulo Sankta Nikolao, enigma, alloga, malgraŭ ke sur ĝi ne estis kreskaĵoj. Oni diris, ke antaŭ multaj jaroj tie troviĝis monaĥejo, sed nun la insulo estis malgranda, ĉar la ondoj rodis ĝin kaj la monaĥejo delonge detruiĝis. Skafandristoj rakontis, ke en la maro, ĉe la insulo, oni trovis amforojn, ceramikajn ujojn kaj helenan ŝipon. Maldekstre de la insulo videblis granda golfo, kie estas urbo Polonia. Iam ĝi estis helena urbo, bela kun multaj loĝantoj, poste ĝi estis Romana, sed dum la turka regado la urbo iĝis malgranda fiŝkaptista loĝloko. Nun Polonia estis alloga mara ripozejo. Sude de Polonia troviĝis kelkaj aliaj famaj ripozejoj.

Antaŭ jaroj Vetko Despotov eĉ ne supozis, ke li estos

ministro kaj unu el la riĉuloj en la lando. Li naskiĝis en Igliko, malgranda provinca urbo. Lia patro estis kontisto en sukerfabriko kaj lia patrino flegistino en la urba hospitalo. Vetko bone lernis, li estis diligenta lernanto kaj post la fino de la gimnazio, li ekstudis juron en la ĉefurba universitato.

Dum la studado Vetko konatiĝis kun Lea, sia kunstudentino. Lea ne estis bela. Malalta, maldika, ŝi havis iom longan nazon kaj hararon, kiu similis al balailo, sed Lea estis perfekta studentino. Ŝi helpis Vetkon en la studado kaj ambaŭ kune lernis por la ekzamenoj. La patro de Lea, Slav Vojnov, estis diplomato kaj Lea finis gimnazion en Parizo, kie li laboris.

La familio de Lea loĝis en granda moderna domo, en kiu Vetko ofte gastis. Post la fino de la universitato Lea kaj Vetko geedziĝis. Dank' al ŝa patro, Slav Vojnov, Despotov komencis labori kiel juristo en la Ministerio pri Internaj Aferoj.

Li tre bone memoris la tagon, kiam li diris al la gepatroj de Lea, ke li deziras edziĝi al ilia filino. Estis monato majo. Despotov iris en la domon de Lea kun du grandaj bukedoj da rozoj. La unua estis ruĝaj rozoj por la patrino de Lea kaj la dua — blankaj por Lea. Oni atendis lin. La patrino de Lea kuiris kaj preparis bongustan vespermaĝon. En la vasta manĝejo la tablo estis bele aranĝita kaj antaŭ la vespermanĝo Despotov diris al la gepatroj, ke li petas ilian permeson edziĝi al ilia filino. Li estis tre embarasita, liaj manoj tremis, lia buŝo sekiĝis kaj li preskaŭ balbutis. La gepatroj de Lea ŝajnigis, ke ili ege surpriziĝis. Ili diris, ke ili ne atendis similan surprizon, sed ili konsentis kaj Despotov kaj Lea geedziĝis.

Post la vespermanĝo la patro de Lea invitis Despotovon en sian kabineton trinki kafon. Slav Vojnov estis alta viro, simila al seka poplo, brunhara kun rabaj okuloj. Vojnov sidis sur la kanapon kaj li montris al Despotov seĝon ĉe la kafotablo. La patrino de Lea alportis la kafotasojn kaj eliris. Vojnov bruligis cigaredon kaj li etendis la cigaredskatolon al Despotov. Li ne fumis, sed prenis cigaredon kaj Vojnov bruligis ĝin per sia ora fajrilo. Dum iom da tempo la du viroj sidis unu kontraŭ la alia, fumis kaj silentis. Eble post minuto aŭ du minutoj Vojnov komencis paroli:

-Sciu – diris li al Despotov – mi faris grandan kompromison. Vi estas malriĉa nekonata ulo el ia provinca urbeto, kies nomon mi forgesis.

-Igliko – diris Despotov.

-Ne gravas – daŭrigis Vojnov. – Mi vidas, ke ŝi amas vin kaj ŝi pretas al ĉio por esti kun vi. Mi deziras kredi, ke vi edziĝos al ŝi ne pro tio, ke ŝi estas riĉa.

-Kiel vi imagas⋯ ¬provis protesti Despotov.

-Mi imagas ĉion – interrompis lin Vojnov. – Mi tre

bone konas ruzulojn kiel vin. Despotov strabis lin senmove humiligita. "Estas tre facile edifi kaj prediki, meditis li. Kial vi ne diras kiel vi iĝis diplomato. Vi certe rampis antaŭ altranguloj, vi servis ilin, vi estis preta plenumi ĉiujn iliajn postulojn, por ke vi havu ilian bonvolemon, por ke ili oficigu vin kaj vi estu diplomato, por ke vi loĝu eksterlande, vi havu altan salajron, via filino lernu en eksterlanda gimnazio. Estas tre facile primoki junan provincianon. Jes. Nun vi estas orgojla, memfida, sed vi certe forgesis, ke iam vi same estis juna, ke vi petis, ke iu helpu vin, ke iu rimarku vin kaj donu al vi bonan postenon, bonan laboron. Jes. Oni rapide forgesas de kie oni venis kaj de kie komenciĝis ilia vivo", meditis kolere Despotov tiam.

–Tamen se vi jam estas ĉi tie, kaj se vi sukcesis allogi mian stultan anseron, mi akceptos vin. Mi helpos vin trovi bonan laboron. Via vivo estos trankvila kaj senzorga, tamen se mi rimarkus, ke ŝi malkontentas pro vi, ke ŝi plendas pri vi – via vivo iĝos terura! Mi forpelos vin kaj eĉ en via fora Igliko vi ne havos lokon. Ĉu vi bone komprenis min?

–Jes – tramurmuris Despotov.

Tio estis la unua leciono, kiun Despotov ricevis de la patro de Lea.

7장. 그레타와 필립의 만남

그레타는 바다 옆 바위에 올라갔다. 커다란 구리 원판 같은 해가 천천히 바다 위로 떠 오르자 파도는 장미색으로 변했다. 바다는 잠자는 어린이처럼 고요했다. 그레타는 조심스럽게 바위 아래쪽으로 내려갔다. 그녀는 바위 끝자락에 섰다가 바닷속으로 뛰어들었다. 그녀는 오랫동안 수영을 했다. 물결이 그녀의 몸을 어루만졌고 그녀는 자신이 바다의 여신 **시레노** 같이 느껴졌다. 시레노는 땅에서는 살 수 없다. 바람, 바다의 소금 내음, 파도의 파란 기질에 그녀는 매료됐다. 그레타는 축복받은 영혼과 몸의 조화를 즐겼다. 잠시 후 바위로 한 청년이 다가왔다. 검은 머리에 키가 훤칠하고 해에 그을린 편안한 얼굴, 밝고 푸른 눈동자를 가졌다. 전에는 한 번도 여기서 그를 본 적이 없었다. 그레타가 그에게서 그리 멀지 않은 바위에 걸터앉자 청년이 다가왔다.

"안녕하세요." 그가 말했다.

"안녕하세요." 그레타가 그를 바라보았다.

"제 이름은 필립입니다."

"저는 그레타예요."

"여기 사시나요?" 그가 물었다.

"아니요, 여기서 휴가를 보내고 있어요."

"나도 휴가로 왔어요." 그가 말했다. "우리는 저기 빌라에 살아요." 그리고 손으로 조금 떨어진 작은 숲속을 가리켰다. 그레타는 저쪽 숲 옆 모래사장이 커다란 바위들로 가려져 있어 바로 옆 빌라 소유자들만 거기 간다는 걸 알았다.

"처음 여기에 왔어요." 필립이 말했다.

"왜요?" 그레타가 물었다.

"늙은 낚시꾼이 여기 바닷속 바위에 동굴이 있다고 말해서 그걸 보고 싶어서요. 일찍 왔죠. 아침에 바다가 더 조용하니까요. 파도가 세지 않아 더 쉽게 잠수할 수 있을 테니까요."

"여기에 동굴이 있다는 걸 전혀 몰랐네요." 그레타가 말했다.

"이제 나는 잠수할 거예요. 잠수하고 싶지 않나요?"

"무서워요." 그레타가 대답했다.

필립은 바위에서 내려가더니 바다로 뛰어들어 잠수를 했다. 몇 분 뒤 그는 헤엄쳐 나왔고 그레타에게 다시 다가왔다. 그녀는 그의 운동선수 같은 근육질 몸매를 바라보았다. 해가 비춰서 황동색을 띠었고 그 위에서 바닷소금 방울이 반짝거렸다. 필립이 그녀 옆에 앉았다.

"저기 아래는 정말 예뻐요." 그가 말했다. "처음으로 바다 동굴을 봤어요. 다시 와서 아주 멋진 사진을 찍을 겁니다." 그레타가 그를 바라보았다. 필립은 그리스의 아르곤 원정대원 같았다.

"수영을 아주 잘 하던데 어디서 배웠나요?" 그가 물었다.

"나는 부르가스 시에서 태어나서 어릴 때부터 바다에서 헤엄을 쳤어요."

"지금도 부르가스에 살고 있나요?"

"지금은 소피아에서 살아요. 2년 전 아빠가 소피아로 전근가서 우리 가족은 거기 살아요." 그레타가 대답했다.

"나도 소피아에서 살아요." 필립이 말했다. "대학에 다니나요, 일하나요?"

"나는 수도에 있는 대학에서 심리학을 공부해요."

"아! 나도 같은 대학에서 공부하는데, 역사학이에요. 소피아에 돌아가면 대학에서 만나겠네요."

"아마도." 그레타가 살짝 웃었다. 거의 30분간 그들은 바위에 앉아 이야기를 나누었다. 해가 더욱 세차게 비추자 그레타가 말했다. "나는 가야만 해요. 잘 있어요."

"다시 여기서 만나기를 바라요. 바다 동굴 사진을 찍어서 보여 줄게요."

"고마워요." 그레타가 말했다.

필립은 작은 숲에 있는 빌라로 걸어갔다. 그곳 가까이 다른 빌라가 몇 채 있다. 소피아 전 시장(市長), 문화부 고위 관료, 지금은 연금수급자인 비밀봉사단 대리인 같은 이들이 그 소유자다. 필립 아버지의 빌라는 3층짜리 건물로 백조처럼 하얗다. 1층에는 넓은 홀이 있어 가족이 손님을 맞이한다. 지하층에는 카페, 당구대가 있는 방, 포커 개인용 방이 있다. 3층에는 침실이 있다.

필립의 아버지 **베트코 데스포토브** 장관은 마당에 있는 정자에 앉아서 아니스 과일주를 마시고 있다. 그는 그 술을 마시면 마음이 안정된다고 늘 말했었다. 데스포토브는 키가 작고 조금 뚱뚱하며 눈은 강바닥의 자갈 같다. 코는 굽고 머릿결은 밀짚 색이다.

"오늘 물속에 들어가서 바다 동굴을 봤어요. 그곳은 정말 아름다워요." 필립이 아버지에게 말했다.

"왜 잠수했니? 여기 마당에 서 있으면 바다가 훤히 보이는데! 바다가 얼마나 예쁜지 한번 보렴." 베트코 데스포토브가 말했다. 빌라 마당에는 희귀한 식물이 자라고 있어 이국의 정원 같았다. 종려수, 무화과, 올리브가 무성하고, 정자와 수영장이 있다. 솜씨좋은 정원사가 정원을 관리한다. 베트코 데스포토브는 오래전에 그 정원사를 구해서 급여를 많이 준다. 또 1년 내내 거기서 사는 남자가 빌라를 관리하고 있다.

마당에서는 아주 넓은 비단 천 같은 파란 바다와 식물이 자라지 않지만 수수께끼 같은 매력을 발산하는 성 니콜라오 섬이 보인다. 사람들의 말에 따르면, 오래전 성 니콜라오 섬에는 수도원이 있었는데, 파도의 침식 작용으로 수도원은 오래전에 파괴됐고 섬도 작아졌다. 섬 부근 바다에서 항아리, 도자기, 그리스 시대 선박을 발견했다고 잠수부들이 말했다.

섬 왼편에는 커다란 만(灣)이 있고 거기에 **폴로니아**라는 도시가 있다. 과거 언젠가 그곳은 주민이 많이 사는 멋진 그리스 도시였는데 후에 로마의 도시가 되었고, 터키의 지배하에서는 어부의 거주지역인 작은 마을로 쪼그라들었다. 지금의 폴로니아는 매력적인 바다 휴양지다. 폴로니아 남쪽에 유명한 휴양지가 몇 군데 있다. 수년 전만 해도 베트코 데스포토브는, 자신이 장관이 되고 나라에서 가장 부유한 사람 중 한 명이 되리라고는 상상도 못 했었다.

그는 **이그리고**라는 작은 지방 도시에서 태어났다. 그의 아버지는 설탕 제조공장 회계원이었고, 그의 어머니는 시립 병원 간호사였다. 베트코는 열심히 공부하는 부지런한 학생이라, 고등학교를 마치자 수도 소피아에서 법학을 전공했다.

소피아에서 베트코는 같은 학교에 다니는 **레아**를 알게 되었다. 레아는 그리 예쁘지 않았는데 키는 작고 말랐으며, 조금 긴 코와 빗자루 같은 머릿결을 가졌다. 그렇지만 레아는 우수한 학생이었다.

그녀는 공부하면서 베트코를 도왔고 시험공부도 함께했다. 레아는 외교관인 아버지 **슬라브 보이노브**의 근무지인 파리에서 고등학교를 마쳤다. 귀국한 레아의 가족은 소피아의 커다란 현대식 집에 살았고 베트코는 그곳을 자주 방문했다.

대학을 마친 뒤 레아와 베트코는 결혼했다. 그녀 아버지 슬라브 보이노브 덕에 데스포토브는 내무부에서 변호사로 일했다. 그는 레아 부모님께 따님과 결혼하고 싶다고 말한 그 날을 아직도 생생히 기억한다.

5월이었다. 데스포토브는 장미꽃 두 다발을 가지고 레아의 집으로 갔다. 하나는 레아 어머니를 위한 빨간 장미, 다른 하나는 레아를 위한 흰 장미였다. 사람들이 그를 기다렸다. 레아 어머니는 요리솜씨를 발휘해서 저녁을 그럴듯하게 준비했다.

넓은 식당에 식탁이 잘 차려져 있었는데, 저녁 식사 전 데스포토브는 레아의 부모에게 따님과 결혼하도록 허락해 달라는 말을 했다. 그는 무척 당황해서 손을 부들부들 떨었고 입술은 말라 거의 더듬거리다시피 했다. 레아의 부모는 매우 놀란 듯 보였다. 그들은 그 같이 놀랄 일을 기대하지 않았다고 말하면서도 동의해주어서 데스포토브와 레아는 결혼을 했다.

그날 저녁 식사 후, 레아 아버지는 데스포토브에게 커피 마시러 자기 방에 오라고 했다. 슬라브 보이노브는 마른 미루나무 같이 키가 늘씬하게 크고 머릿결은 갈색이다. 보이노브는 안락의자에 앉아 데스포토브에게 커피용 탁자 옆 의자를 가리켰다. 레아 어머니는 커피잔을 가져다주고 나갔다.

보이노브는 담배에 불을 붙이고 데스포토브에게 담뱃갑을 내밀었다. 데스포토브는 담배를 피우지 않지만, 한 개피 꺼내 들었다. 보이노브는 자기의 황금빛 라이터로 담배에 불을 붙였다. 잠시 두 사람은 마주 앉아 조용히 담배를 피웠다. 일이 분 뒤, 보이노브는 말을 시작했다.

"알겠지만," 그가 데스포토브에게 말했다 "나는 크게 양보했네. 자네는 이름도 잘 생각나지 않는 어느 지방 작은 도시의 가난하고 무명한 젊은이네."

"**이그리고**입니다." 데스포토브가 말했다.

"중요치 않아!" 보이노브는 계속 말했다. "내 딸이 자네를 사랑하고 자네와 같이 있으려고 모든 걸 준비하더군. 자네가 내 딸이 부자라는 이유로 결혼을 하려 한다고 믿고 싶지 않네."

"아버님이 생각하시는 것처럼…." 데스포토브가 대꾸하려고 했다.

"모든 걸 생각했네." 보이노브가 데스포토브의 말을 끊었다.

"자네처럼 영리한 놈을 아주 잘 아네."

데스포토브는 겸손하게 보이면서 그를 살며시 바라보고 생각했다.

'충고하고 설교하기는 아주 쉽지. 당신은 어떻게 외교관이 되었는지는 왜 말하지 않는가? 당신은 고위관리 앞에서 분명 설설 기었을 것이다. 그들을 아주 잘 모셨겠지. 환심을 사서 그들이 좋은 자리를 내주도록 그들의 모든 요구를 들어줄 준비가 되어 있었겠지. 외국에서 살도록 높은 월급을 받도록, 딸을 외국 고등학교에 보내 공부하도록 하려고 당신은 외교관이 되었다. 젊은 시골뜨기를 놀려 먹기는 아주 쉬울 거야. 그래 지금 당신이 거만하고 자신만만 하지만 언젠가 나처럼 풋나기였을 때 누군가에게 도와 달라고, 자기를 알아달라고, 자기에게 좋은 자리와 좋은 일을 달라고 아부했던 걸 분명 잊었겠지. 맞아, 사람들은 어디에서 와서 어디에서 자기 인생을 시작했는지 빨리 잊어버리지.' 데스포토브는 끓어오르는 화를 눌러 참았다.

"하지만 벌써 자네가 이 자리까지 왔고, 어리석은 거위 같은 내 딸을 유혹하는 데 성공했다면, 자네를 받아들일 수밖에. 자네가 좋은 일거리를 찾도록 도와줄 게. 자네 인생은 편안하고 걱정 없겠지만, 내 딸이 자네 때문에 불행하거나 불평한다는 소리가 내게 들리면 자네 인생은 비참해질 거야. 자네를 쫓아내서 먼 촌구석 이그리고에서조차 있을 곳이 없게 만들거야. 내 말을 잘 알아들었나?"

"예." 데스포토브는 고개를 주억거렸다. 그것이 데스포토브가 레아의 아버지에게 받은 첫 훈계였다.

8.

Estis julia, somera tago, sed la stratoj kaj la bulvardoj plenplenis je aŭtoj. "Ĉ la homoj ne ferias, demandis sin Kalojan." La aŭoj, aŭobusoj, mikrobusoj estis sennombraj. "Verŝjne ĉu persono en la ĉfurbo havas aŭon, iom kolere meditis li." Ĉ la semaforoj li devis atendi kvin-ses minutojn ĝis kiam la aŭtoj antaŭ li ekveturu. Estis varmege. La ventumilo en la aŭto tute ne helpis. Kalojan nervoze tamburis per fingroj sur la stirrado kaj atendis. Nenion li povis fari. Li estis en kaptilo, atendante, ke la lumo de la semaforo denove iĝu verda, sed nur kelkaj aŭtoj antaŭ li havis ŝancon ekveturi antaŭen. La lumo de la semaforo denove iĝis ruĝa. Iuj ŝoforoj estis pli nervozaj ol Kalojan. Ili kolere premis la hupobutonojn, sakris, blasfemis kaj insultis aliajn ŝoforojn. Kalojan rigardis tiun ĉi urban terurajon kaj bedaŭris, ke li ne estas en Laguno. Li sopiris reveni kaj resti tie por ĉiam. Al li jam mankis la trankvilo kaj la silento de la duoninsulo.

"Kia estas la logiko de la nuntempaj homoj, meditis Kalojan. Ili havas aŭtojn por pli rapide veturi de iu loko al alia, sed okazas, ke anstataŭ traveturi la distancon dum minutoj, ili traveturas ĝin dum horoj." Se Kalojan piedirus, certe li pli rapide estus en la policoficejo, kiu troviĝis en la centro de la urbo.

Dum li atendis ĉe la sekva semaforo, blondhara junulino, kiu stiris "Mercedeso" provis ekesti antaŭ lia aŭto. Ŝi ĉarme ekridetis al Kalojan, tamen li ne donis al ŝi tiun ĉi eblecon. "Pupeto, diris li, sur la stratoj jam ne estas kavaliroj."

Post unu horo Kalojan, ŝvita, nervoza, sukcesis tra malgrandaj stratoj veni en la policoficejon. Li tuj iris al la kabineto de la direktoro. La sekretariino, Dafina, virino de lia aĝo, renkontis lin afable kaj telefonis al la direktoro.

-Komisaro Kalojan Safirov estas ĉi tie.

-Li eniru – diris la direktoro.

Kalojan frapetis je la kverka pordo kaj kiam aŭdis "bonvolu", eniris. La kabineto de la direktoro estis granda. Tri fenestroj rigardis al la interna korto de la policoficejo. Dika tapiŝo kovris la plankon. La skribotablo de la direktoro staris kontraŭ la pordo. Antaŭ ĝi estis longa tablo, ĉe kiu kutime sidis la estroj de la fakoj, kiam la direktoro sciigis al ili la labortaskojn. Ĉe la fenestroj estis kanapo, antaŭ ĝi tableto kun kvar foteloj. Sur la muro, kontraŭ la kanapo, pendis pentraĵo, kiu prezentis parton el iama ĉefurbo de la 19-a jarcento: konstruaĵoj en baroka stilo, la nacia banko, la nacia teatro, la artgalerio. Ili formis la tiaman ĉefurban centron.

Kiam la direktoro vidis Kalojan, li tuj ekstaris kaj

invitis Kalojanon sidi sur la kanapon. La direktoro sidis en fotelon. Alta, forta viro, kvindekjara, la direktoro havis nigran krispan hararon, mode tonditan, en kiu ie-tie videblis blankaj haroj. Liaj okuloj estis nigraj kiel olivoj, lia vizaĝo - glate razita.

La direktoro preferis kolombkolorajn kostumojn kaj nun li surhavis helgrizan kostumon el tre fajna ŝtofo. Lia blanka ĉemizo brilis, la kravato estis ĉerizkolora.

-Saluton Safirov. Bedaŭrinde ni devis urĝe alvoki vin.

-Saluton, sinjoro Rusev. Kio okazis?

-Murdo - diris malrapide Rusev.

Kalojan komparis Rusevon kun Ganev, la estro de la polico en Burgo. Rusev zorgis pri la ordo kaj sekureco de urbo kun du milionoj da loĝantoj. Ĉiutage en la ĉefurbo okazis diversaj krimagoj: ŝteloj, akraj konfliktoj, interpafoj, murdoj⋯. Rusev devis organizi la rapidan kaj precizan intervenon de la polico. Li bone sciis kiam kiel agi al kiuj estroj de la policfakoj komisii la taskojn por la solvo de la problemoj. Tiu ĉi murdo estis unu el la krimagoj, kiuj okazis kaj Rusev rapidis klarigi al Kalojan kia estas la problemo. La direktoro kalkulis je la sperto de Kalojan kaj li sciis, ke Kalojan serioze komencos la esploron de la murdo.

-Junulino, verŝajne dudekjara, katastrofis aǔte kaj ŝi mortis - komencis Rusev. - La policanoj trovis la aŭton en ravino survoje al Elhovilak. La kolegoj unue opiniis, ke estis akcidento, sed kiam ili bone trarigardis la aŭton, ili konstatis, ke la bremsilo estis antaŭe intence malbonigita. Krome post la falo de la aŭto en la ravino, iu bruligis ĝin. Ni ne sukcesis konstati kiu estas la junulino. Krome okazis, ke la aŭto estis ŝtelita.

Multaj demandoj al kiuj ni ankoraŭ ne povas respondi. Vi devas esplori tiun ĉi murdon.

-Mi tuj komencos esplori ĝin - diris Kalojan.

-Dankon. La dosiero de la krimago estas ĉe via kolego Bojan Lalov.

-Mi detale trarigardos ĝin.

-Same aliaj komisaroj estos je via dispono - aldonis Rusev. Regule informu min pri la rezultoj.

-Tuj, kiam mi analizos la faktojn, mi informos vin.

-Mi deziras al vi sukceson. Ĝis revido.

-Ĝis revido.

Kalojan iris al sia laborĉambro, kiun li okupis kune kun komisaro Bojan Lalov.

-Saluton, Bojan - diris Kalojan.

-Saluton. Bedaŭrinde, ke oni ĉesigis vian ferion. Nun multaj el la kolegoj ferias. Ja, estas somero kaj la direktoro decidis venigi vin.

Bojan, kiu estis pli aĝa ol Kalojan, delonge laboris ĉe la polico. Li naskiĝis en vilaĝo en la norda parto de la lando, kie li lernis en gimnazio, poste li finstudis Polican Akademion kaj estis komisaro en iu provinca urbo. Bojan estis alta, korpulenta, iom malvigla kun tataraj okuloj kaj nigraj lipharoj. Sur lia frunto estis ia cikatro, sed Kalojan neniam demandis lin pro kio ĝi estas. Malgraŭ ke jam dek jarojn Bojan loĝis en la ĉefurbo, lia prononco estis iom dialekta.

-Kiel vi pasigis la mallongan ferion en Laguno? – demandis Bojan. – Ĉu plaĉis al vi mia eta vilao?

-Tre – respondis Kalojan. – La duoninsulo estas belega por ripozo. Mi bedaŭras, ke mi devis veni. Mila kaj Greta restis kaj mi esperas, ke ili ripozos anstataŭ mi.

-Al mi Laguno estas ŝatata loko – diris Bojan. – Ĉiam, kiam mi havas eblecon, mi iras tien. Tie mi fartas bonege. Tie mi kutimas multe naĝi. Ĉe la rokoj, en la maro, estas grotoj. Vi ne povas imagi kiel bele estas tie.

-Mi esperas, ke iam mi vidos tiujn ĉi grotojn – diris Kalojan, - sed nun mi devas vidi la dosieron pri la murdita junulino.

Bojan elprenis el la tirkesto de la skribotablo dosieron kaj donis ĝin al Kalojan. En ĝi estis nur kelkaj folioj. Kalojan sidis ĉe sia skribotablo kaj komencis trafoliumi ĝin.

-Estas multaj demandoj – ekparolis Bojan. – La akcidento okazis je la dekunua horo kaj duono antaŭtagmeze sur la ŝoseo al ripozejo Elhovilak. Tie estas tre danĝeraj vojkurbiĝoj. La aŭto falis en ravinon. Ŝoforis junulino, kiu estis sola en la aŭto kaj ŝi verŝajne ne estis tre sperta. Homoj, kiuj aŭte preterpasis tien, vidis la bruligitan aŭton kaj telefonis al la polico. La policanoj konstatis, ke la aŭto estas "Sitroeno". Unue ili opiniis, ke la junulino veturis tre rapide kaj ne sukcesis vojkurbiĝi, sed poste kiam ili pli detale trarigardis la aŭton, rimarkis ke la bremsilo estis antaŭe malbonigita. Krome la aŭto estis ŝtelita kaj poste forbruligita. La junulino mortis. Tiuj, kiuj forbruligis la aŭton prenis ĉion el ĝi. Oni trovis nek retikulon, nek telefonon.

-Jes. Ĉio estis bone planita – diris Kalojan.

-Ni ne scias kiu estas la junulino, kio estas ŝia nomo. Kial ŝi ŝoforis ŝtelitan aŭton? Kien ŝi veturis? Kiu malbonigis la bremsilon de la aŭto?

-Ĉu ne estas iaj spuroj? – demandis Kalojan.

-Neniaj. Ĉio bruliĝis. Ni trovis nur medalionon, kiu verŝajne estis de la junulino.

Bojan elprenis el la tirkesto koverton, en kiu estis arĝenta medaliono kun arĝenta ĉeneto kaj li donis ĝin al Kalojan. Li prenis kaj atente trarigardis ĝin. Sur la medaliono estis gravurita Sankta Dipatrino kaj je la alia flanko estis dato: la 15-an de majo 2010, kiu certe estis la naskiĝdato de la junulino.

-Ĉu vi eksciis al kiu estis la aŭto? – demandis Kalojan.

-Jes, ĝia posedanto loĝas en kvartalo "Printempo". Li ne tuj anoncis pri la ŝtelo de la aŭto, ĉar li ne estis en la ĉefurbo. Oni ŝtelis la aŭton aŭ vendrede, aŭ sabate. Li estis province, li revenis dimanĉe vespere, lunde li rimarkis, ke la aŭto estas ŝtelita kaj tiam li anoncis al la polico.

-Ni denove devas pridemandi lin. Eble ne estas hazarde, ke oni ŝtelis lian aŭton ĝuste kiam li ne estis en la urbo – diris Kalojan.

Kalojan rigardis la medalionon kaj meditis. Mankis spuroj. Ne estas atestantoj. Oni ne scias kiu estas la junulino kaj plej grave ne estas klare kia estas la motivo murdi ŝin.

-Kion vi opinias? – demandis Bojan. – De kie ni komencu?

La cikatro sur lia frunto nun aspektis pli granda. Ĉirkaŭ liaj okuloj estis sulkoj, kiuj iĝis pli profundaj.

-Estas nur unu fakto. La aŭto estis ŝtelita kaj ni scias kiu estas ĝia posedanto – ekparolis Kalojan. – Ĉu estas anonco pri dudekjara junulino, kiu malaperis?

-Ni demandis la policoficejojn en la kvartaloj de la ĉefurbo kaj en la lando, sed nenie estas tia anonco.

Kalojan denove komencis trafoliumi la dosieron, li legis la raporton en ĝi, sed nenio alia estis skribita.

-Morgaŭ mi pridemandos la posedanton de la aŭto. Bonvolu doni al mi lian telefonnumeron – petis Kalojan.

Bojan donis al li papereton sur kiu estis skribita la telefonnumero de Dragan Nenov, la posedanto de la aŭto.

8장. 사건 경위 파악

7월 한여름이지만 거리와 신작로에는 자동차로 만원이다. 사람들이 휴가를 안 간건지 칼로얀은 자못 궁금했다. 자동차, 버스, 마을버스가 헤아릴 수 없이 많이 오간다. 수도 소피아 시민의 대부분은 차를 가지고 있다. 그는 내심 화가 났다. 신호등에 붙잡혀 앞 차가 출발할 때까지 5~6분을 기다렸다. 무더운 날씨라 자동차에 매달린 선풍기는 전혀 도움이 안 됐다. 신경질이 난 칼로얀은 손가락으로 운전대를 두드리며 초조하게 기다렸다. 아무것도 할 수 없는 정지 상태가 계속됐다. 신호등 불빛이 다시 초록이 되길 기다리면서 그는 잠시 감옥을 경험하고 있다. 그러는 사이 겨우 자동차 몇 대만 겨우 앞으로 출발할 기회를 얻었다. 신호등 불빛은 다시 빨간색으로 바뀌었다. 어떤 운전사들은 칼로얀보다 더 신경질을 냈다. 그들은 화를 내며 경적을 누르고 욕을 하고 지독하게 저주하고 다른 운전사에게 악다구리를 쳤다. 칼로얀은 이 도시의 잔인함을 보고 라구노를 떠난 걸 후회했다. 돌아가서 거기서 영원히 쉬기를 칼로얀은 간절히 바랐다. 어느새 그에게는 바다를 낀 반도의 평온과 고요가 필요했다. '현대인의 논리는 어떤가?' 칼로얀은 생각했다. 그들은 어느 장소에서 다른 장소로 더 빨리 이동하기 위해 자동차를 가지고 있지만, 단 몇 분이면 갈 거리를 몇 시간 걸려 가기도 한다. 지금도 걸어서 간다면 시내 중심가에 있는 경찰청에 분명 더 빨리 갈 수 있을 것이다. 다음 신호등을 기다리는 동안 **메르세데스**를 운전하는 금발 아가씨가 칼로얀의 차 앞으로 끼어들려 했다. 그녀는 매력적으로 칼로얀에게 미소를 날렸지만, 그는 새치기를 허락할 수 없다. '작은 인형 같은 아가씨여, 도로에서는 기사도가 이미 사라졌어.' 그는 중얼거렸다. 1시간 뒤, 칼로얀은 땀에 젖어 신경질이 난 채로 작은 도로를 지나 경찰청에 무사히 도착했다. 그는 곧 경찰청장 사무실로 갔다. 비서 **다피나**는 그와 동갑인데 그를 상냥하게 맞이하고는 청장에게 전화했다. "칼로얀 사피로브 경감이 여기 왔습니다."

"들어오도록 하세요." 청장이 말했다.

칼로얀은 참나무 문을 살짝 두드리고, '들어오세요.' 하는 소리가 날 때 들어갔다. 청장 사무실은 넓었다. 세 개의 유리창이 경찰청 건물 내부 마당을 향해 있고, 두꺼운 융단은 바닥을 덮고 있다. 청장의 책상은 문 맞은편에 자리했다. 책상 앞에는 긴 탁자가 놓였는데 청장이 회의를 주재할 때 보통 부서장들이 거기 앉았다. 창 옆으로는 긴 의자가 놓여있고, 그 앞에 안락의자가 넷 딸린 작은 탁자가 배치되어있다. 긴 의자 건너편 벽에는 풍경화가 걸려 있다. 19세기 소피아 모습을 보여 주는 바로크양식의 건물, 국립 은행, 국립 극장, 미술관이 그려졌다. 이 건물들이 당시 수도의 중심가를 형성했다. 청장은 칼로얀을 보자 일어나 긴 의자에 앉도록 안내했다. 청장은 안락의자에 앉았다. 키가 크고 건강한 쉰 살의 청장은 검은 곱슬머리를 유행하는 스타일로 잘랐고 흰머리가 여기저기 보였다. 그의 눈은 올리브처럼 새까맣고 얼굴은 깨끗이 면도됐다. 청장은 비둘기색 정장을 좋아하는데 지금은 아주 멋진 천으로 된 밝은 회색 정장을 입었다. 그의 하얀 셔츠는 빛이 나고 넥타이는 체리 색이다.

"잘 지냈나, 사피로브 경감. 급히 불러서 미안하네."

"안녕하십니까, 청장님, 무슨 일이신가요?"

"살인 사건이야." 천천히 청장이 말했다. 칼로얀은 수도 경찰청장 루세브를 부르가스 경찰서장인 가네브와 비교했다. 루세브는 시민이 백만 넘는 수도 소피아의 질서와 안전을 책임지는 수장이다. 수도에서는 매일같이 단순한 사고에서 도둑, 정면 충돌, 쌍방 총격, 살인에 이르기까지 다양한 사건이 발생한다. 루세브는 경찰이 빠르고 정확하게 사건을 수사하도록 조직을 이끌어야 한다. 또 그는 문제 해결을 위해 언제, 어떻게 행동할지, 어느 부서장에게 일을 맡길지 잘 파악하고 있다. 이 살인 사건도 그 많은 사건 중 하나인데, 루세브는 사건 개요를 칼로얀에게 재빨리 설명했다. 청장은 칼로얀의 경력에 비춰볼 때, 그가 살인 사건의 수사를 얼마나 신중하게 착수할 걸 알았다.

"아가씨는 스무 살 먹었는데 자동차 추락 사고로 죽었어." 루세브가 말을 시작했다. "경찰관이 엘호비락으로 가는 길 계곡에서 차를 발견했어. 경찰들은 처음에 단순 사고라고 추측했는데 차를 자세히 살펴보니 사고 전에 의도적으로 브레이크를 고장 낸 걸 확인했어. 게다가 자동차가 계곡에 떨어진 뒤에 누군가 거기에 불을 질렀어. 우리는 아가씨가 누구인지 확인도 못 한 상태야. 게다가 자동차는 도둑맞은 거였어. 풀리지 않은 의문점이 너무 많아. 이 살인 사건을 수사해야 해."

"제가 곧 수사하겠습니다." 칼로얀이 말했다.

"고마워. 사건 관련 서류는 보얀 라로브 경감이 가지고 있어."

"제가 자세히 살펴보겠습니다."

"다른 경관들은 자네가 맘대로 배치하고." 청장이 덧붙였다. "주기적으로 결과를 내게 알려 주고."

"곧 사실을 분석하고 보고드리겠습니다."

"성공을 비네. 잘 가."

"안녕히 계십시오." 칼로얀이 말했다. 칼로얀은 보얀 라로브 경감과 함께 쓰는 사무실로 향했다.

"안녕하세요, 보얀 경감님." 칼로얀이 말했다.

"안녕, 휴가를 중단시켜 유감이네. 지금 많은 동료가 휴가 중

이야. 이 여름에 청장님이 자네를 부르라고 하셨어." 보얀은 칼로얀보다 나이가 많고 더 일찍 경찰에서 일했다. 그는 나라의 북쪽 지역 마을에서 태어나 거기서 고등학교에 다녔고 후에 경찰교육원을 마치고 어느 지방 도시에서 경감이 되었다. 보얀은 키가 크고 건장한 체격이며 타르 색 눈에 검은 머릿결을 가졌고 차분한 편이다. 이마엔 흉터가 있지만, 칼로얀은 무엇 때문에 생겼는지 물어보지 않았다. 벌써 10년이나 보얀은 수도에서 살았는데도 그의 발음은 어딘지 모르게 사투리가 섞여 있다. "라구노에서 짧은 휴가를 어떻게 잘 보냈나?" 보얀이 물었다. "내 작은 빌라는 마음에 들었나?"

"썩 마음에 들었어요." 칼로얀이 대답했다. "그곳 반도는 쉬기에 너무 아름다운 곳이었어요. 돌아와야 해서 아쉬웠어요. 처와 딸은 남았는데, 저 대신 푹 쉴 겁니다."

"나도 라구노를 좋아하지." 보얀이 말했다. "갈 수만 있으면 항상 거기 가. 거기 가면 아주 푹 쉬다 온다네. 보통 수영을 많이 하는데 바닷속에 있는 바위 옆에 동굴이 있어. 그 동굴 안이 얼마나 예쁜지 자네는 상상도 할 수 없을 거야."

"언젠가 그 바다 동굴에 꼭 가보고 싶네요." 칼로얀이 말했다. "하지만 지금은 살해된 아가씨 관련 서류를 봐야만 해." 보얀은 책상 서랍에서 서류를 꺼내 칼로얀에게 주었다. 거기에는 파일이 몇 개 끼워져 있었다. 칼로얀은 자기 책상에 앉아 그걸 넘겨보았다.

"의문점이 많아." 보얀이 말을 꺼냈다. "사건은 오전 11시 30분 휴양지 엘호비락으로 가는 고속도로 위에서 발생했어. 거기에 매우 위험한 급커브가 있는데 차가 계곡으로 굴러떨어졌어. 차는 아가씨 혼자 운전했고, 운전에 능숙하지 않았던 것으로 보여. 차로 거기를 지나가던 사람들이 불에 탄 자동차를 보고 경찰서에 전화했어. 경찰은 차가 시트로엔 기종인 걸 확인했지. 처음엔 아가씨가 너무 빨리 운전해서 급커브 길을 잘 돌지 못했다고 생각했는데, 나중에 차를 자세히 살펴보니까 사고 직전에 브레이크가 고장난 걸 알았지. 게다가 자동차는 도둑맞은 것이고 사고 직후 불에 탔어. 아가씨는 죽었지만, 자동차를 불 지른 자들이 현장에서 모든 걸 가지고 갔어. 핸드백도 전화기도 찾지 못했어."

"예, 모든 것이 잘 계획된 사건이네요." 칼로얀이 말했다.

"우리는 아가씨 이름이 뭔지도 몰라. 왜 도둑맞은 자동차로 운전했을까? 어디로 운전했을까? 누가 자동차 브레이크를 망가뜨렸을까?"

"어떤 흔적도 없나요?" 칼로얀이 물었다.

"아무것도 없어. 모든 것이 불탔어. 여자 것으로 보이는 긴 목걸이만 찾았어." 보얀은 서랍에서 봉투를 꺼냈는데 그 속에 은색 작은 사슬이 있는 긴 목걸이가 있어 그걸 칼로얀에게 주었다. 칼로얀은 목걸이를 들고 자세히 살펴보았다.

긴 목걸이에는 성모상이 새겨져 있고 다른 면에는 2000년 5월 15일이라고 날짜가 쓰여 있는데, 분명 아가씨가 태어난 날일 것이다.

"차 소유자는 알아냈나요?" 칼로얀이 물었다.

"응, 차주는 **프린템포** 지역에 살아. 그는 당시에 수도에 없어서 도난 신고를 바로 하지 않았대. 누군가 차를 금요일이나 토요일에 훔쳐갔어. 지방에 있다가 일요일 저녁에 돌아왔고 차가 도난당한 걸 월요일에야 알아차리고 바로 경찰에 신고했다고 하더군."

"우리는 다시 그 차주를 신문해야 합니다. 그가 도시에 없는 그때 자동차를 훔친 건, 아마도 우연이 아닐 겁니다." 칼로얀이 말했다. 칼로얀은 긴 목걸이를 바라보고 생각에 잠겼다. '흔적이 부족하다. 증인도 없다. 아가씨가 누군지도 모른다.

가장 중요한 것은 그녀를 살해한 동기가 뭔지 분명치 않다.'

"어떻게 생각해?" 보얀이 물었다. "어디서부터 시작할까?" 보얀의 이마 위 흉터가 더 크게 보였다. 눈 주위에는 주름살이 더 깊어졌다.

"한 가지 분명한 사실이 있습니다. 자동차는 도난당했고 우리는 소유자가 누군지 알아요." 칼로얀이 말을 꺼냈다. "20세 아가씨가 실종되었다는 신고가 있나요?"

"수도 지역 경찰서와 전국 경찰서에 조회했지만, 어디에서도 그런 신고는 없었어."

칼로얀은 또다시 서류를 넘겨서 보고서를 읽었지만 특별한 것은 없었다. "내일 자동차 주인을 신문할게요. 전화번호를 제게 주세요." 칼로얀이 말했다.

보얀이 그에게 자동차소유자 **드라간 네노브**의 전화번호가 적힌 작은 메모지를 건네줬다.

9.

Dum la tuta nokto Kalojan malbone dormis. Subite li
vekiĝis konfuzita. Li opiniis, ke li estas en Laguno kaj ĉe
li dormas Mila, sed mire li konstatis, ke li estas sola en
la lito kaj en Serda. Iom da tempo Kalojan kuŝis
senmova. La ĉambro tute mallumis. "Kiu estis la murdita
junulino, denove li demandis sin. Kiel ŝi nomiĝis kaj kial
ŝi veturis al Elhovilak?" La demandoj turmentis lin. Ĉio
aspektis tre stranga. Junulino murdita aspektos tre
perfide. Kion ŝi faris? Ĉu ŝi iel provokis la murdiston?
Kial oni murdis ŝin? Ĉu estis ia amdramo? Eble ĵaluzo,
profunda ofendo? Ĉu kolerego?

La murdisto bone pripensis ĉion. Li faris precizan
planon. Li ŝtelis aŭton, malbonigis ĝian bremsilon, sed la
junulino nenion supozis. La junulino certe konis la
murdiston. Poste li bruligis la aŭton, por ke ne estu
spuroj. Perfekta murdo. Tamen la murdisto ne estis sola.
Iu verŝajne helpis lin. Ĉu la murdo ne estis pro drogo?
Multaj gejunuloj okupiĝas pri disvastigo de drogoj.

Kalojan denove ekdormis, sed li sonĝis koŝmaron. Estis
ŝoseo kaj li veturis per sia aŭto. Subite la aŭto tre
rapide ekveturis malsupren. Sekvis vojkurbiĝo post
vojkurbiĝo. La rapideco iĝis pli granda kaj pli granda. Ĉe
iu vojkurbiĝo la aŭto ekflugis al ravino. Ĝi freneze flugis.
Kalojan vekiĝis ŝvita.

Li kutimis diveni la signifojn de la sonĝoj, li kredis, ke la sonĝoj aŭguras kio okazos. Ĉu tiu ĉi inkuba sonĝo ne signifas, ke la esploro pri la murdita junulino ne estos sukcesa? Ĉu la esploro fiaskos?

Ekstere pluvis. La pluvgutoj ritme tamburis sur la fenestra vitro. Kalojan provis denove ekdormi, sed ne eblis. Li daŭre meditis pri la mistera murdo. Sendube estos malfacile esplori ĝin. Kalojan ekstaris de la lito, li iris al la fenestro kaj rigardis eksteren. La urbo dormis. La stratoj dezertis. Pala, citronkolora estis la lumo de la strataj lampoj. Je kvindek metroj de la loĝejo estis vojkruciĝo, kie tage la trafiko estis granda, sed nun, noktomeze, neniu videblis tie. La lumo de la semaforo estis flava.

Kalojan iris en la kuirejon kaj kuiris kafon. Tuj senteblis la agrabla kafaromo. Kalojan ege ŝatis kafon, li ne povis ekzisti sen kafo. Li sidis ĉe la tablo kaj komencis malrapide trinki la varman kafon. La tuta domo dronis en silento, tamen ia voĉo kvazaŭ flustris al li: "Atentu! Atentu!" Kial atenti? Li ankoraŭ nenion entreprenis. Sendube li havos multan kaj streĉan laboron.

Kalojan fortrinkis la kafon kaj denove staris ĉe la fenestro. Ankoraŭ neniu videblis sur la stratoj. La homoj daŭre trankvile dormis. Ili dormis kaj ne supozis, ke estis murdo, ke iuj murdis junulinon. Ĉu ŝi laboris aŭ studis? Kion ŝi laboris aŭ kion ŝi studis? Pri kio ŝi revis? Kion ŝi planis en la vivo? Denove demandoj, demandoj, kiuj atakis lin kiel rabaj birdoj. Ekstere la pluvo daŭris. Iom post iom tagiĝis.

Kalojan eniris la banejon, li banis sin, razis sin. Poste en la ĉambro li vestiĝis. Li vestis sian ŝatatan bluan kostumon kaj li estis preta por ekiri.

Kiam Kalojan estis sur la strato, subite li decidis iri tien, kie okazis la katastrofo kun la aŭto de la junulino. Li deziris bone trarigardi la lokon. Eble li trovos ion gravan, kion la aliaj policanoj ne rimarkis kaj tio certe helpus la esploron.

Pli ol unu horon kaj duonan Kalojan veturis. Li ne rapidis, atente observis la vojon. Neniam li estis en Elhovilak. Li nur sciis, ke ĝi estas fama eleganta ripozloko, kie troviĝas multaj hoteloj, luksaj vilaoj, skikurejo. Vintre tien venis pluraj eksterlandanoj. La ŝoseo estis bona, sed la vojkurbiĝoj danĝeraj. La vojo subite iris aŭ supren, aŭ malsupren. La ŝoforoj devis esti tre atentemaj. La ĉirkaŭaĵo estis bela, montara, altaj pinarboj, similaj al lancoj al la ĉielo. La densa arbaro allogis per la verdeco kaj malvarmeto.

"Kial ŝ veturis al Elhovilak, demandis sin Kalojan. Ja, ĝi ne estas vilaĝo, nek urbo. Verŝajne ŝi devis renkontiĝi kun iu tie?"

Kalojan sciis kie ĝuste okazis la akcidento. Li haltigis la aŭton, iris el ĝi kaj ĉirkaŭrigardis. La ravino estis profunda. Li komencis malrapide malsupren iri. La deklivo tre krutis. Sub liaj piedoj ruliĝis ŝtonoj. Estis tute klare, ke se iu aŭto falus ĉi tien, la veturantoj en ĝi tuj mortos. Ege malfacile estis iri malsupren. Kelkfoje Kalojan perdis ekvilibron kaj preskaŭ falis.

Li tuj rimarkis la lokon, kie estis la aŭto. La arbustoj tie ĉi estis bruligitaj kaj la ŝtonoj – nigraj pro la fajro. La polico antaŭ tagoj forprenis la aŭton por detale esplori ĝin. Kalojan komencis atente trarigardi la lokon. Li streĉrigardis, ĉirkaŭiris, klinis sin al la tero. Bedaŭrinde estis nenio, kiu altiras lian atenton. Li sidis sur ŝtono kaj provis imagi kion sentis la junulino en la momento, kiam la aŭto flugis al la ravino kaj ŝi komprenis, ke ŝi mortos. Kalojan kvazaŭ vidis la teruron en ŝiaj okuloj. Kian koloron havis ŝiaj okuloj? Ĉu ŝi estis bela? Ĉu blonda aŭ nigrahara ŝi estis? Certe ŝi tute ne supozis, ke la aŭto ekflugos al la ravino. Ŝia surprizo estis grandega. La falado de la aŭto estis terura.

Kalojan ekstaris kaj komencis malrapide supreniri. Pene, peze spirante li grimpis al la ŝoseo. Kiam li eniris la aŭton, li estis tre laca. Sur lia tuta korpo fluis varma ŝvito.

9장. 사고현장 수사

칼로얀은 밤새도록 잠을 이루지 못했다. 어느새 깜박했는지 당황해 깨어났다. 칼로얀은 자기가 라구노에 있고, 옆에 아내 밀라가 자고 있는 줄 알았는데, 침대에 혼자 누워 있고, 이곳이 소피아라는 사실에 깜짝 놀랐다. 방은 완전히 캄캄했다. 칼로얀은 잠시 가만히 누워 생각했다. '살해된 아가씨는 누구일까? 그녀의 이름은 무엇이고 왜 옐호비락을 향해 운전했을까?' 의문이 꼬리를 물고 그를 괴롭혔다. 모든 것이 매우 이상하게 보였다. 살해된 아가씨는 배신당한 듯했다. 그녀는 무엇을 했을까? 그녀는 어떻게 살인자를 자극했을까? 왜 그녀를 죽였을까? 어떤 치정극이 벌어졌나? 아마도 질투, 깊은 상처, 커다란 분노? 살인자는 모든 걸 치밀하게 계획했다. 그는 정확한 시나리오를 짰다. 그는 차를 훔쳐 제동기를 망가뜨렸지만, 아가씨는 아무것도 알지 못했다. 아가씨는 분명 살인자를 잘 알았을 것이다. 살인자는 후에 흔적을 찾지 못하도록 차를 불태웠다. 완전범죄에 가까운 살인이다.

하지만 살인자는 혼자가 아니다. 누군가 분명 그를 도왔다. 살인이 마약 때문은 아닐까? 많은 젊은이가 마약 배포와 관련된 일을 한다.

칼로얀은 다시 잠들어 악몽을 꾸었다. 고속도로에서 자동차를 운전했다. 갑자기 아주 빨리 아래로 내달렸다. 커브 길이 계속 이어졌다. 아래쪽으로 향하는 차의 속도는 점점 빨라졌다. 어느 커브 길에서 자동차가 계곡으로 미끄러졌다. 차는 미친 듯이 공중을 날아갔다.

칼로얀은 땀에 젖은 채 깨어났다. 그는 습관적으로 꿈의 의미를 해석했다. 꿈은 장래 일을 암시한다고 칼로얀은 믿고 있다. 이런 악몽은 살해된 아가씨 수사를 성공리에 마무리하지 못한다는 걸 의미하지 않을까? 수사가 잘못될까?

밖에는 비가 내렸다. 빗방울이 창유리를 리듬감 있게 두들겼다. 칼로얀은 다시 잠들고 싶었지만 불가능했다. 그는 계속해서 미스테리한 살인에 관해 깊이 생각했다. 이 사건 수사가 어렵다는 것은 의심할 여지가 없었다.

칼로얀은 침대에서 일어나 창으로 가서 밖을 내다보았다. 도시는 잠자고 있다. 거리는 황량하다. 가로등 불빛은 희미한 잿빛이다. 집에서 50m 지점에 사거리가 있고 거기는 낮엔 차량흐름이 홍수를 이루지만 한밤중엔 아무것도 얼씬하지 않는다. 신호등 불빛은 누렇다.

칼로얀은 부엌으로 가서 커피를 탔다. 금세 향긋한 커피 향이 풍겼다. 그는 커피를 아주 좋아해서 이제 커피 없이는 살 수 없다. 탁자 옆에 앉아 천천히 따뜻한 커피를 마셨다.

집안은 모두 침묵에 빠졌지만 어떤 목소리가 마치 그에게 속삭이는 듯했다. '조심해! 조심해!' 왜 조심해야 하지? 그는 아직 아무일에도 착수하지 않았다. 의심할 것 없이 그에게는 신경 쓸 일이 너무 많았다.

칼로얀은 커피를 다 마시고는 다시 창가에 섰다. 도로에는 아직 아무도 보이지 않았다. 사람들은 계속해서 조용히 자고 있다. 그들이 자고 있는 한쪽에서 살인이 일어났는데, 누군가가 아가씨를 죽인 걸 꿈에도 알지 못했다.

그녀는 일을 했을까, 공부를 했을까. 무슨 일을 했고 무슨 공부를 했을까. 무엇을 꿈꿨을까. 인생에 어떤 계획을 갖고 있었을까. 다시 질문이 꼬리를 물고 맹수처럼 그를 공격했다.

밖에 비는 계속 내렸다. 조금씩 날이 밝았다. 칼로얀은 욕실로 들어갔다. 몸을 씻고 면도를 했다. 그런 뒤 방에서 옷을 갈아입었다. 좋아하는 파란 정장을 입고 출근 준비를 마쳤다. 칼로얀은 도로로 나서다가 갑자기 아가씨 살인 사건 현장에 가보고 싶어졌다. 사고현장을 자세히 살펴보고 싶었던 것이다. 아마 다른 경찰관이 알아차리지 못한, 수사에 분명 도움이 될 중요한 단서를 찾을 수 있을지도 모른다.

1시간 30분 이상 칼로얀은 운전했다. 길을 살피면서 서두르지 않고 갔다. 한 번도 엘호비락에 간 적이 없었다. 그곳이 호텔, 화려한 빌라, 스키장이 있는 아주 유명하고 멋진 휴양지인 건 잘 알고 있었다. 겨울이면 외국인도 많이 오는 곳이다.

고속도로는 좋았지만 커브 길은 위험했다. 길은 갑자기 오르막이거나 내리막이 됐다. 운전을 아주 조심스럽게 해야 했다. 주위 풍경은 멋지고, 산에서 자라는 키 큰 소나무들이 하늘로 창처럼 뻗어 있었다. 깊은 숲이라 푸름과 서늘함이 매력적이었다. '왜 그녀는 엘호비락으로 갔을까?' 칼로얀은 궁금했다. 그곳은 마을이나 도시가 아니다. 그녀는 분명 거기서 누군가를 만나기로 한 것이다.

칼로얀은 정확히 사고가 일어난 지점에 자동차를 세우고 차 밖으로 나와 주위를 살폈다. 계곡은 깊었다. 천천히 아래로 내려갔다. 경사가 매우 심했다. 발밑에서 돌들이 굴렀다. 차가 여기로 떨어진다면 운전자는 그 안에서 즉사할 것이 분명했다. 아래로 내려가는 것은 매우 어려웠다. 칼로얀은 여러 번 중심을 잃고 거의 엎어질 뻔했다. 그는 사고 자동차가 있던 곳을 금세 알아봤다. 수풀은 불에 탔고 돌들은 불에 그을러 검었다.

자동차는 며칠 전에 경찰이 자세히 수사하려고 견인해 가고 없었다. 칼로얀은 현장을 주의해서 살펴보았다. 그는 긴장해서 쳐다보고, 주변을 걸어 다니고 땅에 몸을 숙여 샅샅이 살폈다. 유감스럽게도 그의 주의를 끄는 건 아무것도 없다. 그는 돌 위에 앉아, 자동차가 계곡으로 떨어져 날아가던 그 순간에, 죽음을 직감한 그 아가씨가 무엇을 느꼈을지 상상해 봤다. 칼로얀은 마치 그녀 눈에 나타난 공포를 보는 듯했다. 그녀 눈은 어떤 색일까. 그녀는 예쁜가. 그녀는 금발인가, 검은 머리인가. 분명 그녀는 자동차가 계곡으로 날아갈 것이라고는 상상도 못 했을 것이다. 놀라서 질색했을 것이다. 자동차 추락은 끔찍한 사고다.

칼로얀은 일어서서 천천히 올라갔다. 힘들어 간신히 숨을 내쉬면서 고속도로까지 기어 올라갔다. 차에 타자 피곤이 몰려왔다. 온몸에 뜨거운 땀이 흘러내렸다.

10.

Kalojan tralegis la polican enketon pri Dragan Nenov. "Dragan Nenov, ŝforo de kamiono, laboras en la vendejo pri mebloj "Nova Domo". Per la kamiono li transportas meblojn de la vendejo al la domoj de la aĉetintoj. Ofte li veturas provincen, ĉar estas homoj el diversaj urboj, kiuj mendas meblojn el la vendejo "Nova Domo".

Kalojan telefonis al Dragan:

-Bonan tagon, sinjoro Nenov. Mi estas komisaro Kalojan Safirov kaj mi ŝatus renkonti vin, rilate la ŝtelon de via aŭto. Kiam estos oportune al vi?

Dragan silentis kelkajn sekundojn, kiuj ŝajnis al Kalojan tre longaj. Poste Dragan diris:

-Mia labortago finiĝas je la kvina horo posttagmeze. Je la sesa horo mi estos hejme. Bonvolu veni.

Dragan loĝis en malproksima kvartalo, en deketaĝa domo kaj Kalojan malfacile trovis la domon. En tiu ĉi kvartalo preskaŭ ĉiuj domoj samaspektis. Krom tio ilia numerado estis iom komplika. Post duonhora vagado tien kaj reen Kalojan trovis la domon, en kiu la loĝejo de Dragan estis sur la naŭa etaĝo, sed la lifto ne funkciis kaj Kalojan devis piediri. Sekvis dekminuta grimpado. Kalojan ekstaris antaŭ la loĝejo kaj premis la butonon de la sonorilo. Post sekundoj la pordon malfermis kvindekjara virino, kiu alrigardis Kalojan time kaj mire.

-Komisaro Kalojan Safirov. Mi venis paroli kun via edzo.

-Bonvolu – murmuris la virino.

Kalojan eniris ĉambron, en kiu ne estis multaj mebloj: lito, tablo, kelkaj seĝoj, vestŝranko kaj komodo sur kiu estis televidilo. Dragan sidis en fotelo antaŭ la televidilo kaj spektis futbalmatĉon. Kiam li vidis Kalojan, li ekstaris, proponis al Kalojan sidi en la fotelon kaj li mem sidis sur seĝo antaŭ Kalojan.

Kalojan tuj komencis demandi lin:

-Antaŭ kelkaj tagoj oni ŝtelis vian aŭton. La polico trovis ĝin en ravino bruligita.

-Jes.

Dragan estis kvindektrijara kun iom ruĝa vizaĝo kaj malhelaj okuloj. Lia hararo estis bruna, lia barbo nerazita eble de du aŭ tri tagoj. Kalojan rigardis lian vizaĝon, kiu estis kvazaŭ ĉizita per hakilo, liajn malhelajn okulojn kaj provis diveni kia homo sidas antaŭ li. Verŝajne Dragan finis nur bazan lernejon kaj li ne deziris plu lerni. Certe li estis kontenta, ke li iĝis ŝoforo, ĉar tio eble estis lia infana revo. Eble de la infaneco Dragan interesiĝis pri aŭtoj.

-Kia estis la marko de via aŭto? – demandis Kalojan.

-"Sitroeno", malnova. Mi aĉtis ĝn de brokantisto – klarigis Dragan.

"Jes, li deziris havi aŭton, sed li ne havis sufiĉe da

mono", meditis Kalojan. "Li ne povis aĉti novan aŭon kaj tial li aĉetis ĝin de brokantisto. Tamen ĉu li ankoraŭ revas pri nova aŭto? Do, li bezonas monon kaj eble li trovis eblecon kiel akiri monon. Oni ŝtelis lian malnovan aŭton kaj donis al li monon.

Eble tial nun Dragan ne aspektas tre maltrankvila, ke oni ŝtelis la aŭton."

–Ĉu la aŭto estis asekurita? – demandis Kalojan.

–Jes.

–Mi ŝatus vidi la dokumentojn de la aŭto – petis li.

Dragan malrapide staris de la seĝo, iris al la granda komodo en la angulo de la ĉambro kaj el la tirkesto elprenis la dokumentojn. Li donis ilin al Kalojan, kiu komencis atente trarigardi ilin. La aŭto vere estis malnova.

Jes, la familio de Dragan malriĉas. Lia salajro kaj la salajro de lia edzino certe ne estis grandaj. Verŝajne Dragan estas vilaĝano, kiu ne komprenis la valoron de la edukado. Li venis en la ĉefurbon, iĝis ŝoforo kaj nun li estas kontenta, ke li laboras en vendejo pri mebloj, malgraŭ ke lia salajro ne estas alta. "Ĉu oni vere ŝtelis la aŭton kaj donis monon al Dragan, demandis sin mem Kalojan."

–Kiam oni ŝtelis la aŭton – ĉu vendrede vespere aŭ sabate vespere? – demandis Kalojan.

–Mi ne scias – respondis Dragan kaj fiksrigardis

Kalojan.

En la rigardo de Dragan estis primoko, kiu signifis: "Vi neniam eksciis kiam oni ŝtelis la aŭton. Mi ne estas edukita kiel vi, sed mi estas pli ruza ol vi. Vi ne povas trompi min. Vi deziras, ke mi faru eraron kaj vi akuzos min".

-Tiam vi ne estis en la ĉefurbo, ĉu? - daŭrigis Kalojan.

-Ne.

-Kie vi estis?

-Vendrede per la kamiono mi transportis liton kaj vestŝrankon al urbo Arbara Fonto. Juna familio en tiu ĉi urbo mendis la meblojn - klarigis Dragan.

-Je la kioma horo vendrede vi ekveturis al Arbara Fonto?

-Je la deka antaŭtagmeze.

-Ĉu vi revenis la saman tagon?

-Ne. Mi revenis dimanĉe matene. Reveninte el Arbara Fonto, mi iris al vilaĝo Grudo, kie loĝas miaj gepatroj. Sabate mi estis ĉe ili.

Certe de tempo al tempo Dragan vizitas siajn gepatrojn, supozis Kalojan. Ĉu li mensogas, ke li estis ĉe la gepatroj? Eble li estis ie aliloke kaj al la edzino kaj nun al mi li diras, ke sabate vespere gastis al siaj gepatroj.

Ĉio, kion Dragan diris, ŝajnis kiel bone pripensita plano. Eble Dragan kaj la ŝtelistoj de la aŭto konis unu la alian kaj ili kune planis la ŝtelon. Antaŭ dek jaroj Dragan estis kondamnita pro ŝtelo kaj li pasigis du jarojn en malliberejo. "Certe li konas krimulojn, opiniis Kalojan." Tamen Kalojan ne povis pruvi, ke Dragan konis la ŝtelistojn de la aŭto. "Ni devas postsekvi lin kaj vidi kun kiu li renkontiĝas, diris al si mem Kalojan."

-Kiam vi konstatis, ke la aŭto estas ŝtelita?

-Dimanĉe.

-Antaŭ via foriro al Arbara Fonto, kie estis la aŭto?

-Ĝi estis ĉi tie, sur la strato, antaŭ la domo – respondis Dragan.

Kalojan alrigardis lin atente.

-Ĉu ĉi tie, antaŭ la domo? – demandis li. – Dum la unua pridemando vi diris, ke la aŭto estis proksime al la vendejo "Nova Domo".

Dragan embarasiĝis kaj li rapide klarigis:

-Jes. Mi forgesis. Ĝi estis sur strato "Diantoj", proksime al la vendejo. Kiam mi iras al la laborejo, kutime mi parkas ĝin tie. Vendrede matene mi denove parkis tie la aŭton. Kiam mi ekveturis per la kamiono al Arbara Fonto ĝi estis tie. Dimanĉe mi iris al la strato "Diantoj", sed mi ne trovis la aŭon. Oni ŝelis ĝin.

-Kiam vi anoncis al la polico, ke la aŭto estis ŝtelita?

Lunde matene, ĉar dimanĉo estas ripoztago kaj mi certis, ke la polico ne komencos dimanĉe tuj serĉi ĝin.

-Do, vi ne tre maltrankviliĝis, kiam vi konstatis, ke la

aŭto estas ŝtelita – rimarkis Kalojan.

-Oni ofte ŝtelas aŭtojn kaj la polico ne trovas la ŝtelistojn. La polico tute ne serĉas ilin – diris iom kolere Dragan.

-Via opinio pri la polico estas malĝusta – rimarkis Kalojan.

-Tre ĝusta ĝi estas – replikis lin Dragan. – Oni ŝtelas aŭtojn kaj la polico ne reagas. Mia aŭto estis malnova, sed oni ŝtelas novajn, modernajn, multekostajn aŭtojn. La polico trovas nek la aŭtojn, nek la ŝtelistojn.

Kalojan devis konfesi, ke Dragan pravis. Dum la lastaj jaroj okazis multaj ŝteloj de aŭtoj. Estis bandoj, kiuj ŝtelis aŭtojn. Oni malmuntis ilin kaj vendis la diversajn aŭterojn. La polico malfacile trovis la ŝtelistojn, kiuj tre rapide agis. Ili ŝtelis la aŭtojn kaj tuj en iu garaĝo malmuntis ilin.

Dum Kalojan pridemandis Dragan, La edzino de Dragan, vestita en malnova hejma robo, sidis sur la lito kaj aŭskultis. Malalta, maldika, ŝi havis palan vizaĝon kaj okulojn, kiuj similis al du marĉetoj. Ŝi time rigardis Draganon kaj Kalojan konjektis, ke verŝajne Dragan estas malafabla al ŝi. La virino ne kuraĝis ekparoli, sed ŝia malĝoja rigardo kvazaŭ diris al Kalojan: "Ja, vi ne arestos lin. Nenion malbonan li faris. Iuj aĉuloj ŝtelis la aŭton."

Kalojan decidis, ke oni dum kelkaj tagoj devas postsekvi Dragan kaj vidi ĉu li rilatas kun krimuloj.

-Ne estas pliaj demandoj – diris Kalojan, - sed ni denove renkontiĝos.

Dragan ekstaris kaj akompanis lin al la pordo de la loĝejo.

10장. 도난 차량의 주인 수사

칼로얀은 드라간 네노브에 관한 경찰의 수사 보고서를 전부 읽었다. '드라간 네노브. 화물 운전사, **노바 도모**라는 가구판매점에서 일한다.' 화물차로 판매점 가구를 소비자 집으로 옮겨 준다. 지방에도 자주 간다. 여러 도시 사람들이 노바 도모라는 판매점에 가구를 주문하기 때문이다.

칼로얀은 드라간에게 전화했다. "안녕하세요, 네노브 씨. 저는 칼로얀 사피로브 경감입니다. 선생님의 차 도난과 관련해서 만나고 싶습니다. 언제가 편하십니까?"

드라간이 잠시 침묵했는데 그것이 칼로얀에게는 꽤 길게 느껴졌다.

"제 근무가 오후 5시에 끝납니다. 6시에는 집에 있을 겁니다. 그때 이리 오세요." 드라간이 말했다.

드라간은 수도에서 꽤 먼 지역 10층 집에 살았다. 칼로얀은 어렵게 집을 찾아냈다. 이 지역 집은 모두 비슷해 보였다. 게다가 주소의 지번은 조금 복잡했다. 30분간 여기저기 헤매다 겨우 집을 찾았다. 드라간의 집은 9층이었다. 엘리베이터가 고장이 나서 걸어서 올라갔다. 10분간의 등산인 셈이었다.

칼로얀은 집 앞에 이르자 초인종을 눌렀다. 잠시 후 문이 열리고 쉰 살 정도의 여자가 두렵고 놀란 눈으로 칼로얀을 바라보았다.

"칼로얀 사피로브 경감입니다. 남편분과 이야기 나누려고 왔습니다."

"들어오세요." 여자가 우물쭈물 대답했다. 칼로얀은 방으로 들어갔다. 거기에는 가구가 많지 않았다. 침대, 탁자, 의자 몇 개, 옷장, 서랍장. 서랍장 위엔 TV가 놓였다. 드라간은 TV 앞 안락의자에 앉아 축구 경기를 보고 있었다. 칼로얀을 보더니 일어나서 안락의자에 앉으라고 권유하고 자신도 맞은편 의자에 앉았다. 칼로얀은 바로 그에게 질문했다.

"며칠 전에 선생님 차가 도난당했지요. 경찰이 계곡에서 불탄 자동차를 찾아냈습니다."

"예." 드라간은 쉰 세 살로 조금 붉은 얼굴에 검은 눈동자를 가졌다. 머릿결은 갈색이고 턱수염은 아마 이삼일 면도를 하지 않은 듯했다. 도끼로 새긴 듯한 얼굴, 어두운 눈동자를 한, 바로 앞에 앉은 남자가 어떤 사람인지, 칼로얀은 추측하려 했다. 드라간은 초등학교만 나오고 더는 공부하지 않은 듯했다. 그는 운전사가 되는 어릴 적 꿈을 이뤄서 분명 행복했을 것이다. 아마 드라간은 어릴 때부터 자동차에 흥미가 있었을 터다.

"선생님의 차종은 무엇입니까?" 칼로얀이 물었다.

"시트로엔이고 구식입니다. 중고매매상에게 샀습니다." 드라간이 설명했다. '그래, 그는 차를 갖고 싶었지만, 충분히 돈이 없었군.' 칼로얀은 생각했다. '새 차를 살 수 없어 중고매매상에게 샀군. 하지만 아직도 새 차를 꿈꾸고 있을까? 그럼 돈이 필요하고 아마도 어떻게든 돈을 마련할 방법을 찾았겠군. 누가 그의 고물차를 훔치고 그에게 돈을 주었다. 그래서 드라간은 누가 차를 훔쳤든 그리 걱정하는 것으로 보이지 않는군.'

"자동차는 보험에 들었나요?" 칼로얀이 물었다.

"예."

"자동차 보험 서류를 보고 싶습니다." 칼로얀이 요청했다.

드라간이 천천히 의자에서 일어나 방구석에 있는 큰 서랍장으로 가서 서류들을 꺼내 주자, 칼로얀은 자세히 읽었다. 자동차는 구식이었다. '그래, 드라간 가족은 가난하다. 그의 급여와 아내의 급여는 분명 많지 않을거야. 드라간은 시골 사람이고 교육을 많이 받지 못했어. 그는 수도에 와서 운전사가 됐고, 급여가 그다지 많지 않더라도 가구판매점에서 일해 만족하고 있다.'"사람들이 차를 훔치고 드라간에게 돈을 주었을까?" 칼로얀은 홀로 질문했다.

"언제 자동차가 분실되었나요? 금요일 밤인가요, 토요일 밤인가요?" 칼로얀이 질문했다.

"모릅니다." 드라간은 대답하고 칼로얀을 뚫어지게 바라보았다. 드라간의 눈빛에는 '당신은 사람들이 자동차를 언제 훔쳐갔는지 절대 모를 거요. 나는 당신처럼 교육받지 못했지만, 당신보다 영리해요. 당신은 나를 속일 수 없어요. 내가 실수를 해서 당신이 나를 고소하기를 원하죠?' 그 눈빛은 이런 의미를 담아 놀리는 것 같았다.

"그때 선생님은 수도에 계시지 않았죠, 그렇죠?" 칼로얀이 계속 말했다.

"수도에 없었습니다."

"어디에 계셨나요?"

"금요일에 화물차로 침대와 옷장을 **아르바나 폰토**라는 도시로 옮겼지요. 그 도시에 사는 젊은 가족이 가구를 주문했어요." 드라간이 설명했다.

"금요일 몇 시에 아르바나 폰토로 출발하셨나요?"

"오전 10시에."

"같은 날 돌아오셨나요?"

"아니요, 일요일 아침에 돌아왔습니다. 아르바나 폰토에서 돌아와 제 부모님이 사시는 **그룬도** 마을에 갔습니다. 토요일에 부모님 곁에 있었습니다." 분명 때로 드라간이 부모님을 찾아갈 거라고 칼로얀은 짐작했다. 부모님 집에 있었다고 거짓말을 하나? 아마 그는 어딘가 다른 곳에 있었으면서 아내나 내게 토요일 저녁에 부모님 집에 있었다고 말했을 것이다. 드라간이 말한 모든 것은 충분히 잘 짜낸 각본처럼 보였다. 아마 드라간과 자동차 도둑은 서로 알고 함께 도둑질을 계획했을 것이다.

10년 전 드라간은 도둑질로 재판을 받고 2년간 감옥에서 보냈다. 분명 그는 범인들을 안다고 칼로얀은 생각했다. 하지만 칼로얀은 드라간이 자동차 도둑을 안다고 증명할 수 없었다.

"우리는 그를 미행해서 누구와 만나는지 지켜보아야 해." 칼로얀은 입속으로 중얼거렸다.

"자동차가 도난당했다는 걸 언제 확인했나요?"

"일요일이요."

"아르바나 폰토로 떠나기 전에 차는 어디에 있었나요?"

"집 앞 도로 위에 있었습니다." 드라간이 대답했다.

칼로얀은 그를 주의해서 바라보았다. "여기 집 앞이요?" 그가 물었다. "첫 신문 때는 차가 노바도모 판매점 가까이에 있었다고 선생님이 말씀했는데요."

드라간은 당황해서 재빨리 정정했다. "예, 깜빡했습니다. 그것은 판매점 근처 **디안토이** 거리에 있었습니다. 일터로 갈 때 보통 거기에 주차합니다. 금요일 아침에 다시 거기에 주차했습니다. 화물차로 아르바나 폰토로 출발할 때 그것은 거기 있었습니다. 일요일에 내가 디안토이 거리에 갔지만, 차를 찾지 못했습니다. 누가 제 차를 훔쳐갔지요."

"자동차가 도난당했다고 언제 신고하셨나요?"

"월요일 아침에요. 일요일은 휴일이라 경찰이 일요일에 그걸 금세 찾지 않을 테니까요."

"그럼 자동차가 도난당했다고 확인할 때 선생님은 별로 걱정을 하지 않으셨네요?." 칼로얀이 눈치챘다.

"사람들이 자주 자동차를 훔치는데도 경찰은 도둑을 잡지 못해요. 경찰은 전혀 도둑을 찾지 못해요." 조금 화를 내며 드라간이 말했다.

"경찰에 관한 선생님의 생각은 올바르지 않습니다." 칼로얀이 말했다.

"아뇨, 제 말이 맞습니다." 드라간이 반발했다. "사람들이 자동차를 훔쳐가도 경찰은 재빨리 행동을 취하지 않습니다. 내 차는 구식이지만 사람들은 비싼 최신 차를 훔칩니다. 경찰은 차도 도둑도 찾지 못합니다."

칼로얀은 드라간이 옳다고 시인해야만 했다. 지난해에도 많은 자동차 도난 사건이 일어났다. 자동차를 훔치는 전문 조직이 있다. 도둑들은 자동차를 해체해서 부품을 팔았다. 도둑들이 아주 빠르게 움직여서 경찰이 찾기 어려웠다. 도둑들은 자동차를 훔치면 곧장 어느 차고지로 가서 해체를 했다.

칼로얀이 드라간을 신문하는 동안, 드라간의 아내는 평상복을 입고 침대 위에 앉아 같이 들었다. 키가 작고 마른 편인 그녀는 창백한 얼굴에 작은 늪 같은 눈동자를 가졌다. 그녀는 무서워하며 남편을 쳐다보고 있어 칼로얀은 드라간이 그녀에게 친절하지 않다고 생각했다. 여자는 감히 말을 꺼내지 않았지만, 그녀의 슬픈 시선이 마치 칼로얀에게 말하는 듯했다. '그를 체포하지 마세요. 그는 어떤 나쁜 짓을 하지 않았어요. 어느 나쁜 놈이 차를 훔쳐서 갔어요.'

칼로얀은 며칠 동안 드라간을 미행해서 그가 범인들과 관계가 있는지 살펴보리라고 마음먹었다.

"더 질문은 없습니다. 하지만 다시 만날 겁니다." 칼로얀이 말했다. 드라간은 일어서서 집의 문까지 그를 배웅했다.

11.

Mila kaj Greta revenis tre kontentaj el Laguno, kie ili bonege feriis. Mila ankoraŭ ne devis labori, ĉar la lernojaro komenciĝos en septembro. Greta jam pensis pri la universitato, kie ŝi daŭrigos la studon de psikologio en la tria jaro.

Nun, kiam Greta revenis el Laguno, ŝi atendis, ke Filip telefonu al ŝi. Li plaĉis al Greta kaj ŝi kvazaŭ denove vidis lian karan, helan rigardon. Ŝi demandis sin: "Ĉ li telefonos kaj invitos min al rendevuo?"

-Hodiaŭ mi mendis manĝaĵon el ĉina restoracio, ĉar mi ne havis tempon kuiri. Mi esperas, ke ĝi plaĉos al vi – diris Mila, kiam ili komencis vespermanĝi.

-Mi ege ŝatas la ĉinajn manĝaĵojn – deklaris Kalojan. – Mi ĝojas, ke vi jam estas hejme. Vi ambaŭ tiel bone sunbruniĝis, ke vi similas al mulatinoj – ŝercis li.

-Mi naskiĝis kaj loĝis ĉe la maro – diris Mila, - sed ĉisomere mi pasigis multe da tempo sur la strando. Dum horoj mi sidis sur la sablo kaj rigardis la maron. Tre bele estis en Laguno.

-Certe vi bone feriis kaj plaĉis al vi la vilao de Bojan, ĉu ne? – rimarkis li.

-Al mi tre plaĉis kaj la vilao, kaj la ĉirkaŭaĵo en Laguno. Mi sunbruniĝis, sed Greta naĝis de matene ĝis vespere.

-Ho, vi iom troigas – ekridetis Greta kaj ŝiaj blankaj dentoj ekbrilis.

-Krom tio Greta tre ŝatis iri al la rokoj – aldonis Mila.

-Jes, same mi ŝatis esti tie, sed la rokoj estas danĝeraj! Oni povas subite mispaŝi kaj fali en la maron – Kalojan alrigardis Gretan.

-Tie estis tre agrable – tuj respondis ŝi.

-Mi scias kial Greta ofte estis ĉe la rokoj – enigme ekridetis Mila kaj petoleme alrigardis Gretan. – Tie ŝi konatiĝis kun junulo, sed nenion pli ni diros al vi pri li. Tio estas nia sekreto.

-Ho, vi jam havas sekretojn. Kaj kiu estis tiu ĉi junulo? – demandis Kalojan.

-Ni jam diris. Sekreto!

-Panjo. Kion vi parolas?– Greta iĝis ruĝa pro konfuzo. – Mi nur kelkfoje hazarde vidis tiun junulon ĉe la rokoj.

-Ho, atentu, mi estas policano kaj mi rapide ekscios kiu estis la junulo – ridis Kalojan.

-Ni ne dubas – alrigardis lin Mila.

-Do, mia filineto jam havas amikon – konkludis li.

-Ni ankoraŭ ne estas amikoj – ofendiĝis Greta.

-Bone. Pli gravas, ke via ferio en Laguno estis bonega.

-Morgaŭ nepre vi danku al via kolego Bojan kaj diru al li, ke ni invitas lin kaj lian familion gasti al ni – diris Mila.

-Jes. Mi dankos lin. Afabla li estis, ke li proponis al ni ferii en sia vilao – diris Kalojan.

-Bedaŭrinde, ke vi ne povis esti kun ni dum la tuta tempo – diris Mila.

-Ankaŭ mi bedaŭras, sed tia estas mia laboro.

-Ĉu vi jam konstatis kiu murdis la junulinon? – demandis Mila.

Kiam ŝi estis en Laguno, ŝi kelkfoje telefone parolis kun Kalojan, kiu diris al ŝi pri la murdo.

-Ankoraŭ ne – respondis li. – La esploro de tiu ĉi krimago estas iom komplika. Ni ne povas ekscii kiu estas la junulino kaj kial oni murdis ŝin.

-Ĉu temas pri junulino? – demandis Greta. – Kiom jara ŝi estis?

-Dudekjara, kiel vi – respondis Kalojan.

-Dio mia! – maltrankvile alrigardis lin Greta. – Kial oni murdis ŝin? Kion ŝi faris?

-Ni ankoraŭ ne scias – diris Kalojan.

Hejme li evitis paroli pri sia laboro, kiu estis ligita al la malhela flanko de la vivo: krimagoj, murdoj, tragedioj. Kalojan ne deziris maltrankviligi Milanon kaj Gretan, sed nun Mila demandis kaj li devis respondi. Greta estis juna, studentino kaj li deziris gardi ŝin for de la malbonaj novaĵoj. La mondo ekster la hejmo ne estis kvieta. Perfidoj, ŝteloj, murdoj. Kalojan bone konis tiun ĉi flankon de la vivo, kiun li nomis "la dorsa flanko de la medalo". Lia profesio estis ligita al tiu ĉ flanko. Li sciis, ke liaj penoj ne faros la vivon pli bona, sed li povus helpi, ke ne estu tiom da suferoj kaj doloroj. Kalojan nur deziris, ke la homoj vivu pli trankvile kaj ili ne timu.

11장. 휴가에서 돌아온 모녀

밀라와 그레타는 라구노에서 휴가를 잘 보내고 매우 만족해서 돌아왔다. 중학교 교사인 밀라는 9월에 개학을 해서 아직 출근하지 않아도 됐다. 그레타는 심리학 공부를 3년간 할 대학에 관해 생각했다. 그레타는 라구노에서 돌아오자 필립에게 전화가 오길 기다렸다. 그가 그레타의 마음에 들었다. 그레타는 마치 필립의 친절하고 밝은 눈빛을 보고 있는 듯했다. '필립이 전화해서 만나자고 나를 초청할까?' 그녀는 궁금했다.

"오늘 중국 식당에다 음식을 주문했어요. 요리할 시간이 없었으니까. 음식이 당신 마음에 들면 좋겠어요." 세 식구가 저녁 식사를 시작할 때 밀라가 말했다.

"난 중국 음식을 아주 좋아해." 칼로얀이 말했다. "당신이 일찍 집에 돌아와서 기뻐. 두 사람 모두 햇볕에 잘 그을러서 혼혈아 같아." 그가 농담을 했다.

"나는 바닷가에서 태어나서 살았어요. 이번 여름엔 정말 많은 시간을 모래사장에서 보냈네요. 여러 시간을 모래 위에 앉아 바다를 바라보았죠. 라구노에서 정말 즐거웠어요." 밀라가 말했다.

"분명 당신은 휴가를 잘 보낸 거고 보안 경감의 빌라가 당신 맘에 들었군, 그렇지?" 칼로얀이 말했다.

"마음에 쏙 들었어요. 빌라와 라구노 주변 모두! 나는 햇빛에 몸을 태웠지만 그레타는 아침부터 저녁까지 수영만 했어요."

"아이고, 엄마는 조금 과장하시네요." 그레타는 싱긋 웃었다. 그녀의 하얀 이가 빛났다.

"게다가 그레타는 바위에 가는 것도 아주 좋아했어요." 밀라가 덧붙였다.

"그래, 나도 바위에서 있는 것이 좋아. 하지만 바위는 위험해. 발을 잘못 디디면 바다에 빠질 수 있어." 칼로얀이 그레타를 쳐다봤다.

"바위에 가면 아주 상쾌해요." 곧 그녀가 말했다.

"나는 그레타가 왜 바위 옆에 자주 가는지 알죠!" 수수께끼처럼 밀라가 빙긋 웃고는 놀리듯 그레타를 바라보았다. "거기서 젊은이를 알게 됐는데 우린 당신에게 그에 대해 아무것도 말할 수 없어요. 우리만의 비밀이니까."

"오, 두 사람만의 비밀이라고? 그 젊은이는 누구야?" 칼로얀이 물었다.

"제가 이미 말했죠, 비밀이라고!"

"엄마, 무슨 말이에요?" 그레타는 당황해서 얼굴이 빨개졌다. "단지 몇 번 우연히 그 청년을 바위 근처에서 봤을 뿐이에요."

"그래, 주의해라. 난 경찰관이야. 그 젊은이가 누구인지 금세 알아낼 수 있어." 칼로얀이 웃었다.

"당연히 그러시겠죠!" 밀라가 그를 바라보았다.

"그럼 내 딸이 벌써 남자친구가 생겼네." 그가 결론지었다.

"우린 아직 친구가 아니에요." 그레타가 삐쳤다.

"좋아, 라구노 휴가가 아주 좋았다는 것이 더 중요해."

"내일 꼭 동료인 보안 경감에게 고맙다고 인사하세요. 그리고 그분 가족을 우리 집에 초대한다고 말하세요." 밀라가 말했다. "그래, 고맙다고 할게. 친절하게도 그분은 자기 빌라에서 우리가 휴가를 보내도록 권했지." 칼로얀이 말했다.

"휴가 기간에 당신이 우리와 쭉 함께 있을 수 없었던 건 아쉬웠어요."

"나도 아쉽지만, 내 일이 그런 걸 어떻게 해."

"당신은 누가 아가씨를 죽였는지 확인했나요?" 밀라가 물었다. 그녀가 라구노에 있으면서 몇 번 칼로얀과 전화했을 때 그가 살인 사건에 관해 말해 주었다.

"아직 아니야." 그가 대답했다. "이 사건 수사는 조금 복잡해. 아가씨가 누구인지, 사람들이 왜 그녀를 죽였는지 알 수가 없어."

"아가씨가 살해당한 당사자인가요?" 그레타가 물었다. "몇 살인데요?"

"너처럼 스무 살." 칼로얀이 대답했다.

"아이고 맙소사!" 그레타가 걱정스럽게 그를 쳐다보았다. "왜 사람들이 그녀를 죽였나요? 그녀가 무슨 일을 했나요?"

"우리는 아직 몰라." 칼로얀이 말했다. 집에서 그는 인생의 어두운 면에 연결된 자기 일에 관해 이야기하는 걸 피했다. 범죄행위, 살인, 비극…. 칼로얀은 밀라와 그레타를 걱정시키고 싶지 않았다. 하지만 지금 밀라가 질문해서 그는 대답해야만 했다. 그레타는 젊은 여대생이고, 그는 딸을 나쁜 소식에서 지키고 싶어 했다.

집 밖 세상은 조용하지 않다. 배신, 도둑, 살인…. 칼로얀은 인생의 이면을 잘 안다. 그는 '메달의 뒷면'이라고 이름 지었다. 그의 직업은 그 뒷면에 연결되어 있다. 그는 자기 수고로 세상 삶이 더 좋아지지 않는다는 걸 안다. 하지만 그는 그만한 고통과 아픔이 없도록 도울 수는 있다. 칼로얀은 단지 사람들이 더 편안하게 살며 무서워하지 않기를 바란다.

12.

Matene, kiam Kalojan eniris la kabineton, Bojan, kiu jam estis ĉi tie, sidis ĉe la skribotablo kaj legis iajn dokumentojn.

-Bonan matenon – salutis Kalojan.

-Bonan matenon – respondis Bojan.

-Hieraŭ Mila kaj Greta revenis el Laguno. Ili estas tre kontentaj. Por ili tio estis tre agrabla ferio. Ĉiuj ni kore dankas al vi kaj invitas vin kaj vian familion gasti al ni.

-Koran dankon pro la invito – diris Bojan. – Ni esperu, ke venontsomere vi estos tie pli longan tempon.

-Mi ĝojus, sed vi plej bone scias kia estas nia laboro. Ni ne povas plani nian estonton.

-Jes. Ni ne scias en kiu momento oni alvokos nin kaj kien oni sendos nin – rimarkis Bojan.

-Ni ne scias kio okazos. Senĉese mi meditas pri la murdo de la junulino. Mi vane provas diveni la motivojn. Mi demandas min ĉu la murdo okazis pro ĵaluzo? Eble ŝi havis amaton, kiu bone pripensis la murdon? – diris Kalojan.

-Laŭ mi vi tute ne pravas – ekparolis Bojan. – Kiam iu murdas iun pro ĵaluzo, li ne faras planon, li agas subite. Mi neniam forgesos murdon, kiu antaŭ jaroj okazis en urbo Florĝardeno, kie tiam mi estis policano. Homoj diris al la polico, ke juna virino, patrino de du infanoj, malaperis. Kelkajn tagojn la najbaroj ne vidis ŝin kaj ili demandis la edzon kie ŝi estas. La edzo diris, ke ŝi havis amaton kaj forveturis ien kun li. Mi tamen komencis esploron. Mi pridemandis la edzon, la konatojn de la familio kaj okazis, ke la virino vere havis amaton. Iun vesperon en la familio eksplodis granda skandalo. La edzo estis kolerega, ekster si. Li prenis tranĉilon kaj murdis la edzinon. En la korto, de la domo, kie ili loĝis, estis puto, kiun ili ne uzis. La edzo ĵetis la korpon de la edzino en la puton. Dum la pridemando li konfesis ĉion. Mi rakontas tion al vi por montri, ke pro ĵaluzo oni agas tuj kaj ne pripensas kio okazos. Do, mi opinias, ke rilate la murdon de la junulino estis serioza motivo.

Dum pli ol dudek jaroj Bojan esploris diversajn krimagojn. Li renkontis multajn homojn, pridemandis plurajn krimulojn, kies krimagoj ofte estis tre timigaj. Ĉiu esploro de krimago lasis signon en lia animo.

−Ĉu niaj kolegoj postsekvas Dragan Nenov, la ŝoforon? − demandis Kalojan. −Jes. −Ĉu estas ia rezulto?

−Ankoraŭ ne. Dragan ofte veturas per la kamiono ofice en la provincon por transporti meblojn. Kiam li estas en Serda, post la fino de la labortago, li kutimas iri en trinkejon "Vinbero" en la kvartalo, kie li loĝs. Tie li renkontiĝs kun kelkaj siaj malnovaj amikoj. Ordinare ili konversacias pri futbalmatĉoj. Ĝis nun oni ne vidis lin kun suspektindaj personoj.

−Li mem estas suspektinda − diris Kalojan.

-Jes. Antaŭ jaroj oni kondamnis lin pro ŝtelado. Tamen kun la uloj kun kiuj li ŝtelis monon el vendejo, nun li ne renkontiĝas.

-Plej verŝajne li konfliktis kun ili pro la mono - supozis Kalojan.

-Eble. Tamen ni konstatis, ke Dragan uzas la kamionon de la vendejo "Nova Domo" por personaj celoj. Li transportas aĵojn de homoj, kiuj pagas al li. La ĉefo de la vendejo ne scias tion.

-Nun ni fermos niajn okulojn pri tiu ĉi neleĝa ago de Dragan - diris Kalojan. - Por ni pli gravas ĉu li konis la ŝtelistojn de sia aŭto.

-Jes. Tio estas la grava demando.

Bojan subite enrigardis la ekranon de la komputilo kaj li streĉe diris:

-Atentu! Ĵus venis grava sciigo. La policoficejo en urbo Stubel informas la landajn policoficejojn pri junulino, kiu malaperis. Jam preskaŭ de semajno ŝiaj gepatroj ne scias kie ŝi estas kaj kio okazis al ŝi.

-Kiom jara ŝi estas? - tuj demandis Kalojan.

-Dudek - respondis Bojan.

-Mi devas tuj forveturi al Stubel kaj renkontiĝi kun la gepatroj de tiu ĉi junulino.

-Jes. Ni devas rapide kontroli la sciigon - kapjesis Bojan.

12장. 동료 보안의 경험

아침에 칼로얀이 사무실에 들어설 때 이미 보안은 책상에 앉아 서류를 읽고 있었다.

"안녕하세요." 칼로얀이 인사했다.

"안녕." 보안이 대답했다.

"어제 아내와 딸이 라구노에서 돌아왔습니다. 매우 만족하더라고요. 정말 즐거운 휴가를 보낸 모양입니다. 우리 가족 모두 경감님께 감사드리고 경감님 가족을 우리 집으로 초대하고 싶어 합니다."

"초대 고마워." 보안이 말했다.

"다음 여름에 거기서 더 오랜 시간 머물기를 바랄게."

"좋지요. 하지만 우리 일이 어떤 건지 경감님이 더 잘 아시잖아요. 우린 앞날을 계획할 수 없지요."

"맞아, 어느 순간에 우리를 부를지, 우리를 어디로 보낼지 알 수 없지." 보안이 맞장구를 쳤다.

"무슨 일이 일어날지 우리는 모르죠. 줄곧 아가씨 살인 사건을 생각하고 있었어요. 살인 동기를 추측해봤지만 별 소득이 없었어요. 살인이 질투 때문인지 궁금해요. 아마도 그녀는 애인이 있는데 누군가 살인을 계획했어요." 칼로얀이 말했다.

"내 생각엔 경감이 틀렸어." 보안이 말을 꺼냈다. "누가 누구를 질투해서 죽일 때는 계획을 세우지 않고 우발적으로 행동해. 내가 근무하던 **플로그 자르데노**라는 도시에서 몇 년 전 일어난 살인 사건을 절대 잊지 못해. 사람들이 젊은 여자인 두 아이 엄마가 사라졌다고 경찰에 신고했어. 며칠간 그녀가 보이지 않자 이웃이 남편에게 부인은 어디 있느냐고 물었대. 남편은 그녀에게 애인이 생겨서 그와 어디론가 가버렸다고 말했지. 하지만 나는 수사를 시작했어. 남편과 가족의 지인들을 신문했지. 여자에겐 정말 애인이 있었어. 어느 날 밤 그 집에서 대판 싸움이 벌어졌지. 남편이 크게 화를 냈고. 그는 칼을 들고 부인을 살해했어. 그들이 사는 집 마당에 우물이 있었는데 평소엔 사용하지 않은 것이지. 남편은 부인 시체를 우물 속에 던졌어. 신문하는 동안 그는 모든 걸 자백했지. 질투에 불타면 사람들은 생각 없이 행동을 저질러. 무슨 일이 일어날지 생각하지 않고 행동한다는 걸 보여 주려고 경감에게 그 얘길 했어. 아가씨 살인과 관련해서도 무언가 매우 중요한 동기가 있다고 봐." 20년 이상 보얀은 여러 범죄행위를 수사했다. 그는 많은 사람을 만났고 흉악죄를 지은 수많은 범죄자를 신문했다. 수많은 범죄행위 수사가 그의 마음에 직관을 남겼다.

"우리 형사가 운전사 드라간 네노브를 미행하고 있죠?" 칼로얀이 물었다. "뭐가 좀 나왔나요?"

"아직 아니야. 드라간은 사무실 일로 가구를 옮기려고 화물차를 타고 지방으로 자주 가. 소피아에 있을 때는 근무가 끝나면 보통 자기가 사는 지역에 있는 **빈베로**라는 술집에 가지. 거기서 옛 친구 몇 명을 만나. 보통 그들은 축구 경기에 관해 대화하고. 지금껏 의심스러운 사람과 함께 있는 걸 본 적은 없었어."

"그 사람 자체가 의심스러워요." 칼로얀이 말했다.

"그래, 몇 년 전 그는 절도로 재판을 받았지. 가게에서 함께 돈을 훔친 놈들과 지금은 만나지 않아."

"아마도 거의 확실하게 그는 그들과 돈 때문에 다투었을 거예요." 칼로얀은 추측했다.

"아마도! 하지만 판매점 노바도모의 화물차를 개인 용도로 사용한 것은 확인했어. 그는 뒷돈을 준 사람들의 물건을 날라 주었지. 가게 주인은 몰라."

"지금 우리는 드라간의 이런 불법 행동엔 눈을 감을 겁니다."

칼로얀이 말했다. "우리에게 더 중요한 사실은 그가 자기 자동차 도둑을 아느냐 하는 겁니다."

"그래, 그것이 가장 중요한 핵심이지." 보얀은 갑자기 컴퓨터 화면을 들여다보더니 긴장하며 말했다. "여기 좀 봐! 방금 중요한 소식이 떴어. 스투벨 경찰서에서 전국 경찰서에 실종된 여자에 관해 올렸어. 벌써 거의 일주일 동안 그녀 부모님은 그녀가 어디 있는지, 그녀에게 무슨 일이 생겼는지 모른대."

"그녀는 몇 살인가요?" 칼로얀이 재빨리 물었다.

"스무 살이군." 보얀이 대답했다.

"제가 곧 스투벨에 가서 이 아가씨의 부모님을 만나 봐야겠습니다."

"그래, 우리는 이 정보들을 서둘러 점검해야 해." 보얀이 머리를 끄덕였다.

13.

La urbo Stubel situas tre malproksime de la ĉefurbo. Kalojan neniam estis en ĝi. Li nur sciis, ke ĝi estas malgranda urbo en la montaro ĉe la suda landlimo. Preskaŭ tri horojn li veturis sur la aŭtovojo, kie eblis pli rapide ŝofori. Poste li deflankiĝis al montara vojo, malbona kaj delonge neriparita. Li trapasis tri vilaĝojn, kiuj aspektis dezertaj, kvazaŭ neniu loĝis en ili.

En la montaro estis malvarmete. Senteblis la freŝa montara aero, kiu pinodoris. Kalojan naskiĝis ĉe la maro, sed li tre ŝatis la montarojn. Ili allogis lin per la altaj pintoj, la densaj misteraj arbaroj, la vastaj senarbejoj. Printempe floroj kaj drogherboj ornamis la montarojn, aŭtune la arboj surhavis orajn, ruĝajn, brunajn mantelojn kaj vintre ili estis mirinde blankaj kaj enigmaj. La silento en la montaroj sorĉigis Kalojan. En la arbaroj aŭdeblis birdaj kantoj aŭ hazarda krako de rompita seka branĉo. Somere de la senarbejoj alflugis la sonorilaj tintoj de la kapraj gregoj.

La vojo eniris pli kaj pli profunde en la arbaron. Kalojan ŝoforis atente. Sur du vojflankoj altiĝis pinarboj kaj nur ie-tie videblis etaj senarbejoj, lumigitaj de la suno. Nenie estis homoj, kvazaŭ Stubel troviĝis ĉe la fino de la mondo.

Finfine la aŭto eniris la urbon kaj veturis preter la

unuaj domoj. La ŝoseo gvidis rekte al la urbocentro, kie sur la ĉefa placo estis preĝejo, lernejo, kontraŭ la lernejo – la urba domo. Kalojan haltigis la aŭton antaŭ la urba domo kaj demandis junan viron kie estas la policejo. La viro montris al najbara strato kaj diris:

–Tie maldekstre vi vidos restoracion "Stubela Renkontiĝo". Ĉe ĝi la flava konstruaĵ estas la policejo.

Kalojan ekiris tien. Al la deĵoranta policano, kiu demandis lin kial li venas, Kalojan montris sian legitimilon.

–Mi ŝatus paroli kun la policestro – diris li.

La policano tuj telefonis al la policestro kaj post kelkaj minutoj Kalojan estis en la kabineto de Andrej Parmakov, la policestro - juna viro, verŝajne tridekjara, svelta, forta kun nigraj okuloj kaj penetrema rigardo. Oni povis tuj konjekti, ke li ŝatas sian laboron kaj diligente plenumas ĝin. Kalojan klarigis al li kial li venis en Stubel.

–Jes – diris Parmakov. – La gepatroj de la junulino ĉimatene sciigis nin, ke ŝi malaperis kaj ni tuj sendis la sciigon al la policoficejoj en la lando.

–Ĉu hodiaŭ ili sciigis vin? – demandis Kalojan.

–Jes.

–Kaj ĉu ili scias kiam ŝi malaperis?

–Ne.

Parmakov respondis al la demandoj precize kaj lakone kiel soldato.

-Ili ne scias — daŭrigis li, - ĉar ilia filino loĝas en la ĉefurbo kaj tre malofte ŝi venas ĉi tien. Ŝi same malofte telefonas al ili. Antaŭ semajno ili telefonis al ŝi, sed ŝia telefono ne funkciis. Ili opiniis, ke ŝi estas eksterlande, ke ŝia telefono malboniĝis, aŭ ŝi perdis la telefonon. Ili atendis, ke ŝi telefonos al ili, tamen ŝi ne telefonis. Ili atendis kelkajn tagojn kaj hodiaŭ matene ili venis en la policon diri, ke verŝajne al la filino okazis io aŭ ŝi malaperis.

-Mi ŝatus renkontiĝi kun la gepatroj — diris Kalojan.

-Bone. Ni tuj iros en ilian domon.

Parmakov kaj Kalojan iris el la policejo.

-Nia urbo estas malgranda — diris Parmakov — kaj ni piediros.

Ambaŭ ekiris sur strato, kiu gvidis norden de la urbocentro. Ili pasis preter la urba bazaro, en kiu tumultis homoj, poste ili preterpasis la stacidomon kaj eniris kvartalon, kie la domoj estis malaltaj unuetaĝaj kun etaj kortoj.

Parmakov kaj Kalojan eniris korton kaj ekstaris antaŭ ligna pordo de malnova domo. La ĉarpentaĵo de la fenestro estis nigra pro la pluvoj kaj humido.

Parmakov frapetis sur la pordo kaj post nelonge antaŭ ili aperis malalta virino, ĉirkaŭ kvardekjara. Ŝiaj okuloj estis malhelaj, ŝia vizaĝo havis flavecan koloron kaj ŝi aspektis pli maljuna ol ŝi estis. La virino surhavis kotonan robon.

-Sinjorino Kitova — diris Parmakov, - ni venas rilate vian sciigon pri via filino. Komisaro Kalojan Safirov el la ĉefurbo ŝatus starigi al vi kelkajn demandojn pri via filino.

-Bonvolu — diris ŝi kaj invitis ilin enen.

Kiel videblis de ekstere, same interne la hejmaranĝo estis tre mizera. Ili eniris etan ĉambron, kiu eble estis kaj kuirejo, kaj manĝejo kaj en ĝi staris lito. Estis ligna tablo, malnova fridujo, lavujo, kuirforno kaj servico-ŝranko. La lito estis apud la fenestro kaj sur ĝi sidis viro, vestita en fervojista jako. Ĉirkaŭ kvindekjara li estis iom kurbiĝinta, nerazita kaj liaj okuloj havis koloron de aŭtuna nebulo.

-Mia edzo — montris lin la virino. - Li malbone fartas, estas malsana, pensiulo li fariĝis pro malsano.

En la eta ĉambro odoris je cigareda fumo kaj je manĝaĵo. La virino verŝajne kuiris raguon kun terpomoj.

Kalojan kaj Parmakov sidis sur seĝoj kaj la virino sidis sur la lito, ĉe sia edzo.

-Mi ŝatus starigi al vi kelkajn demandojn pri via filino —diris Kalojan. - Kia estas ŝia nomo?

-Alena Kitova — respondis rapide la virino.

-Kiom aĝa ŝi estas?

-Nun en septembro ŝi iĝos dudekunujara.

-Kapitano Parmakov diris al mi, ke ŝi loĝas en la

ĉefurbo.

-Jes. Ĉi tie, en Stubel, ŝi finis gimnazion kaj nun ŝi estas studentino en la ĉefurbo.

En la nigraj okuloj de la virino Kalojan rimarkis fierecon. La virino deziris emfazi, ke ŝia filino estas studentino kaj ŝi kvazaŭ diris: "Mi ne estas edukita, sed mia filino havos superan klerecon."

-Kion ŝi studas?

-Pedagogion. Ŝi tre deziris esti instruistino.

-Ĉu vi scias ŝian adreson en la ĉefurbo? - demandis Kalojan.

-Mi havas ĝin skribita.

La virino ekstaris, iris al la servico-ŝranko, eltiris tirkeston, en kiu estis diversaj paperoj, ĵurnaloj, folioj. Ŝi trovis noteton kaj donis ĝin al Kalojan. Sur la papereto estis skribita: "Kvartalo "Fonto", strato "Galanto" numero 28.

-Dankon. Kalojan elprenis sian notlibreton kaj transskribis la adreson.

-Mi supozas, ke ŝi loĝas en luita loĝejo - diris Kalojan. - Ĉu vi sendas al ŝi monon, por ke ŝi lupagu la loĝejon?

-Ne. Ni ne povas sendi al ŝi monon. Nia mono ne sufiĉas.

En ŝia voĉo eksonis embaraso. Ŝi kvazaŭ pardonpetis, ke ili estas malriĉaj, ke ili ne havas monon por subteni sian filinon.

-Kiel mi jam diris, mia edzo estas pensiulo kaj lia pensio estas tre malalta. Mi laboras en la poŝtoficejo, mi liveras leterojn. Mia salajro same estas malalta.

La edzo komencis tusi. Li deziris klarigi ion, eble ke lia mono ne sufiĉas, kaj li nur diris:

-Ni, sinjoro komisaro, deziras zorgi pri nia filino···

Eble li deziris diri ankoraŭ ion, sed la edzino ne lasis lin paroli.

-Alena mem vivtenas sin – diris ŝi. – Alena estas kelnerino en kafejo. Ŝi laboras kaj studas. De tempo al tempo ŝi sendas monon al ni. Nia filino estas laborema kaj saĝa. Kiam ŝi lernis en la gimnazio, ŝi estis perfekta lernantino. La instruistoj ĉiam laŭdis ŝin.

En la okuloj de la virino denove ekbrilis la lumetoj de la patrina fiereco. Kiel ĉiu patrino, ŝi ankaŭ ĝojis, ke ŝi havas saĝan filinon.

-Ĉu vi scias la nomon kaj la adreson de la kafejo, en kiu Alena laboras? – demandis Kalojan.

-Ne. Ŝi neniam diris al ni en kiu kafejo ŝi laboras – diris la patro.

-Ĉu Alena ofte venas ĉi tien?

-Ne. Ŝi preskaŭ ne venas. Ŝi estis ĉi tie nur dum Kristnasko, sed ŝi restis nur du tagojn. Ŝi diris, ke ŝi devas lerni por la ekzamenoj kaj forveturis – iom ĝene klarigis la patrino.

En tiuj ĉi ŝiaj vortoj senteblis ĉagreno kaj kaŝita

doloro.

–Ĉu vi konas iun ŝian amikinon aŭ amikon?

–Ni ne konas, sinjoro komisaro – diris la patro. – Alena ne havis amikinojn, nek amikojn. Ŝi ne estis tre komunikema. Ŝi ne similis al ni. Ni devas diri al vi, ke Alena ne estis nia vera filino. Ni adoptis ŝin.

Tiujn ĉi vortojn la patro diris triste. Verŝajne la malĝojo delonge nestis en lia koro. Li bedaŭris, ke ili ne havis infanon kaj ili devis adopti Alenan. Li deziris diri ankoraŭ ion, sed la edzino severe alrigardis lin. La patro tamen ŝajnigis, ke li ne rimarkis ŝian malkontenton.

–Kiam ni geedziĝis, kvin jarojn ni ne havis infanon – daŭrigis li – kaj ni adoptis Alenan. Najbaroj diris al ŝi, ke ŝi estas adoptita kaj tiam Alena iĝis malkomunikema. Ŝi tamen estimas nin. Ja, ŝi sendas al ni monon kaj ni aĉetas la kuracilojn. La kuraciloj, sinjoro komisaro, estas tre multekostaj.

Kalojan rigardis lin kompateme. La viro certe dum multaj jaroj laboris en la fervojoj. Eble li estis relŝanĝisto aŭ ia teknikisto. Certe li estis laborema, diligenta, sed nun lia pensio estas malalta kaj li malfacile aĉetis la necesajn kuracilojn. Tamen en liaj vortoj ne estis malico nek malamo al iu. Li kviete akceptis sian sorton.

Kalojan meditis pri la medaliono, kiu estis en lia poŝo. Li ankoraŭ ne kuraĝis montri ĝin al la gepatroj. Se la medaliono estis de Alena, ili tuj komprenos, ke ŝi ne estas viva. Ili eble opiniis, ke Alena ne telefonas al ili, ĉar verŝajne ŝi estas eksterlande aŭ ŝia telefono malboniĝis. Tamen Kalojan devis ekscii ĉu la medaliono estas de Alena aŭ ne. Li devis montri ĝin al ili, malgraŭ ke li bone sciis kiel ili reagos. La sciigo pri la morto de Alena frakasos ilin. Eble ili ne eltenus tiun ĉi teruran fakton.

"Mi nepre devas montri al ili la medalionon, por ke mi estu certa, ke Alena estas la murdita junulino."

Kalojan provis esti trankvila kaj malrapide li diris:

-Mi montros al vi ion kaj bonvolu diri ĉu vi konas ĝin.

La gepatroj rigardis unu la alian maltrankvile. Ili komprenis, ke temas pri io grava. Senmovaj ili atendis kion Kalojan montros. Verŝajne ili antaŭsentis ion malbonan. Kalojan same estis streĉita, sed li ne havis alian eblecon. Malrapide li elprenis la medalionon el sia poŝo kaj montris ĝin al ili. La patrino ekploris.

-Dio mia! Ĉu ŝi mortis?

-Ĉu tiu ĉi medaliono estas de Alena? – demandis Kalojan.

-Jes – singultis la patrino. – Ĝin donacis al ŝi la baptistino, mia kuzino. Kie vi trovis ĝin? Ĉu ŝi mortis?

-Mi ege bedaŭras – diris Kalojan.

-Kiel okazis?

El la okuloj de la gepatroj fluis larmoj. La lipoj de la patro tremis.

-Katastrofo − diris Kalojan.

-Kiam, kie? − demandis la patro..

-Mi tre bedaŭras, sed mi montris la medalionon, por ke mi estu certa, ke ĝi estis de Alena.

-Nun ni scias kio okazis − diris la patro. − Estis terure atendi kaj esperi.

-Ĉu vi povas doni al mi foton de Alena? − petis Kalojan.

La patrino silente ekstaris kaj iris en alian ĉambron. Kiam ŝi revenis, ŝi donis foton al Kalojan. Estia malnova foto. Verŝajne oni fotis Alenan, kiam ŝi estis gimnazianino. Kalojan vidis teneran vizaĝon, malhelajn profundajn okulojn, delikatajn lipojn, longan nigran hararon. Alena estis vestita en fajna blua bluzo kaj en bruna jupo.

-Tio estas ŝia lasta foto − diris la patrino.

-Dankon. Post la fino de la esploro, mi redonos ĝin al vi − promesis Kalojan.

Li metis la foton en sian monujon. Parmakov kaj li ekstaris de la seĝoj.

-Ĝis revido − diris ili kaj foriris.

13장. 피살자 신원 확인

스투벨 시는 수도에서 꽤 멀리 떨어져 있다. 칼로얀은 그곳에 간 적이 한 번도 없다. 그저 남쪽 국경선 근처 산자락에 자리 잡은 작은 도시라는 것만 알았다. 지름길을 알아내서 거의 3시간을 운전해 찾아갔다. 한동안 그는 도로를 벗어나서 울퉁불퉁하고 꽤 오래 수리가 안 된 산길로 접어들었다. 마치 아무도 살지 않는 듯 황량해 보이는 산골 마을을 세 군데나 지나왔다. 산속은 서늘했고, 솔 향기 배인 신선한 공기를 마실 수 있었다.

칼로얀은 바닷가에서 태어났지만 산을 퍽 좋아한다. 높은 꼭대기, 무성하고 신비로운 숲, 넓은 평원이 그에겐 무척 매력적이었다. 봄에는 꽃과 약초가 산을 꾸미고, 가을엔 나무들이 황금색, 붉은색, 갈색 외투로 갈아 입고, 겨울엔 나무들이 놀랍도록 하얘지고 수수께끼같이 신비로워진다. 산속의 고요가 칼로얀을 끌어당겼다. 숲속에서는 새들의 노랫소리와 썩고 마른 가지가 한순간에 부서지는 두둑 소리를 들을 수 있다. 여름철 숲속 평원에는 염소 목에 달린 종소리가 날아다닌다.

길은 점점 산속 깊이 들어갔다. 칼로얀은 조심스럽게 운전했다. 길 양옆에는 키 큰 소나무가 있고 가끔 여기저기 햇빛이 빛나는 작은 평원이 보였다. 마치 스투벨이 세상 끝에 존재하는 것처럼 어디에도 사람은 보이지 않았다.

마침내 차가 도시로 접어들었고 처음으로 나타난 집을 지나쳤다. 도로는 곧바로 시내 중심가로 이어져 주요광장에는 교회, 학교가 있고, 학교 건너편에는 시청이 자리했다. 칼로얀은 차를 시청 앞에 세우고 젊은 남자에게 경찰서가 어딘지 물었다. 남자는 옆 도로를 가리키며 말했다.

"거기 왼쪽으로 식당 **스투벨의 만남**이 보이지요? 그 옆 노란 건물이 경찰서입니다."

칼로얀은 거기로 갔다. 왜 왔느냐고 묻는 근무 중인 경찰에게 신분증을 보여줬다.

"경찰서장과 대화하고 싶어요." 그가 말했다.

경찰관은 곧 경찰서장에게 전화를 걸고, 몇 분 뒤 경찰서장 **안드레이 파르마코브** 사무실로 안내해 주었다. 경찰서장은 서른 살 정도의 젊은이고, 날씬하고 건장하며 검은 눈에 꿰뚫듯한 눈빛을 가졌다. 누구라도 그가 자기 일을 좋아하고 열심히 일을 수행할 사람이라고 금세 판단할만하게 보였다. 칼로얀은 왜 스투벨에 왔는지 그에게 설명했다.

"예." 파르마코브가 말했다. "오늘 아침에 아가씨의 부모가 자기 딸이 실종됐다고 신고해서 즉시 전국 경찰서에 알렸습니다."

"오늘 그들이 경찰서로 신고했나요?" 칼로얀이 물었다.

"예."

"그리고 딸이 언제 실종됐는지 그들이 아나요?"

"아니요." 파르마코브는 군인처럼 질문에 정확하고 간결하게 대답했다. "그들은 모릅니다." 그가 계속 말했다. "딸이 수도에 사는데 아주 가끔 여기 오니까요. 딸은 전화도 가끔씩만 한대요. 일주일 전, 그들이 딸에게 전화했는데 전화기가 꺼져 있었다고 합니다. 그들은, 딸이 외국에 있고 딸의 전화기가 고장 나거나 딸이 전화기를 잃어버렸다고 생각했답니다. 그들은 딸이 전화해오길 기다렸어요. 하지만 딸이 전화를 안 하자 며칠을 기다렸다가 오늘 아침에 딸에게 무슨 일이 일어났거나 실종됐을거라며 신고하려고 경찰서에 왔어요."

"그 부모를 만나고 싶습니다." 칼로얀이 말했다.

"좋습니다. 그 집으로 바로 모셔다 드리겠습니다." 파르마코브와 칼로얀은 경찰서에서 나왔다.

"우리 시는 작습니다." 파르마코브가 말했다. "걸어가도 금방 갑니다." 두 사람은 시청의 북쪽으로 인도하는 거리로 들어섰다. 그들은 사람들로 소란스러운 시장통을 거쳐 기차역을 지나 작은 마당이 있는 1층짜리 집들이 모여있는 지역으로 갔다. 파르마코브와 칼로얀은 마당으로 들어가 오래된 집의 나무 대문 앞에 섰다. 창틀은 비와 습기 탓에 검은색을 띠고 있었다.

파르마코브가 문을 두드리자 잠시 뒤에 그들 앞에 키가 작고 마흔 살가량 먹어 보이는 여자가 나타났다. 여자의 눈은 어둡고 얼굴은 노르스름해서 나이보다 늙어 보였다. 여자는 면직물 옷을 입었다.

"키토바 여사님!" 파르마코브가 말했다. "따님 실종신고 수사 차 들렸습니다. 수도에서 오신 칼로얀 사피로브 경감이 몇 가지 묻고 싶어 합니다."

"들어오세요." 그녀는 말하고 안으로 안내했다.

집 밖과 똑같이 집 안도 관리상태가 열악했다. 부엌 겸 식당으로 사용하고 침대도 딸린 작은 방으로 들어갔더니 거기에는 나무 탁자, 오래된 냉장고, 세탁기, 요리용 난로, 싱크대까지 다닥다닥 붙어 있었다. 창가에 놓인 침대 위에 철도원 잠바를 입은 남자가 앉아 있었다. 쉰 살로 보이는 그는 등이 약간 굽었고, 면도하지 않은 얼굴에 눈은 가을 하늘에서 볼 수 있는 선명한 푸른색이었다.

여자가 그를 가리키며 말했다. "제 남편입니다. 잘 지내지 못해 아파요. 병 때문에 연금수급자가 됐지요."

작은 방은 담배 연기와 음식 냄새로 퀴퀴했다. 여자는 감자로 죽을 만든 것 같았다. 칼로얀과 파르마코브는 의자에 앉고, 여자는 남편 곁 침대 위에 앉았다.

"따님에 관해 몇 가지 질문을 드리겠습니다." 칼로얀이 말했다. "따님 이름이 무엇인가요?"

"알레나 키토바입니다." 여자가 재빨리 대답했다.

"몇 살입니까?"

"이제 9월이면 스물 한 살이 됩니다."

"파르마코브 경찰서장이 제게 말하길 따님이 수도에서 산다고 하더군요."

"예, 여기 스투벨에서 고등학교를 마치고, 지금 딸은 수도에서 대학에 다닙니다." 칼로얀은 여자의 검은 눈에서 자부심을 읽었다. 여자는 딸이 대학생이라는 걸 강조하고 싶어 했다. 그녀는 마치 나는 교육받지 못했지만 내 딸은 뛰어난 지혜를 가질 거라고 말하는 듯했다.

"무엇을 공부했나요?"

"교육학이요. 딸은 교사가 되기를 원했어요."

"따님의 수도 주소를 알고 있나요?" 칼로얀이 물었다.

"적어둔 걸 가지고 있어요." 여자는 일어나서 싱크대로 가서 그 안에 종이, 신문, 메모지가 들어있는 서랍을 꺼냈다. 거기서 작은 노트를 찾아 칼로얀에게 건네줬다. 작은 종이 위에 '폰토지역 갈란트 가 28번지'라고 쓰여 있었다.

"감사합니다." 칼로얀은 자기 수첩을 꺼내 주소를 옮겨 적었다. "따님이 방을 세 들어 사는 것 같네요." 칼로얀이 말했다. "따님에게 방세를 내라고 돈을 보내십니까?"

"아니요, 딸에게 돈을 보낼 수 없어요. 우린 돈이 충분치 않아요." 그녀 목소리에 당황함이 묻어났다. 그녀는, 그들 부부가 가난해서 딸을 부양할 돈이 없는 것에 대해 마치 용서를 구하는 듯했다.

"이미 말씀드린 대로 제 남편은 연금수급자고 연금은 아주 적어요. 저는 우체국에서 편지 배달 일을 합니다. 제 급여 역시 적어요."

남편이 기침했다. 아마 그도 돈이 넉넉지 않다고 말하고 싶어 하는 듯했다.

그는 말했다. "경감님, 우리는 딸을 돌보고 싶어요." 아마 그는 무언가 더 말하고 싶어 했지만, 부인이 말하도록 두지 않았다.

"알레나는 혼자 생계를 유지했어요." 그녀가 말했다. "알레나는 카페에서 종업원 일을 합니다. 일하면서 공부를 하지요. 때로 우리에게 돈을 보냈어요. 우리 딸은 부지런하고 똑똑해요. 고등학교 다닐 때는 우수한 학생이었어요. 선생님들이 항상 칭찬했지요." 여자의 눈에서 다시금 어머니의 자랑스러운 빛이 반짝였다. 세상의 모든 어머니처럼 그녀 역시 똑똑한 딸을 둔 걸 기뻐했다.

"알레나가 근무하는 카페 이름과 주소를 알고 계십니까?" 칼로얀이 물었다.

"아니요, 어느 카페에서 일한다고는 절대 말해 주지 않았어요." 아버지가 말했다.

"알레나는 여기 자주 왔나요?"

"아니요, 거의 오지 않았어요. 크리스마스 때만 왔었고 그때도 이틀만 머물렀어요. 시험공부를 해야 한다며 떠났어요." 어머니가 좀 난처한 듯 덧붙였다. 이 말에서 번뇌와 숨겨진 아픔을 느낄 수 있다.

"따님의 여자친구나 남자 친구를 아시나요?"

"우리는 몰라요, 경감님." 아버지가 말했다. "알레나는 여자친구도, 남자 친구도 없었어요. 그리 사교적이지 않았어요. 우리와 같지 않았죠. 우리는 경감님께 알레나가 우리 친딸이 아닌 걸 말해야만 합니다. 우리는 그 아이를 입양했어요." 아버지는 이 말을 슬프게 했다. 슬픔이 오래전부터 그의 가슴에 둥지를 틀고 있는 듯했다. 그들은 자식이 없는 걸 아쉬워하며 알레나를 입양해야만 했다. 그는 무언가 말하고 싶어 했지만, 부인이 엄한 눈빛으로 그를 제지했다. 하지만 아버지는 그녀의 불만을 알아차리지 않은 듯 보였다.

"우리는 결혼하고 5년간 자식이 없었어요." 그가 계속 말했다. "그래서 알레나를 입양했어요. 이웃 사람이 딸에게 입양 사실을 말해 버렸어요. 그때부터 알레나는 사교성 없는 아이가 되었지요. 하지만 우리 부부를 존경했어요. 정말로 딸이 우리에게 보내 준 돈으로 치료제를 샀어요. 경감님, 치료제는 아주 비싸거든요."

칼로얀은 불쌍한 듯 그를 바라보았다. 남자는 분명 오랜 세월 철도회사에서 일했을 것이다. 아마 철도궤도 수리공이거나 어떤 기술자였을 것이다. 분명 그는 일을 좋아하고 부지런했겠지만, 현재는 연금이 적어 필요한 치료제를 사기가 어려웠을 것이다. 하지만 그의 말투로 미루어 보아 누구에게도 악의나 증오의 감정을 품지 않은 것 같았다. 그는 조용하게 자기 운명을 받아들였다.

칼로얀은 자기 호주머니에 들어있는 긴 목걸이를 생각했다. 그는 아직 알레나의 부모에게 그걸 보여 주지 못했다. 목걸이가 알레나의 것이라면 그들은 금세 딸이 살아 있지 않다는 걸 알아챌 것이다. 그들은 딸이 외국에 있거나 전화기가 고장 나서 전화하지 않은 것으로 생각하고 있는 참이었다.

하지만 칼로얀은 목걸이가 알레나의 것인지 아닌지 알아야만 했다. 어떻게 반응할지 잘 알지만, 그들에게 보여줘야만 했다. 알레나의 죽음이 그들의 마음을 찢어 놓을 것이다. 아마 그들은 이 끔찍한 사실을 견디지 못할 것이다. 알레나가 살해된 장본인인지 확인하기 위해서는 목걸이를 그들에게 반드시 보여줘야 했다.

칼로얀은 안정을 취하면서 천천히 말했다.

"뭔가를 보여 드릴 테니 그걸 아는지 말씀해 주세요."

부모는 서로 걱정스럽게 쳐다보았다. 무언가 중요한 일이라는 걸 직감한 듯했다. 칼로얀이 무엇을 보여 줄지 가만히 기다렸다. 그들은 뭔가 나쁜 일을 예감했다. 칼로얀도 마찬가지로 긴장했지만 다른 방법이 없었다. 천천히 자기 호주머니에서 목걸이를 끄집어내서 그들에게 보여줬다. 어머니는 바로 울음을 터뜨렸다.

"아이고, 그 아이가 죽었나요?"

"이 목걸이가 알레나의 것인가요?" 칼로얀이 물었다.

"예." 어머니가 딸꾹질했다. "내 사촌인 침례 대모(代母)가 딸에게 그걸 선물했어요. 어디서 그걸 찾았나요? 딸이 죽었나요?"

"정말 유감입니다." 칼로얀이 말했다.

"어떻게 된 일이죠?" 부모의 눈에서 눈물이 흘러내렸다. 아버지는 입술이 떨렸다.

"큰 사고입니다." 칼로얀이 말했다.

"언제 어디서요?" 아버지가 물었다.

"매우 안타깝습니다만 그것이 따님의 것인지 확인하려고 보여 드렸습니다."

"이제 우리는 알아요. 무슨 일이 일어났는지…." 아버지가 말했다. "기다리고 바라는 것이 끔찍한 일이 됐어요."

"따님 사진을 제게 줄 수 있습니까?" 칼로얀이 요청했다.

어머니는 조용히 일어나서 다른 방으로 갔다. 돌아와서 사진을 칼로얀에게 내밀었다. 오래된 사진이었다. 고등학생 때 찍은 것으로 부드러운 얼굴, 어둡고 깊은 눈동자, 미묘한 입술, 길고 검은 머릿결을 칼로얀은 꼼꼼히 살펴봤다. 알레나는 멋진 파란 블라우스와 갈색 치마를 입었다.

"이것이 집에 있는 가장 최근의 딸 사진입니다." 어머니가 말했다.

"감사합니다. 수사가 끝난 뒤 돌려드리겠습니다." 칼로얀은 약속하고 사진을 지갑에 넣었다.

파르마코브와 그는 의자에서 일어났다.

"안녕히 계십시오." 그들은 인사하고 떠났다.

14.

Dum la vojo al Serda Kalojan ne ĉesis pensi pri la renkontiĝo kun la gepatroj de Alena. Malriĉaj, malsanaj, nekleraj ili deziris, ke la filino lernu, ŝi havu superan klerecon kaj ŝi ne vivu mizere kiel ili. Alena studis en Serda, ŝi studis kaj laboris, eĉ ŝi de tempo al tempo sendis monon al ili. Do, certe ŝi estis lernema kaj laborema.

Eble Alena revis havi pli bonan vivon, tamen kial ŝi ŝoforis ŝtelitan aŭton? kien ŝi veturis? Kial oni murdis ŝin? Tio ne iĝis klara el la konversacio kun ŝiaj gepatroj. Ili nenion povis diri pri la vivo de Alena en la ĉefurbo. En Serda ŝi estis malproksime de ili kaj ili ne sciis kiun ŝi konas, kun kiu ŝi renkontiĝas. Alena nur diris al ili, ke ŝi studas kaj laboras en kafejo, sed en kiu kafejo, ili ne scias. Tamen ĉu ŝi diris la veron al ili? Ĉu Alena vere estis kelnerino en kafejo? Ja, de tempo al tempo ŝi sendis al ili monon, sed ĉu en la kafejo ŝi perlaboris sufiĉe por sendi monon al ili? Kiel ŝi loĝis en Serda, kiel ŝi mem vivtenis sin?

La demandoj denove estis pluraj, tamen la konversacio kun la gepatroj estis utila. Kalojan jam sciis ŝian nomon kaj li havis ŝian foton. Li jam sciis la adreson de la domo en Serda, en kiu ŝi loĝis. Dank' al tiuj ĉ informoj nun Kalojan povis pli detale esplori la murdon. Tamen li devis unue ekscii la kialon pri la murdo.

Kial oni murdis ŝin? Ĉu ŝi kverelis kun iu? Ĉu ŝi hazarde iĝis atestanto de iu krimago kaj nur tiel oni povis fermi ŝian buŝon? Kalojan denove supozis, ke la kialo povas esti drogo. Sendube Alena havis monon, sed de kie? Ŝi sendis monon al la gepatroj. Al studentino havi monon eblas nur pro disvastigo de drogo.

Vesperiĝis. Kalojan ŝoforis rapide. Dum la morgaŭa tago li havos multe da laboro. Li devas pridemandi aliajn personojn kaj espereble li sukcesos respondi al la demandoj, ligitaj al la murdo de Alena.

14장. 피살자 알레나

소피아로 가는 길에 칼로얀은 알레나 부모님과 만난 장면이 자꾸만 떠올랐다. 가난하고 아프고 못 배운 그들은 딸이 많이 배워서 최고의 지혜를 갖고 그들처럼 비참하게 살지 않기를 바랐다.

알레나는 소피아에서 공부하면서 일해서 때로 부모에게 돈을 보냈다. 그럼 분명 그녀는 공부도 좋아하고 부지런도 하였을 터다. 아마 알레나는 더 좋은 삶을 꿈 꿨을 텐데 왜 훔친 자동차를 운전했을까? 어디로 가고 있었을까? 왜 사람들이 그녀를 죽였을까? 부모와 나눈 대화에서는 그것이 분명치 않았다. 그들은 수도에 사는 딸의 생활에 대해 아무것도 아는 게 없었다. 소피아에서 거주했던 그녀는 부모와 멀리 떨어져 살았고, 그들은 그녀가 누구를 아는지, 누구와 만나는지 전혀 몰랐다.

알레나는, 공부하며 카페에서 일한다고 부모에게 말했지만, 어느 카페인지 그들은 알지 못한다. 하지만 그녀가 부모에게 진실을 말했는가? 알레나는 정말 카페에서 종업원 일을 했는가? 때로 부모에게 돈을 보냈지만 카페에서 그들에게 돈을 보낼 만큼 충분히 벌었는가? 소피아에서 어떻게 살았으며, 혼자 어떻게 생계를 유지했을까? 다시 여러 의문이 떠올랐지만, 그래도 부모와 나눈 대화는 유익했다.

칼로얀은 그녀의 이름을 알았고 사진도 가지고 있다. 그녀가 사는 소피아 집 주소를 알고 있다. 이런 정보 덕에 지금 칼로얀은 더 자세히 살인 사건을 수사할 수 있게 됐다. 하지만 그는 우선 살인 사건의 동기를 알아야만 한다. 왜 그녀를 죽였을까? 그녀가 누구와 다투었는가? 그녀가 우연히 어떤 범죄 행위의 목격자가 됐기에 그녀 입을 막으려 했는가? 칼로얀은 이유가 마약일 수 있다고 추측했다. 의심할 것 없이 알레나는 돈을 가지고 있다. 하지만 어디서 생겼나? 그녀는 부모에게 돈을 보냈다. 여대생이 많은 돈을 소지했다면 마약 전달책으로 의심할 수밖에 없다.

저녁이라 칼로얀은 빠르게 운전했다. 내일 온종일 많은 일을 해야 할 것이다. 수사차 신문해야 하는 그의 입장에서 간절히 바라는 바는 알레나 살인에 관한 질문에 관련자들이 제대로 대답해 주는 것이다.

15.

La Loĝkvartalo "Fonto" troviĝs en la suda parto de la ĉefurbo, proksime al granda stadiono. Ĝi estis malnova kvartalo kun duetaĝaj domoj, konstruitaj en la pasinta jarcento kaj la stukaĵo sur la muroj ie-tie estis fendita. La stratoj estis mallarĝaj, la enirejoj de la domoj – mallumaj , haladzaj. Preskaŭ ĉiuj domoj havis internajn kortojn, tre malvastajn.

La vendejoj en la kvartalo same estis malgrandaj. Iuj el ili estis nutraĵvendejoj, aliaj – por vestoj kaj ŝuoj. Kalojan facile trovis la straton "Galanto", numeron 28. Ĉ la domo estis panvendejo kaj riparejo por bicikloj, kies posedanto staris antaŭ la pordo kaj fumis. En tiu ĉi varma somera tago krom li neniu alia videblis sur la strato.

Kalojan paŝis en la enirejon de la domo kaj komencis atente rigardi la poŝtkestojn. Sur unu el ili li tralegis la nomojn: Alena Kitova kaj Dima Gigova. Do, ili loĝis en loĝejo sur la dua etaĝo. Kalojan iris sur la ŝtuparon kaj li ekstaris antaŭ la pordo, sur kiu estis ŝildeto: "Kunka Bilova, Dima Gigova, Alena Kitova". Li premis la butonon de la sonorilo. Post nelonge la pordo malfermiĝis kaj aperis sepdekjara virino kun hararo blanka kiel neĝo kaj katsimilaj okuloj. Ŝi malafable alrigardis Kalojan kaj demandis·

–Kiun vi serĉas?

-Mi estas komisaro Kalojan Safirov. Ĉu ĉi tie loĝas Alena Kitova? – demandis li kaj montris sian legitimilon.

-Jes – diris la maljunulino.

-Mi ŝatus starigi al vi kelkajn demandojn pri ŝi.

Kiam la virino konvinkiĝis, ke Kalojan estas komisaro, ŝi invitis lin en la domon.

-Bonvolu – diris ŝi.

Ili eniris en grandan ĉambron.

-Mi estas Kunka Bilova, la posedantino de la domo.

Ŝi montris al Kalojan seĝon kaj ŝi sidis en fotelon.

Kalojan rigardis la ĉambron, kiu estis duonluma kun sola fenestro al la interna korto. Tro multaj malnovaj mebloj estis en ĝi: ronda tablo, kanapo, ŝranko, komodo, sur kiu videblis diversaj fotoj, ĉe la komodo – fortepiano.

-Jam de semajno mi ne vidis Alenan – diris la virino.

Ŝi surhavis malhelruĝan longan robon, ŝia vizaĝo estis sulkigita, sed ŝminkita.

-De kiam Alena loĝas ĉi tie? – demandis Kalojan.

-Jam de du jaroj kaj duona, sed mi ne ofte vidas ŝin, malgraŭ ke la tutan tagon mi estas hejme. Mi, sinjoro komisaro, estas pensiulino. Mi instruas pianludadon. Mi estis muzikantino kaj antaŭe multe mi koncertis en diversaj landoj.

La maljunulino, kiu pretis rakontis sian tutan vivon al Kalojan, certe loĝis sola kaj nun ŝi uzis la okazon iom paroli kun iu.

-Vi diris, ke malofte vi vidis Alenan.

-Jes. Ŝi ĉiam malfrue revenis nokte kaj estis noktoj, kiam ŝi tute ne revenis. Mi ne scias kion ŝi faris kaj kie ŝi tranoktis.

Estis klare, ke la maljunulino vigle interesiĝis pri la vivo de Alena, sed bedaŭrinde nenion ŝi povis ekscii kaj tio turmentis ŝin.

-Ĉu ŝi havis amaton aŭ amikon? - demandis Kalojan.

La demando kvazaŭ ofendis la maljunulinon.

-Ne - diris ŝi firme. - Al la studentinoj, kiuj loĝas ĉi tie, mi malpermesas venigi en la loĝejon virojn. Kiam ili ekloĝas ĉi tie, mi tuj diras al ili, ke mia domo estas bonmora domo kaj ili ne devas akcepti ĉi tie siajn amikojn.

Kalojan konjektis, ke sinjorino Bilova ne edziniĝis, kaj tial ŝi havas rigoran moralon.

-Mi komprenas vin - diris li. - Ĉu vi rimarkis iun neordinaran en la konduto de Alena?

Sinjorino Bilova enpensiĝis, ŝi kuntiris brovojn kaj ŝia vizaĝo iĝis iom timiga.

-Mi komprenas vian demandon, sinjoro komisaro - ruzete kaj malrapide diris ŝi. - Certe Alena faris ian delikton kaj tial la polico serĉas ŝin. Jes. Mi supozis, ke ŝia konduto ne estas senmakula. Tre diskreta ŝi estis. Ŝi ne konversaciis kun mi, sed regule ŝi lupagis. Mi ne scias ĉu ŝi studas aŭ laboras, aŭ pri kio ŝi okupiĝas. Tre stranga ŝi estis.

Per tiuj ĉi vortoj la maljunulino deziris aludi, ke Alena certe okupiĝis pri io dubinda.

-Sur la ŝildeto de via pordo estas skribita ankaŭ alia nomo - Dima Gigova. Kiu ŝi estas? - demandis Kalojan.

-Ŝi kaj Alena kune loĝas ĉi tie.

-Ĉu nun Dima Gigova estas en la loĝejo?

-Jes. Ŝi estas en la ĉambro - diris la maljunulino.

-Bonvolu alvoki ŝin - petis Kalojan.

Sinjorino Bilova ekstaris de la fotelo kaj eliris. Post minuto en la ĉambron eniris ŝi kaj dudekjara junulino, ne tre alta kun helbruna hararo, bluaj okuloj kaj sukplenaj lipoj, similaj al framboj.

-Bonan tagon - salutis la junulino. - Mi estas Dima Gigova.

-Saluton - diris Kalojan.

-Vi estas de la polico, ĉu ne? - demandis la junulino.

-Jes. Mi estas komisaro Kalojan Safirov.

-Dankon, sinjoro komisaro. Mi tuj deziras diri al vi, ke antaŭhieraŭ venis viro, kiu same diris, ke estas el la polico.

-Kial li venis? - demandis Kalojan iom mirigita kaj embarasita.

-Li diris, ke Alena estas arestita.

-Ĉu?! -Kalojan pli forte surpriziĝis.

Li alrigardis la junulinon tiel, kvazaŭ li ne bone

komprenis ŝiajn vortojn.

–Ĉu venis viro, kiu diris, ke estas policano? – denove demandis Kalojan.

–Jes. Li montris al mi legitimilon kaj diris, ke lia tasko estas trarigardi la aĵojn de Alena, rilate pruvojn pri la krimo, kiun ŝi faris. Mi demandis lin kian krimon faris Alena, sed li respondis, ke tio estas polica sekreto.

–Ĉu li trarigardis la aĵojn de Alena? – demandis Kalojan maltrankvile.

–Ne. Li ne similis al policano kaj mi ne permesis al li eniri la loĝejon. Krome mi estis sola, sinjorino Bilova ne estis ĉi tie kaj mi timis.

–Kiel aspektis tiu viro?

–Mi ne tre bone ririgardis lin, sed li estis blondharara, eble lia hararo estis iom pli malhela. Mi ne bone memoras, sed liaj okuloj estis aŭ grizaj aŭ bluaj.

Kalojan aŭskultis kaj atente rigardis Diman. La fakto, ke iu viro venis ĉi tien, estis tre grava. La viro diris, ke estas policano. Do, li bone sciis, ke Alena mortis? Tamen kial li venis en la loĝejon? Kion li deziris serĉi ĉi tie? Ni devas tre rapide trovi tiun ĉi misteran viron, meditis Kalojan. Li certe respondos al ĉiuj demandoj, al kiuj ĝis nun ni ne trovis respondon.

–Kio okazis al Alena? Ĉu vere ŝi estas arestita? – demandis maltrankvile Dima.

El ŝiaj belaj migdalformaj okuloj gvatis timo. Dum

sekundoj Kalojan hezitis ĉu diri al ŝi kio okazis aŭ ne, sed finfine li decidis diri:

-Alena ne estis arestita. Ŝi mortis.

Dima stuporiĝis.

-Ĉu?

Ŝi ekploris.

-Kiel? – demandis ŝi plorante.

-Katastrofo – diris Kalojan.

-Ĉu? – preskaŭ ekkriis sinjorino Bilova pro miro kaj timo. – Nekredeble! Tio ne eblas! Ne eblas, ke junulino nur dudekjara pereis. Granda tragedio!

-Jes. Estas granda tragedio – diris Kaloja kaj turnis sin al Dima.

-De kiam vi loĝas kun Alena? – demandis li.

-Jam de du jaroj kaj duona. Ni kune studis pedagogion. Kiam ni ekstudis, ni konatiĝis kaj decidis lui loĝejon. Ni ambaŭ estas el provinco. Alena – el Stubel, mi – el urbo Vetren.

-Ĉu vi bone konis ŝin? – demandis Kalojan.

Dima eksilentis. Ŝi ankoraŭ ne kredis, ke Alena mortis kaj plu ne vidos ŝin.

-Alena estis diskreta. Bona junulino ŝi estis, sed ŝi deziris havi multe da mono. Ni ambaŭ komencis labori kiel kelnerinoj en kafejo "Berlino" sur strato "Renesanco". Mi ankoraŭ laboras tie, sed Alena antaŭ jaro ĉesis labori.

-Kial? – ne komprenis Kalojan.

-Ŝi diris, ke la salajro estas malalta.

-Ĉu ŝi komencis labori ie aliloke? – demandis li.

-Ne, sed···

Dima eksilentis.

-Sed? – alrigaridis ŝin Kalojan.

-Ŝi havis amikon, kiu komencis doni al ŝi monon.

-Ĉu vi konas lin?

-Ne. Neniam mi vidis lin. Alena ne parolis pri li. Neniam ŝi diris kiu li estas kaj de kie li havas tiom da mono. Certe li ne estis studento, tamen ŝi ĉiam havis multe da mono. Ŝi aĉetadis al si modernajn robojn, bluzojn, ŝuojn, retikulojn. Ŝi eĉ sendis monon al siaj gepatroj.

-Ĉu iam hazarde vi ne vidis ŝin kun iu viro, ĉu iu ne kutimis telefoni al ŝi kaj ĉu vi aŭdis iam ŝian telefonkonversacion?

-Neniam mi vidis ŝin kun viro kaj en la loĝejo ŝi al neniu telefonis, nek iu telefonis al ŝi. Tamen ŝi ofte ne tranoktis ĉi tie.

-Mi dankas al vi – diris Kalojan. – Ĉu nun vi povus veni kun mi en la policoficejon? Vi devas priskribi la viron, kiu estis ĉi tie, kaj ni faros de li robotportreton.

-Bone – konsentis Dima.

"Nun ĉo dependas de ŝ. Se ŝ sukcesos bone priskribi la nckonatan ulon, la polico eble trovos lin, diris al si mem Kalojan. Tamen tio jam estas ia spuro."

-Morgaŭ ni venos kun juĝordono kaj ni trarigardos la aĵojn de Alena. Eble en ili ni trovos ion gravan. Tamen al neniu vi permesu eniri en la loĝejon – diris Kalojan al sinjorino Bilova kaj al Dima. – Vi ne malfermu la pordon al nekonataj personoj.

-Post kelkaj minutoj mi estos preta kaj ni povos ekiri.

Dima iris el la ĉambro. Kalojan kaj sinjorino Bilova restis atendi ŝin.

-Alena pereis en katastrofo? Mi ne kredas tion – preskaŭ plore diris la maljunulino. – Kompatinda junulino. Mi antaŭsentis, ke al ŝi okazos io malbona.

Kalojan kaj Dima ekiris al la policoficejo. Kiam ili estis tie, Kalojan telefonis al serĝento kaj petis lin, ke li venu en lian kabineton. Ne pasis kvin minutoj kaj en la kabineton de Kalojan eniris juna policano.

-Serĝento Nikolov, - diris Kalojan – fraŭlino Gigova priskribos la vizaĝon de iu viro kaj vi devas fari robotportreton. Mi esperas, ke vi bone sukcesos pretigi la portreton.

-Sendube – diris la serĝento, - se al mi helpas tiu ĉi belulino, ni nepre sukcesos.

Li kaj Dima iris el la kabineto de Kalojan. En najbara ĉambro serĝento Nikolov kaj Dima sidis antaŭ ekrano de komputilo kaj komencis labori.

Serĝento Martin Nikolov estis alta kun malhela hararo kaj okuloj kiel karbo. Tiu ĉi belstatura viro tre plaĉis al

Dima.

Martin komencis per la komputilo desegni la portreton de la nekonata viro. Dima diris al Martin kiaj estis la okuloj, la formon de la vizaĝo, la koloron de la hararo, la nazon. La laboro daŭris longe, sed iom post iom la portreto sur la ekrano komencis simili al la vizaĝo de la viro, kiu estis en la loĝejo de sinjorino Bilova.

Kiam Dima diris, ke la robotportreto estas preskaŭ preta, Martin sendis ĝin interrete al komisaro Safirov kaj telefonis al li.

-Komisaro Safirov. La portreto estas preta. Mi sendis ĝin al vi.

Kalojan rigardis la ekranon de la komputilo. La viro estis ĉirkaŭ tridekjara kun helbruna hararo kaj helaj okuloj.

-Bojan – demandis Kalojan sian kolegon, - jen la robotportreto de la viro, kiu estis en la loĝejo de Alena kaj diris, ke li estas policano. Ĉu hazarde vi ne vidis lin ie?

Bojan prokisimiĝis al la komputilo de Kalojan kaj alrigardis la robotportreton. Post kelkaj sekundoj li diris:

-Jes. Mi vidis lin. Li regule hazardludas kaj oni povas vidi lin en diversaj kazinoj. Mi ne scias lian nomon, sed ni facile trovos lin.

-Ni nepre devas pridemandi lin – diris Kalojan.

-Jes. Niaj kolegoj trovos lin.

15장. 알레나 셋방 동거인 수사

주거밀집지역인 **폰토**는 수도 소피아 남쪽 종합운동장 근처에 있다. 그것은 지난 세기에 건축된 이층집들이 모여있는 낙후 지역으로, 벽의 칠이 여기저기 갈라져 있다. 도로는 좁고 집 입구는 어둡고 냄새가 났다. 거의 모든 집이 아주 좁은 내부 마당을 두고 있다. 그 지역은 가게도 마찬가지로 아주 작다. 가게 몇 군데는 식료품을, 다른 곳은 옷과 신발을 팔고 있다. 칼로얀은 갈란토 가(街) 28번지를 쉽게 찾았다. 그 집에 빵 가게와 자전거 수리점이 딸려 있는데 주인이 문 앞에 서서 담배를 피워댔다. 더운 여름 날씨라 그런지 주인을 제외하고는 도로에 아무도 보이지 않았다. 칼로얀은 건물 입구로 걸어 들어가 우편함을 주의해서 살펴보았다. 우편함 하나에 알레나 키토바와 **디마 기고바** 이름이 적혀 있었다. 그 둘은 2층에 살았다. 칼로얀은 계단으로 걸어 올라가 **쿤카 밀로바**, 디마 기고바, 알레나 키토바 문패가 붙은 문 앞에 섰다. 초인종을 누르자 얼마 있다 문이 열리고, 눈처럼 흰 머릿결에 고양이 눈을 한 일흔 살가량의 여자가 나타났다. 그녀는 기분 나쁘게 칼로얀을 살피고는 물었다. "누굴 찾으시나요?"

"저는 칼로얀 사피로브 경감입니다. 여기 알레나 키토바 씨가 사나요?" 물으면서 그는 신분증을 보여 주었다.

"예." 그녀가 대답했다.

"알레나에 관해 몇 가지 질문을 드리고 싶습니다." 여인은 칼로얀이 경감임을 확인하고 집 안으로 안내했다.

"들어오세요." 그녀가 말했다.

노파와 칼로얀은 커다란 방으로 들어갔다.

"나는 쿤카 밀로바고 이 집 주인입니다." 그녀는 칼로얀에게 의자를 가리키고 자기는 안락의자에 앉았다.

칼로얀은 하나뿐인 창이 내부 마당을 향해 있는 반쯤 어두운 방을 둘러보았다. 너무 많은 구식 가구가 빼곡히 들어차 있었다. 원형 탁자, 긴 의자, 옷장, 서랍장, 서랍장 위의 여러 사진, 서랍장 옆엔 피아노가 있다.

"일주일 전부터 알레나를 통 보지 못했어요." 주인 여자가 말했다. 그녀는 어두운 붉은 색 긴 웃옷을 입었다. 얼굴은 주름살이 보였지만 화장을 했다.

"언제부터 알레나가 여기에 살았나요?" 칼로얀이 물었다.

"벌써 2년 6개월 되었지만 나는 그녀를 자주 보지 못했어요. 온종일 집에 있었는데도 말이죠. 경감님, 나는 연금수급자예요. 피아노를 가르치죠. 나는 음악가여서 전엔 여러 나라에서 콘서트를 자주 했어요." 자기 모든 인생을 칼로얀에게 털어놓으려는 이 노인은 분명 혼자 살고 있고 누군가와 이야기할 기회를 지금 십분 사용하고 있었다.

"가끔 알레나를 봤다고 말씀하셨지요?"

"예, 그녀는 항상 밤에 늦게 돌아오고 아예 돌아오지 않는 날도 있었어요. 그녀가 무엇을 하는지 어디서 밤을 보내는지 나는 몰라요." 할머니가 알레나의 인생에 꽤 흥미가 있는 것이 분명했다. 하지만 아쉽게도 아무것도 알 수 없어 안타까운 모양이었다.

"그녀에게 애인이나 친구가 있나요?" 칼로얀이 물었다. 질문이 주인 여자의 기분을 상하게 한 듯했다.

"아니요!" 그녀가 단호하게 말했다. "여기 사는 여대생들에게 이 집으로 남자를 데려오도록 허락하지 않아요! 그들이 여기 살러 왔을 때 내 집은 '좋은 도덕의 집'이라고, 남자친구를 여기 데려와서는 안 된다고 곧바로 말해 주었지요."

칼로얀은 밀로바 여사가 결혼하지 않아서 엄격한 도덕률을 가지고 있다고 추측했다.

"이해합니다." 그가 말했다. "알레나의 행동에 어떤 특별한 점이라도 눈에 띄었나요?"

밀로바 여사는 생각에 잠기더니 눈썹을 찡그리고 얼굴엔 조금 두려워하는 기색을 보였다.

"질문을 이해하지만, 경감님." 지혜롭고 천천히 그녀는 말을 이었다. '분명 알레나가 어떤 잘못을 해서 경찰이 그녀를 찾는구나.' 정말 밀로바는 알레나의 행동에 잘못이 있다고 예단했다. "그녀는 매우 신중해서 나와 어떤 대화도 나누지 않았지만, 정기적으로 방세는 냈어요. 그녀가 공부하는지 일하는지, 아니면 다른 어떤 일을 하는지 모르지만, 매우 이상했어요." 이런 단어들로 노인은 알레나가 분명 뭔가 의심스러운 일에 종사하는 걸 언급하고 싶어 했다.

"작은 문패에 디마 기고바라고 다른 사람 이름도 쓰여있는데 그녀가 누구인가요?" 칼로얀이 물었다.

"그녀와 알레나는 여기 같이 살아요."

"지금 디마 기고바 양은 집에 있나요?"

"예, 방에 있어요." 주인 여자가 말했다.

"그녀를 불러 주시겠어요?" 칼로얀이 부탁했다.

밀로바 여사는 안락의자에서 일어나 나갔다. 일 분 뒤, 방으로 주인 여자가 들어오고 스무 살 가량의 아가씨가 뒤따랐다. 키는 그리 크지 않고, 밝은 갈색 머릿결에, 파란 눈과 나무딸기같이 축축한 입술을 가졌다.

"안녕하세요?" 아가씨가 인사했다.

"저는 디마 기고바입니다."

"안녕하세요." 칼로얀이 말했다.

"경찰에서 오셨지요, 그렇죠?" 아가씨가 물었다.

"예, 나는 칼로얀 사피로브 경감입니다."

"감사합니다, 경감님. 그제 경찰에서 나왔다고 똑같이 말한 어떤 남자가 왔었어요."

"그가 여기 왜 왔나요?" 놀라고 당황해서 칼로얀이 물었다.

"알레나가 체포되었다고 말했어요."

"뭐라고요?" 칼로얀은 더더욱 놀랐다. 그는 마치 그녀 말을 알아듣지 못한 듯 멍하게 쳐다보았다. "경찰관이라고 말한 남자가 왔어요?" 칼로얀이 재차 물었다.

"예, 그는 내게 신분증을 보여 주고, 알레나가 저지른 범죄의 증거와 관련해서 알레나의 물건을 살펴보러 왔다고 말했어요. 제가 알레나가 무슨 범죄를 저질렀냐고 물었지만, 그것은 비밀이라고 말했어요."

"그가 알레나의 물건을 살펴봤나요?" 칼로얀이 걱정스럽게 물었다.

"아니요, 그가 경찰 같지 않아서 집에 들어오지 못하게 했어요. 게다가 나는 혼자고 주인아주머니는 여기 안 계셔서 무서웠어요."

"그 남자는 어떻게 생겼나요?"

"자세히 살펴보지 않았지만, 갈색 머릿결이었고, 아마 그의 머릿결은 조금 더 어두웠어요. 잘 기억나진 않지만, 그의 눈동자는 회색이거나 파란색이었어요."

칼로얀은 들으면서 디마를 주의 깊게 쳐다보았다. 어떤 남자가 여기 왔다는 사실은 매우 중요했다. 남자는 경찰이라고 말했다. 그럼 그가 알레나의 죽음을 잘 안다는 의미다.

'왜 그가 이 집에 왔는가? 여기서 무엇을 찾길 원했는가? 우리는 아주 빨리 이 정체 모를 남자를 찾아야만 한다.' 하고 칼로얀은 생각했다. 그 남자는 분명 모든 질문에, 지금껏 우리가 대답하지 못한 모든 것에 대답할 것이다.

"알레나에게 무슨 일이 생겼나요? 정말 알레나가 체포되었나요?" 걱정하며 디마가 물었다. 그녀의 예쁜 복숭아 같은 눈에 두려움이 일었다. 잠시 그녀에게 무슨 일이 일어났는지 말할까 말까 주저했지만, 마침내 말하기로 했다.

"알레나는 체포된 게 아니라 죽었어요."

깜짝 놀란 디마는 "정말요?" 하고 울기 시작했다. "어떻게?" 그녀는 울면서 질문했다.

"큰 사고입니다." 칼로얀이 말했다.

"정말요?" 밀로바 여사는 놀라고 두려워 소리를 질렀다. "믿을 수 없어요! 말도 안 돼요! 스무 살 남짓한 아가씨가 죽다니! 큰 비극이죠!"

"예, 큰 비극이지요." 칼로얀은 말하고 디마에게로 몸을 돌렸다. "언제부터 알레나와 같이 살았나요?" 그가 물었다.

"벌써 2년 반 됐어요. 우리는 함께 교육학을 공부했어요. 공부를 시작할 때 알게 돼 함께 방을 빌렸죠. 우리 둘은 지방 출신이거든요. 알레나는 스투벨, 나는 베트렌 시."

"알레나를 잘 아나요?" 칼로얀이 물었다.

디마는 조용했다. 알레나가 죽었고 그녀를 더는 볼 수 없다는 것이 믿어지지 않은 듯했다.

"알레나는 사려 깊었어요. 좋은 애였죠. 하지만 알레나는 돈을 많이 벌길 원했어요. 우리 둘은 **레네산조** 거리의 **베를리노** 카페에서 종업원으로 일을 하게 됐어요. 저는 아직 거기서 일하지만, 알레나는 1년 전에 그만뒀어요."

"왜요?" 칼로얀이 이해하지 못했다.

"급여가 적다고 알레나가 말했어요."

"어디 다른 데서 일자리를 찾았나요?" 칼로얀이 물었다.

"아니요, 하지만…." 디마는 잠시 침묵했다.

"하지만?" 칼로얀이 그녀를 바라보았다.

"알레나는 돈을 대주는 친구와 친해졌어요."

"아가씨도 그를 아나요?"

"아니요, 한 번도 본 적이 없어요. 알레나는 그에 대해 말하지 않았어요. 그가 누구인지, 어디서 그렇게 많은 돈을 받았는지 절대 말하지 않았어요. 분명 남자는 대학생은 아니었어요. 그녀는 항상 돈이 많았어요. 최신 원피스, 블라우스, 신발, 핸드백을 계속 샀어요. 부모님께 돈을 보내기도 했고요."

"언젠가 우연히 어떤 남자랑 같이 있는 그녀를 보거나, 누가 가끔 그녀에게 전화하거나, 그녀의 통화 내용을 들은 적은 있나요?"

"한 번도 알레나가 남자랑 있는 걸 본 적이 없어요. 그녀가 집에서 누구에게 전화를 걸지도 않았어요. 누구도 그녀에게 전화하지도 않았어요. 하지만 그녀는 자주 외박을 했어요."

"고마워요." 칼로얀이 말했다.

"지금 나랑 같이 경찰서로 갈 수 있나요? 여기 왔던 그 남자의 인상착의를 잘 설명해 주어야만 해요. 우리는 그의 인상착의로 몽타주를 만들 거예요."

"좋아요." 디마가 동의했다.

"이제 모든 것이 그녀에게 달려 있다. 그녀가 낯선 사람을 잘 설명해 준다면 경찰은 아마 그를 찾을 것이다." 칼로얀은 혼잣말을 했다. 하지만 그것은 하나의 단서일 뿐이다.

"내일 우리는 수색영장을 가지고 와서 알레나의 물건을 살펴볼 겁니다. 아마 그 속에서 뭔가 중요한 걸 찾게 될 거고요. 그러니 누구도 이 집에 들어오도록 허락해서는 안 됩니다." 칼로얀은 밀로바 여사와 디마에게 다시 한번 신신당부했다. "낯선 사람에게 절대로 문을 열어 주지 마세요."

"잠깐만 준비하고 나올게요." 디마는 방에서 나갔다.

칼로얀과 밀로바 여사는 디마를 기다리고 있었다.

"알레나는 큰 사고로 죽었지요? 정말 믿을 수가 없군요." 거의 울면서 노인이 말했다. "불쌍한 아가씨! 그녀에게 무언가 나쁜 일이 일어날 거라는 걸 예감했었어요.”

칼로얀과 디마는 경찰서로 갔다. 경찰서에 도착하자 칼로얀은 경사에게 전화해서 그의 사무실로 오라고 말했다. 5분이 채 지나지 않아 칼로얀의 사무실로 젊은 경찰관이 들어왔다.

“니콜로브 경사!” 칼로얀이 말했다.

“기고바 양이 어떤 남자 인상착의를 말해 줄 테니 경사가 몽타주를 만들어야 해. 몽타주 작성에 성공하길 바라.”

“걱정하지 마세요.” 경사가 말했다. “이 미인이 저를 도와준다면 반드시 성공할 겁니다.”

그와 디마는 칼로얀의 사무실에서 나갔다. 옆 방에서 니콜로브 경사와 디마가 컴퓨터 화면 앞에 앉아 작업을 시작했다.

마르틴 니콜로브 경사는 키가 크고 어두운 머릿결, 납처럼 검은 눈을 가졌다. 이 잘 생긴 남자가 디마의 마음에 들었다. 마르틴은 컴퓨터에 깔린 프로그램으로 낯선 남자의 몽타주를 그리기 시작했다. 디마가 마르틴에게 눈, 얼굴형, 머리 색깔, 코 생김을 말해 주었다. 작업은 오래도록 계속되었고, 화면 속 몽타주는 밀로바 여사 집에 찾아왔던 남자의 얼굴과 조금씩 닮아갔다. 디마가 컴퓨터 몽타주를 보고 거의 비슷하다고 말할 때 마르틴은 그걸 인터넷을 통해 사피로브 경감에게 보내고 바로 전화를 했다.

“사피로브 경감님, 몽타주가 완성되었습니다. 그걸 경감님께 보냈습니다.”

칼로얀은 컴퓨터 화면을 쳐다보았다. 남자는 대략 서른 살이고 밝은 갈색 머릿결에 밝은 눈동자를 가졌다.

“보얀 경감님!” 칼로얀은 동료에게 물었다. “알레나의 집에 와서 경찰이라고 말한 남자의 컴퓨터 몽타주가 왔습니다. 혹시 그를 어디서 본 적 있나요?”

보얀은 칼로얀의 컴퓨터로 가까이 와서 화면 속 몽타주를 바라보았다. 잠시 후 그가 말했다.

"그래, 봤어. 그는 정기적으로 도박을 하지. 카지노 여러 군데서 그를 볼 수 있어. 이름은 모르지만 우린 그를 쉽게 찾을 거야."

"우리는 반드시 그를 신문 해야만 합니다." 칼로얀이 말했다.

"맞아, 우리 경찰이 그를 찾을 거야."

16.

Kalojan prenis juĝordonon kaj kun du policanoj li iris en la loĝejon sur strato "Galanto" numeron 28. La celo estis detale trarigardi la aĵojn de Alena. Kalojan esperis, ke li trovos notlibreton kun telefonnumeroj aŭ ke en ŝia komputilo estos leteroj, kiuj montros kun kiuj personoj Alena korespondis, al kiuj ŝi skribis kaj kiujn homojn ŝi konis. Tio certe multe helpos por ke ili trovu ŝiajn murdistojn.

Je la naŭa horo matene Kalojan sonoris ĉe la loĝejo. Malfermis la pordon sinjorino Bilova.

-Bonan matenon sinjorino Bilova. Ni venis – diris Kalojan.

-Bonan matenon. Bonvolu – invitis ŝi ilin. – Vi deziras trarigardi la ĉambron, en kiu loĝis Alena, ĉu ne? – demandis la maljunulino.

-Jes. Ni havas juĝordonon – respondis Kalojan.

-Dima verŝajne ankoraŭ dormas – diris sinjorino Bilova. – Hieraŭ nokte ŝi revenis malfrue, sed mi vekos ŝin. Bonvolu eniri mian ĉambron kaj mi iros veki Diman. Dume mi kuiros al vi kafon.

-Koran dankon – diris Kalojan, - sed ni ne havas tempon kafumi. Ni devas rapide trarigardi ĉion.

-Bone, bone. Mi tuj vekos Diman – kaj sinjorino Bilova iris el la ĉambro.

Kalojan kaj liaj kolegoj eksidis ĉe la granda ronda tablo.

-Tiu ĉi loĝejo estis de riĉuloj – diris Dinko, la pli juna policano. – Vidu kiaj malnovaj mebloj estas, barokstilaj. Nun ili tre multekostas. Same la fortepiano estas malnova kaj tre valora.

Dinko estis dudekkvinjara kaj de antaŭ du jaroj li estis policano. Ĝis nun li certe ne estis en simila aristokrataspekta loĝejo kaj li miris pri ĉio, kion li vidis ĉi tie.

-Jes – diris Petko, lia kolego. – la homoj, kiuj iam loĝis ĉi tie estis tre riĉaj, sed nun la sinjorino, kiu renkontas nin, aspektas tre malriĉa. Eble ŝi estas parencino de la antaŭaj loĝantoj. Ja, vi vidis ŝian malnovan robon kaj ŝiajn elfrotitajn, iom disŝiritajn pantoflojn. Certe ŝia pensio estas tre malalta. Tial ŝi ludonas la ĉambron al studentinoj. Interese kia estis ŝia profesio? – demandis Petko.

-Ŝi estis muzikantino – diris Kalojan. – Hieraŭ ŝi diris al mi, ke ŝi instruas pianludadon, sed verŝajne tio ne multe helpas ŝin finance.

-Bedaŭrinde – diris Petko. – Eble ŝi estis talenta muzikantino, fama, sed nun ŝia vivo estas mizera.

Petko estis pli aĝa ol Dinko. Alta, bluokula, li havis iom longan nazon kaj tial li aspektis iom ridinda. Tamen li ĉiam estis tre afabla kaj liaj kolegoj ŝatis lin.

-Kiam mi estis lernanto, mi violonludis – diris Petko, – sed mia patro ofte diris: "Muzikanto ne vivtenas familion" kaj kiam mi finis gimnazion, mi ekstudis en Polica Akademio kaj mi forlasis la violonludadon. Mi konas la vivon de la muzikantoj. Multaj el ili estas tre talentaj, sed malriĉaj.

En la ĉambron eniris sinjorino Bilova kaj Dima. Videblis, ke Dima antaŭ minutoj vekiĝis. Ŝi eĉ ne vestiĝis. Nur rapide ŝi surmetis iun brunan negliĝan mantelon sur la noktoĉemizo. Dima estis nudpieda kun pantofloj, eble ŝi eĉ ne havis tempon kombi sian hararon.

-Pardonu min – diris ŝi. – Hieraŭ mia kuzo havis naskiĝtagan feston kaj mi tre malfrue revenis hejmen.

-Ni devas pardonpeti – diris Kalojan. – Ni ne tre ĝenos vin. Rapide ni trarigardos la aĵojn de Alena.

Kalojan, Dinko kaj Petko iris en la ĉambron de la junulinoj. Kalojan ekstaris kaj komencis atente rigardi ĝin. Ne estis granda ĉambro. En ĝi videblis du litoj, du vestoŝrankoj, du skribotabloj kaj librobretaro sur kiu estis multaj libroj. Dima montris al Kalojan kiu vestoŝranko, kiu lito kaj kiu skribotablo estis de Alena.

-Tiu ĉi portebla komputilo same estas ŝia – diris Dima kaj montris la komputilon sur la skribotablo.

-Ni prenos kaj trarigardos ĝin en la policoficejo – diris Kalojan. – Kolegoj, ni komencu. Ni serĉas notlibreton kun nomoj, adresoj, telefonnumeroj, taglibron. Bonvolu trarigardi la librojn, la lernolibrojn. Vidu en la poŝoj de la vestoj. Tie povus estis iu noteto. Vidu en la sakoj, en retikuloj. Ni devas detale trarigardi ĉion.

Dima elprenis el sub la lito de Alena valizon kaj diris al Kalojan:

-Tiu ĉi valizo estis ŝia.

Kalojan malfermis ĝin. La valizo estis preskaŭ malplena. En ĝi estis jupo kaj kelkaj bluzoj. Sub la jupo estis koverto. Kalojan prenis kaj malfermis ĝin. En la koverto estis fotoj. Kalojan stuporiĝis pro surprizo kaj miro. Sur la fotoj estis Alena kaj ministro Vetko Despotov en intimaj pozoj. Kalojan rapide remetis la fotojn en la koverto.

Dinko kaj Petko traserĉis la vestojn en la vestoŝranko de Alena. Dinko elprenis retikulon, malfermis ĝin kaj en ĝi li trovis notlibreton.

-Komisaro Safirov, mi trovis notlibreton, en kiu estas telefonnumeroj — diris li.

-Bone. Ni prenos ĝin — diris Kalojan.

Kiam ili trarigardis ĉion, Kalojan diris:

-Kolegoj, ni foriru.

Li dankis al sinjorino Bilova kaj al Dima.

-Se ni bezonas ankoraŭ informojn, ni venos denove — diris Kalojan al du virinoj — Ĝis revido.

16장. 알레나 셋방 수색

칼로얀은 수색영장을 들고 경찰관 두 명과 함께 갈란토 가 28번지로 갔다. 목적은 알레나의 방을 자세히 수사하는 것이었다. 칼로얀은, 전화번호가 들어있는 노트를 찾거나, 컴퓨터에서 알레나가 자기가 아는 사람에게 써서 서로 연락한 정황을 보여 주는 편지를 찾기를 바랐다. 그것이 살인자를 찾는데 큰 도움이 될 것이다. 아침 9시에 칼로얀은 집 초인종을 눌렀다. 밀로바 여사가 문을 열었다.

"안녕하십니까, 밀로바 여사님. 우리가 왔습니다." 칼로얀이 말했다. "안녕하세요, 들어오세요." 밀로바 여사가 그들을 안으로 인도했다. "알레나가 사는 방을 조사하고 싶은 거죠, 그렇죠?" 노인이 물었다.

"예, 수색영장을 가지고 있습니다." 칼로얀이 대답했다.

"디마는 아직 자고 있어요." 밀로바 여사가 말했다. "어젯밤에 늦게 돌아왔어요. 그래도 제가 깨울게요. 내 방으로 들어오세요. 디마를 깨우러 갈게요. 기다리는 동안, 커피를 타 드릴 테니 마시세요."

"감사합니다." 칼로얀이 말했다. "하지만 커피 마실 시간이 없습니다. 우리는 빨리 모든 걸 살펴봐야만 합니다."

"알겠어요. 좋습니다. 내가 곧 디마를 깨울게요." 그리고 밀로바는 방에서 나갔다.

칼로얀과 그의 동료들은 긴 원탁 주변에 서 있다.

"이 집은 부잣집이네요." 나이든 경찰관 **딩코**가 말했다. "고가구가 좀 보세요! 바로크식이네요! 시세가 엄청 비싸요. 피아노도 오래돼 아주 값이 나갑니다." 스물다섯 살인 딩코는 2년 전에 경찰관이 됐다. 지금껏 그는 귀족 스타일로 꾸며 놓은 집에 간 적이 없어서 여기서 보는 모든 것에 놀라워했다.

"그래요." 그의 동료 **페트코**가 말했다. "언젠가 여기에 살던 사람은 정말 부자였군요. 하지만 지금 우리가 만난 여사는 매우 가난해 보여요. 아마 그녀는 전에 살던 사람의 친척일 겁니다. 그녀가 오래된 외투와 닳고 바랜 바지를 입은 걸 보았어요. 분명 그녀의 연금은 아주 적을 거예요. 그래서 방을 여대생들에게 세 주었을 테지요. 그녀의 직업이 무엇이었을까요?" 페트코가 물었다.

"할머니는 음악가였어." 칼로얀이 말했다. "어제 내게 피아노 교습을 했다고 말했거든. 하지만 재정적으로는 큰 도움이 안 된 것 같아."

"아쉽네요." 페트코가 말했다. "할머니는 분명 재능있고 유명한 음악가였을 테지만 지금 생활은 비참하네요." 페트코는 딩코보다 나이가 더 많다. 키가 크고 파란 눈에 코는 긴 편이어서 조금 웃기게 보인다. 하지만 그는 항상 친절해서 동료들이 그를 좋아한다. "저는 학생 때 바이올린을 연주했어요." 페트코가 말했다. "하지만 아버지가 자주 말씀하셨죠. '음악가는 가족의 생계를 유지하지 못해.' 그래서 저는 고등학교를 마치자 경찰교육원에서 공부했죠. 바이올린 연주는 그만뒀고요. 저는 음악가들의 삶을 알아요. 그들 중 많은 사람이 재능은 있지만 가난해요." 방으로 밀로바 여사와 디마가 들어왔다. 디마는 몇 분 전에 잠에서 깬 것처럼 보였다. 그녀는 옷도 제대로 차려입지 않았다. 잠옷 위에 갈색 평상복 외투를 아무렇게나 걸쳐 입었다. 맨발에 슬리퍼 차림인 디마는 머리빗을 시간조차 없었던 게 분명했다. "죄송합니다." 그녀가 말했다. "어제 제 사촌이 생일잔치를 해서 늦게 집에 돌아왔어요." "우리가 죄송하게 됐습니다." 칼로얀이 말했다. "귀찮게 하지는 않겠습니다. 알레나의 물건을 빨리 살펴보겠습니다." 칼로얀, 딩코, 페트코는 아가씨들 방으로 들어갔다.

칼로얀은 서서 주의해서 둘러보았다. 그리 큰 방은 아니었다. 방에는 침대 두 개, 옷장 두 개, 책이 잔뜩 꽂혀 있는 책꽂이 딸린 책상이 두 개 놓여 있었다. 디마는 알레나의 옷장, 침대, 책상이 어느 것인지 알려주었다. "이 노트북도 그녀 것입니다." 디마가 말하고 책상 위의 노트북을 가리켰다.

"우리가 경찰서에 가져가서 살펴보겠습니다." 칼로얀이 말했다. "자 다들, 시작해! 이름, 주소, 전화번호가 쓰인 노트와 일기장을 찾아봐. 책과 교과서는 살펴보기만 해. 옷의 주머니를 뒤져봐. 거기 어떤 메모지가 있을 수 있어. 가방, 핸드백을 찾아봐. 모든 걸 자세히 살펴야 해."

디마는 알레나 침대 아래서 가방을 꺼내서 칼로얀에게 보여주며 말했다. "이 가방도 알레나 것이에요."

칼로얀이 가방을 열었다. 치마와 블라우스가 몇 개만 들어있었고 거의 비어 있었다. 치마 밑에는 봉투가 있었다. 칼로얀은 그걸 들어서 열어 보았다. 봉투 속에 사진이 들어있었다. 칼로얀은 충격을 받아 거의 정신을 잃을 뻔했다. 사진에는 알레나와 베트코 데스포토브 장관이 거의 벗은 채 다정한 자세로 찍혀 있었다.

칼로얀은 서둘러 봉투 속에 사진을 집어넣었다. 딩코와 페트코는 알레나 옷장에서 옷을 뒤졌다. 딩코는 핸드백을 들고 그걸 열어 그 속에서 수첩을 찾아냈다.

"사피로브 경감님! 전화번호가 들어있는 노트를 찾았습니다."

"잘했어. 그걸 가져가자." 칼로얀이 말했다. 그들이 모든 걸 살폈을 때 칼로얀이 말했다.

"수고했어, 이제 가자." 그는 밀로바 여사와 디마에게 고마움을 표했다. "다른 정보가 필요하면 다시 오겠습니다." 칼로얀은 두 여자에게 말했다. "안녕히 계십시오!"

17.

Kalojan sidis ĉe la skribotablo. Ĉe la najbara skribotablo sidis Bojan. Antaŭ ili estis Tim. Oni alvokis lin en la policoficejon por pridemandi lin. Kalojan atente observis Timon kaj li provis diveni kia homo estas Tim. Tridekjara kun helaj okuloj aŭ pli ĝuste grizaj, kiel diris Dima, Tim estis mezalta kun maldikaj lipoj kaj rekta nazo. Li surhavis helbrunan someran kostumon, flavan ĉemizon kaj verdan kravaton. Certe li vestiĝis tiel pro sia alveno en la policoficejo.

-Sinjoro Dikov - diris Kalojan, - ni ŝatus starigi al vi kelkajn demandojn. Nia konversacio ne estos oficiala kaj ni ne surbendigos ĝin.

-Mi estas je via dispono, sinjoroj - diris afable Tim kaj demande alrigardis Kalojan.

-Unue ni komencu per iuj detaloj. Via preciza nomo.

-Timofej Kirilov Dikov - respondis Tim.

-Kie kaj kiam vi naskiĝis?

-Mi naskiĝis la 7-an de majo 1983 en urbo Ravnec.

-Kion vi lernis, studis?

-Mi finis gimanazion en mia naska urbo kaj poste mi studis matematikon en la ĉefurba universitato, sed mi ne finstudis.

-Kial? - demandis Bojan.

-Mi havis financajn problemojn.

-Kie vi loĝas?

-Mi loĝas ĉi tie, en urbo Serda, strato "Eŭopo", numero 15.

-Pri kio vi laboras?

-Mi havas reklamagentejon.

-Jam de kiom da jaroj vi loĝas en serda?

-De dek kvin jaroj.

Tim respondis al la demandoj trankvile kaj precize. Kalojan konstatis, ke li estas inteligenta, saĝa, bone edukita.

-Ni scias, ke vi ŝatas hazardludojn kaj ofte vi estas en diversaj kazinoj – diris Kalojan.

-Jes, sinjoro komisaro. Mi ŝatas hazardludojn. Ĉiu homo havas ian ŝatokupon. Mia ŝatokupo estas la hazardludoj.

Tim diris tion iom ridete. Certe li bone sciis, ke la policanoj detale esploris lian vivon kaj ili scias lian tutan biografion.

-En la kazinoj vi ofte perdas monon – daŭrigis Kalojan.

-Sed mi ofte gajnas – tuj aldonis Tim.

-Ĉu vi havas monproblemojn?

-Tute ne, sinjoro komisaro. Mi sufiĉe bone perlaboras per mia reklamagentejo.

-Vi estas persono, kiu konas multajn homojn. Vi ofte

renkontiĝas kun konataj artistoj, kantistoj, pentristoj. Vi konas belajn junulinojn.

-Pro mia laboro mi konas diversajn homojn kaj ĉefe artistojn.

-Kaj belajn junulinojn, ĉu ne? – Kalojan emfazis la vorton "junulinojn".

-Jes, ĉiu viro estos fiera koni belajn junulinojn – denove ekridetis Tim.

Kalojan elprenis el tirkesto la foton de Alena kaj montris ĝin al li.

-De kiam vi konas tiun ĉi junulinon? – demandis li.

Tim rigardis la foton kaj trankvile diris:

-Mi ne konas ŝin.

-Ĉu vi certas?

-Jes. Nun mi unan fojon vidas tiun ĉi foton kaj mi ne scias kiu estas tiu ĉi junulino.

-Pripensu bone – Kalojan iom koleriĝis, sed sukcesis resti trankvila. – Eble ie iam vi renkontis ŝin.

-Neniam mi vidis ŝin – insistis Tim. – Mi havas tre bonan memoron. Ja, mi estas matematikisto. Mi memoras ĉiujn junulinojn kun kiuj mi konatiĝis, sed tiun ĉi mi neniam vidis.

-Ŝajnas al mi, ke via bona memoro en tiu ĉi momento ne bone servas al vi – ironie diris Kalojan.

-Vi ne pravas, sinjoro komisaro.

-Bone kial antaŭ semajno vi estis en la loĝejo sur

strato "Galanto", numero 28, kie loĝs tiu ĉi junulino?

-Kie? – demandis Tim kvazaŭ li malbone aŭdis la demandon de Kalojan.

-Sur strato "Galanto", numero 28 – ripetis Kalojan.

-Vi eraras, sinjoro komisaro. Neniam mi estis tie. Mi eĉ ne scias kie troviĝas tiu ĉi strato.

-Ĉu vi estas certa?

-Kompreneble – diris trankvile Tim.

-Vi parolis kun la junulino, kiu loĝas tie kaj vi diris, ke vi estas policano.

-Vi ŝercas, sinjoro komisaro. Al neniu mi diris, ke mi estas policano.

-La junulino rekonos vin.

-Certe iu alia, kiu similas al mi, estis tie – diris Tim.

-Ne iu alia, sed vi – kaj Kalojan alrigardis lin insiste.

-Tio estas stultaĵo. Vi perdas vian tempon kaj mian.

-Ni starigos vin antaŭ la junulino kaj ŝi konfirmos, ke vi estis.

-Bone. Mi tuj pretas ekstari antaŭ ŝi kaj vi vidos, ke ŝi ne rekonos min – diris Tim.

Dum la tuta tempo Bojan silentis kaj trafoliumis iun dosieron. Tiamaniere li provis maltrankviligi Tim, tamen tio tute ne ĝenis Tim. Li respondis al la demandoj de Kalojan kaj li eĉ ne rigardis Bojan.

-Bone. Nun ni ne havas plu demandojn, tamen vi ne forlasu la ĉefurbon – avertis lin Kalojan.

-Dankon, sinjoro komisaro. Estonte vi devas pli bone esplori ĉion kaj vi devas havi pli fidindajn faktojn. Mi ne diros "ĝis revido", ĉr mi certas, ke ni ne renkontiĝs denove.

Kiam Tim eliris Bojan diris:

-Ni havos problemojn kun li. Dima Gigova certe rekonos lin, sed oni povus minaci ŝin kaj ŝi rezignus ekstari antaŭ li.

-Ankaŭ tio eblas. Bedaŭrinde ni ankoraŭ ne povas pruvi, ke li konis Alenan – diris Kalojan – sed mi ne rezignos. Mi daŭrigos la esploron kaj mi pruvos, ke li konis Alenan.

17장. 경찰서로 팀을 소환

칼로얀은 책상 앞에 앉았다. 옆 책상엔 보안 경감이 착석했다. 그들 앞에 팀이 자리했다. 그를 신문하려고 경찰서로 호출했다. 칼로얀은 그를 자세히 살피고 팀이 어떤 사람인지 추측하려고 했다. 디마가 말한 것처럼, 눈은 밝거나 더 정확히는 회색이고, 서른 살인 팀은 중간 키에 입술은 얇고 코는 직선이었다. 밝은 갈색 여름 정장에 노란 셔츠, 푸른 넥타이 차림이었다. 분명 경찰서 출두 때문에 그렇게 입었을 것이다.

"디코브 씨!" 칼로얀이 말했다. "몇 가지 질문을 드리고 싶습니다. 우리 대화는 공식적이지 않고 강요하지 않을 겁니다."

"맘대로 하십시오. 여러분들." 팀은 친절하게 말하고는 궁금한 듯 칼로얀을 바라보았다.

"처음에 기본적인 것부터 시작할게요. 정확한 이름은요?"

"티모페이 키릴로브 디코브입니다." 팀이 대답했다.

"어디서, 언제 태어났나요?"

"라브네크 도시에서 1990년 5월 7일 태어났습니다."

"무엇을 배우고 공부했나요?"

"고향에서 고등학교를 마친 뒤 수도에 있는 대학에서 수학을 공부했지만 졸업하지는 않았습니다."

"왜요?" 보안이 물었다.

"재정적인 문제가 있어서요."

"어디 사시나요?"

"여기 소피아 시 에우로포 가 15번지에 살고 있습니다."

"무슨 일을 하시나요?"

"광고대행사를 운영하고 있습니다."

"수도에서는 몇 년이나 사셨나요?"

"15년입니다." 팀은 질문에 차분하게 또박또박 대답했다.

칼로얀은 팀이 지적이고 현명하고 잘 교육받았다고 생각했다.
"선생은 도박을 좋아해서 도박장을 여러 군데 자주 간다고 알고 있습니다." 칼로얀이 말했다.
"예, 경감님. 도박을 좋아합니다. 모든 사람은 좋아하는 것이 있습니다. 제 취미는 도박입니다." 팀은 살짝 웃으며 말했다. 분명 그는 경찰관이 뒷조사를 자세히 해서 자기의 모든 이력을 알고 있는 걸 눈치챘다.
"도박장에서 자주 돈을 잃었지요?" 칼로얀이 계속 말했다.
"자주 따기도 합니다." 팀이 곧바로 반박했다.
"돈 문제가 있습니까?"
"전혀 아닙니다, 경감님. 제 광고대행사에서 충분히 돈을 벌고 있습니다."
"선생은 지인이 많죠? 유명 예술가, 가수, 화가를 자주 만나죠? 예쁜 아가씨들도 알죠?"
"제 직업 때문에 여러 사람, 특히 예술가를 많이 압니다."
"그리고 예쁜 아가씨들을? 그렇죠?" 칼로얀이 아가씨들이라는 말을 강조했다.
"예, 모든 남자는 예쁜 아가씨 아는 걸 자랑스러워할 겁니다." 다시 팀이 음흉하게 웃었다.
칼로얀은 서랍에서 알레나의 사진을 꺼내 그에게 보여줬다.
"언제부터 이 아가씨를 알고 있었나요?" 그가 물었다.
팀은 슬쩍 쳐다보고 조용히 말했다. "누군지 알지 못합니다."
"확실합니까?"
"예, 이 사진은 지금 처음 봅니다. 이 아가씨가 누군지 모릅니다."
"잘 생각해 보세요." 칼로얀은 화가 났지만, 꾹 눌러 참았다.
"어디서 언제 그녀를 만났습니까?"
"절대 본 적이 없습니다." 팀이 우겼다. "저는 기억력이 아주 좋습니다. 저는 수학 전공자입니다. 내가 만나 본 모든 아가씨를 기억하지만, 이 아가씨는 절대 본 적이 없습니다."

"선생의 좋은 기억이 이 순간만은 제대로 작동하지 않는 것 같군요." 칼로얀이 비꼬듯 말했다.

"경감님이 틀렸습니다. 경감님!"

"좋아요, 일주일 전에 이 아가씨가 사는 칼란토 가 28번지 집에는 왜 갔지요?"

"어디요?" 팀이 마치 칼로얀의 질문을 잘 듣지 못한 것처럼 되물었다.

"갈란토 가 28번지!" 칼로얀이 반복했다.

"실수하셨습니다, 경감님! 거기 간 적이 없습니다. 전 그곳이 어디 있는지도 모릅니다."

"확실합니까?"

"물론이죠." 조용히 팀이 말했다.

"거기 사는 아가씨와 대화를 했고 선생이 경찰이라고 사칭도 했어요."

"농담하십니다, 경감님! 누구에게도 제가 경찰이라고 말하지 않았습니다."

"아가씨가 선생을 알아본다고요!"

"분명 저를 닮은 다른 누군가가 거기 갔었을 겁니다." 팀이 말했다.

"다른 누군가가 아니라 선생입니다!" 그리고 칼로얀은 그를 정면으로 빤히 쳐다보았다.

"그건 바보 같은 일입니다, 경감님! 쓸데없는 일로 저와 경감님의 시간을 뺏지 마십시오."

"우리가 아가씨 앞에 선생을 세우면 그녀가 확인해 줄 겁니다."

"좋습니다. 저는 당장 그 여자 앞에 설 준비가 되어 있습다. 그 여자가 저를 못 알아보는 걸 보실 겁니다." 팀이 말했다.

보안은 줄곧 조용했다. 그리고 일부러 서류를 넘겨보는 척했다. 그런 식으로 팀이 불안을 느끼도록 시도했지만, 팀은 전혀 신경 쓰지 않았다. 그는 칼로얀의 질문에 바로 대답했고 보안 쪽으로는 쳐다보지도 않았다.

"좋아요, 질문은 더 없지만, 수도를 떠나지 마십시오." 칼로얀이 그에게 경고했다.

"감사합니다, 경감님. 앞으로는 더 철저히 조사해서 믿을 만한 정보를 가지고 오십시오. 다시 뵙겠다고 인사하지 않겠습니다. 다시 보지 않을 것이라고 확신하니까요."

팀이 나가자 보안이 말했다. "문제가 있어. 디마 기고바 양이 분명 그를 알아볼 테니 그녀를 위협할 것이고, 그녀는 그 앞에 서려고 하지 않을 거야."

"역시 그렇겠지요. 아쉽지만 그가 알레나를 안다고 증명할 수 없어요." 칼로얀이 말했다. "하지만 포기하지 않을 겁니다. 수사를 계속해서 그가 알레나를 안다는 걸 증명할 겁니다."

18.

Tim iris sur bulvardo "Libereco". Estis la dekunua horo antaŭtagmeze. Dum tiu ĉi horo sur la bulvardo estis multaj veturiloj kaj sur la trotuaroj – homoj.

"Tiu ĉi komisaro Kalojan Safirov provis enigi min en kaptilon, meditis Tim, sed li ne povas pruvi, ke mi konis Alenan. Verŝajne li tre deziris konstati, ke mi scias, ke Alena mortis, sed mi ne estas naivulo. Nun la polico certe postsekvos min por vidi kun kiu mi renkontiĝas. Ili subaŭskultos miajn telefonkonversaciojn. Mi devas esti tre atentema. Tuj mi devas renkontiĝi kun Rad kaj averti lin."

Tim haltigis taksion kaj diris al la ŝoforo:

–Al strato "Danubo" numero 5.

La taksio ekveturis. La ŝoforo estis maljuna viro, kiu verŝajne jam de multaj jaroj estas taksiŝoforo. Kiam la aŭto haltis sur strato "Danubo", numero 5, tiam atente li ĉirkaŭrigardis. La strato estis malgranda, silenta kaj neniu videblis sur ĝi. La taksio ekveturis, post ĝi ne estis alia aŭto. Tio trankviligis Timon. Do, oni ne sekvis lin. Li ekiris al la najbara straro "Marica" kaj li eniris en la domon, kies numero estis 12.

La duetaĝa nova moderna domo troviĝis en vasta korto. Tim ekstaris antaŭ masiva pordo kaj premis la butonon de la sonorilo. Post iom da tempo la pordo aŭtomate malfermiĝis. Tim eniris. La enirejo estis vasta kaj luma. De ĝi komenciĝis marmora ŝtuparo kaj Tim ekiris supren. Sur la unua etaĝo atendis lin Rad.

-Kial vi alvenas je stranga tempo. Ja, estas tagmezo – demandis Rad kaj lia voĉo eksonis malkontente.

-Mi tuj diros al vi – alrigardis lin Tim.

Ili eniris ĉambron, en kiu estis skribotablo, komputilo, kanapo, kafotablo. Ĉe la fenestroj pendis oranĝkoloraj kurtenoj kaj la lumo en la ĉambro estis mola kaj agrabla.

-Ĉu vi trovis la fotojn? – demandis Rad.

-Ne.

Rad tuj malsereniĝis.

-Vi komplikis ĉion – diris li kolere. – Tiu ĉi Alena kaŭzis al ni sennombrajn problemojn.

-Mi provis trovi la fotojn, sed mi ne sukcesis – klarigis Tim.

-Kaj nun? Kio okazos?

-Estas pli malagrabla novaĵo.

Rad minace alrigardis Timon. "Oni tute ne povas kalkuli je vi, diris al si mem Rad. Vi kapablas fiaskigi ĉion."

-Diru kio okazis? – demandis Rad malpacience.

-Oni vokis min al la policejo.

Kiam Rad aŭdis tion, li restis kiel ŝtonigita kaj li nur prononcis:

-Nur tion mi ne atendis. Vi fiaskis entute!

-Oni demandis min pri Alena, sed mi diris, ke mi ne konas ŝin, neniam mi vidis ŝin.

-Kiel oni trovis vin? – Rad estis tre ekscitita.

-La samloĝantino de Alena diris al ili pri mi. La policanoj tamen ne povas pruvi, ke mi konis Alenan.

-Tio ne helpos.

Rad enpensiĝis. Se ĉe la polico oni jam pridemandis Timon, tio signifas, ke oni tre rapide ekscios kio okazis kaj kial Alena estis murdita. Do, necesas tre rapide agi. Tiam jam estas danĝere.

-Dum iom da tempo vi devas malaperi – diris Rad. – Renkontiĝu kun neniu, telefonu al neniu. Ili postsekvos vin.

Rad alrigardis Timon severe. Tim silentis. Rad malrapide demandis lin:

-Ĉu nun oni postsekvis vin?

-Ne. Mi estis singardema.

-Nun vi iru, ĉar pere de via telefono, ili ekscios kie nun vi estas. La domo havas alian elirejon kaj vi eliru tra ĝi. Vi ne telefonu al mi!

-Bone.

-Ekiru.

Rad akompanis Timon al la elirejo, kiu estis al strato "Pirin."

Tim ekiris sur la straton. Rad revenis, li eniris en la manĝejon. El la fridujo li elprenis botelon da viskio kaj verŝis iom da viskio en glason. Rad sidiĝis en fotelon kaj enpensiĝis. La murdo de Alena kaŭzos neimageblajn problemojn.

18장. 팀의 불안

팀은 신작로 **리베로쪼**로 걸어갔다. 오전 11시다. 이 시간에 신작로에는 차가 많고 인도에도 사람이 북적인다.

'칼로얀 사피로브 경감은 나를 감옥에 집어넣으려고 했다.' 팀은 골똘히 생각했다. '하지만 내가 알레나를 안다는 걸 증명할 수 없었다. 경감은 알레나가 죽은 걸 내가 안다고 자백하길 간절히 바라겠지만, 나는 순진한 바보가 아니야. 분명 경찰은 누구와 만나는지 보려고 나를 미행할 것이다. 그들은 내 통화 내용을 도청할 것이다. 매우 조심해야 한다. 바로 라드를 만나서 그에게 경고해야 한다.' 팀은 택시를 세우고 운전사에게 말했다. "다누보 가 5번지요." 택시가 출발했다. 택시 운전사는 노인인데 분명 오랜 세월 택시를 운전한 듯했다. 차가 다누보 가 5번지에 멈추자 조심스럽게 주변을 살폈다. 거리는 작고 조용하고 아무도 보이지 않았다. 택시가 출발한 뒤에도 다른 차는 없었다. 팀의 마음이 편해졌다. '그럼 나를 미행하지 않았군.' 팀은 부근 **마리짜** 가로 가서 12번지 집으로 들어갔다. 넓은 앞마당이 있는 현대식 2층 건물이다. 팀은 커다란 문 앞에 서서 초인종을 눌렀다. 조금 뒤 문이 자동으로 열리자 들어갔다. 입구는 넓고 환했다. 거기서부터 바로 대리석 계단이어서 팀은 위로 올라갔다. 1층에서 라드가 기다리고 있었다.

"왜 이런 시간에 왔니? 낮인데." 묻는 라드 목소리는 불쾌한 기색이 역력했다.

"말할게요." 팀이 그를 바라보았다. 그들은 방으로 들어갔다. 방에는 책상, 컴퓨터, 긴 의자, 커피용 탁자가 놓여 있다. 창가에 주황색 커튼이 걸려 있고 방안 불빛은 부드럽고 환했다.

"사진은 찾았지?" 라드가 물었다.

"아니요."

라드는 곧 평정심을 잃은 듯 보였다. "모든 걸 복잡하게 하는 군." 그는 화내며 말했다. "알레나가 우리에게 수많은 문제를 초래했어."

"사진을 찾으려고 했지만 아쉽게 성공하지 못했어요." 팀이 설명했다.

"그럼 지금은 무슨 일이야?"

"더 안 좋은 소식입니다."

라드는 위협하듯 그를 노려보았다. '너는 속을 알 수 없는 놈이야.' 라드는 혼잣말을 하고 생각했다. '네가 모든 걸 망칠 수 있어.' 라드가 참지 못하고 물었다. "무슨 일인지 어서 말해 봐!"

"경찰이 저를 소환했어요."

라드는 이 말을 듣고 돌처럼 굳어지더니 이윽고 말을 이었다. "그것만은 일어나지 않길 바랐는데, 모두 네가 망쳤어!" "저에게 알레나에 관해 물었지만 그녀를 모르고 절대 본 적 없다고 말했습니다."

"어떻게 너를 찾았지?" 라드는 몹시 궁금했다.

"알레나의 동거자가 경찰에게 저에 대해 말했어요. 하지만 경찰은 제가 알레나와 아는 사이란 걸 증명할 수 없어요."

"그것은 도움이 안 돼!" 라드는 생각에 잠겼다.

경찰에서 벌써 팀을 신문했다면, 그것은 무슨 일이 일어났는지, 알레나가 왜 살해되었는지 아주 빠르게 알게 된다는 걸 의미한다. 그럼 매우 시급히 행동해야 한다는 뜻이다. 벌써 위험할 수도 있다.

"얼마 동안 너는 숨어야 해." 라드가 말했다. "누구도 만나지 말고 전화도 하지 마. 그들이 너를 미행할 거야." 라드는 팀을 엄하게 바라보았다. 팀은 조용했다. 라드는 천천히 그에게 물었다. "지금 사람들이 너를 미행했니?"

"아니요. 저는 조심했습니다."

"어서 가라. 네 핸드폰으로 지금 네가 어디 있는지 그들이 알 거야. 이 집에는 다른 출구가 있으니 그리로 나가. 내게 전화하지 마."

"알겠습니다."

"출발해!" 라드는 **피린** 가로 가는 출구 쪽으로 팀을 배웅했다. 팀은 거리로 나왔다. 라드는 돌아와 부엌으로 갔다. 냉장고에서 위스키병을 꺼내 잔에 위스키를 조금 따랐다. 라드는 안락의자에 앉아 생각에 잠겼다. 알레나 살인이 상상할 수 없는 문제를 불러일으키겠구나.

19.

Jam de semajno Vetko Despotov, la ministro pri internaj aferoj estis maltrankvila. Li konstante pensis pri Alena kaj en liaj rememoroj aperis ĉiuj momentoj, kiujn li pasigis kun ŝi de la unua tago, kiam ili konatiĝis.

Lia kuzo Rad Pejkov kaj Tim konatigis lin kun Alena. Despotov restis ravita de ŝi. Neniam antaŭe li vidis tian belan inon. Li admiris ŝian sveltan korpon, ŝian longan molan brunan hararon – la teneran vizaĝon kaj ŝiajn neordinarajn beduenajn okulojn, kies rigardo narkotis lin. Kiam Despotov vidis Alenan, li forgesis ĉion. En tiuj momentoj li ne pensis pri la familio, nek ke li estas ministro. Li sopiris ĉiam esti kun ŝi.

Li malavare donis al Alena multekostajn donacojn. Ili kutimis renkontiĝi en lia vilao en Elhovilak, sed ĝi estis iom malproksime de la ĉefurbo, tial Despotov luis luksan modernan loĝejon en Serda. Kiam li kaj Alena unuan fojon estis en la nova loĝejo, li diris al Alena:

–Jen la ŝlosilo de la loĝejo. Vi povas veni ĉiam, kiam vi deziras, eĉ vi povus loĝi ĉi tie. Kiam mi venos, ĉi tie ni estos nur mi kaj vi. Tio estos nia sekreta nesto.

Dum pli ol unu jaro Despotov kaj Alena estis kune. Dutrifoje semajne ili renkontiĝis en la sekreta nesto kaj pasigis en ĝi pasiajn horojn. Tamen Alena komencis aludi al li, ke ŝi ne deziras plu kaŝi sin. Ŝi insistis, ke

Despotov eksedziĝu. Alena havis ambicion esti lia edzino.

-Mi ne deziras plu estis via kaŝita amatino – komencis ofte ripeti Alena. – Kiam vi renkontas min ie, vi agas kvazaŭ neniam en la vivo vi vidis min. Mi deziras esti kun vi en teatroj, dum koncertoj, oficialaj vespermanĝoj. Mi devas veturi kun vi eksterlanden.

Unue Despotov ridis, sed Alena fariĝis pli kaj pli impertinenta. Li komencis trankviligi ŝin kaj promesi, ke li pripensos la situacion kaj li entreprenos divorcon, sed Alena ne lasis lin kaj daŭre iĝis tre postulema.

Despotov bone memoras la fatalan tagon. Estis tre agrabla posttagmezo. Li kaj Alena kuŝis en la lito. Despotov karesis ŝin, rigardis ŝian dekstran orelon kaj ŝajnis al li, ke ĝi estas tre eta, simila al tenera perlamota konko. Ĝis nun li ne rimarkis, ke ŝiaj oreloj estas tiel etaj.

Post iom da tempo Alena malrapide ekstaris de la lito kaj nuda ŝi ekiris al la banejo. Despotov postrigardis ŝin. Ŝia nuda korpo estis kiel fajna amforo, svelta kun haŭto kiel glaceo. Ŝiaj femuroj - iom rondformaj. "Feino – murmuris Despotov." Alena, sentante lian soifan rigardon, malrapidigis siajn paŝjn kaj iom ŝi balancis sian irmanieron por inciti lin.

Kiam ŝi revenis en la dormoĉambron, Despotov jam estis vestita kaj li fumis, staranta ĉe la fenestro. Alena demetis la banmantelon kaj denove nuda staris antaŭ la spegulo, kiu estis sur la pordeto de la vestoŝranko.

-Ne rigardu vin en la spegulo, vi estas belega – diris Despotov.

-Jes. Mi estas tre bela kaj mi amas mian korpon.

Alena komencis malrapide vestiĝi. Kutime ŝi vestiĝis tiel kiel ŝi malvestiĝis – malrapide kaj provoke. Ŝi surmetis kalsoneton kaj mamzonon, neĝblankajn. La robo same estis blanka – sen manikoj kaj tre mallonga. Alena denove rigardis sin en la spegulo, poste ŝi prenis kombilon kaj komencis kombi sian longan brunan hararon, kiu ondis sur ŝiaj teneraj ŝultroj.

Tiun tagon Despotov havis bonan humoron. Li deziris surprizi kaj ĝojigi Alenan. Li ricevis grandan makleraĵon. La Ministerio pri Internaj Aferoj kontraktis kaj aĉetis policaŭtojn de eksterlanda firmo. Per la makleraĵa mono Despotov intencis aĉeti aŭton al Alena.

-Mi deziras surprizi vin – diris Despotov.

-Ĉu vi donis la peton por eksedziĝo? – alrigardis lin Alena.

-Kial vi denove komencas tiun ĉi temon? – iom kolere diris Despotov. – Kial vi insistas, ke mi nepre eksedziĝu. Ĉu tiel ne estas bone al vi. Jen vi havas modernan memstaran loĝejon. Mi donas al vi multekostajn donacojn. Eĉ mi planas aĉeti al vi aŭton. Vi ne devas plu peti kaj uzi la aŭton de Tim.

-Mi ne deziras de vi aŭton. Mi deziras vin. Mi amas

vin. Vi daŭre diras, ke vi eksedziĝos, sed vi tute ne intencas fari tion. Mi ne estas pupo, kiun vi povas aĉeti – diris kolere Alena kaj rapide eliris el la ĉambro.

Post minuto ŝi revenis kaj diris:

–Mi same deziras surprizi vin.

En ŝia voĉo eksonis rankoraj tonoj. Ŝiaj malhelaj okuloj rigardis lin malice. "Kion ŝ intencas?", demandis sin Despotov. Tamen Alena ne lasis lin cerbumi. Ŝi donis al li koverton, en kiu estis fotoj. Despotov malfermis la koverton kaj rigardis la fotojn. Ili estis kompromitaj fotoj, kiuj montris lin kaj Alenan en intimaj pozoj. Alena malice ekridetis.

–Ne rapidu disŝiri ilin. Ili ne estas originalaĵoj. La originalaj fotoj estas ĉe mi. Se vi daŭrigos mensogi min, mi sendos la fotojn al via edzino kaj mi aperigos ilin en interreto.

Despotov ruĝiĝis pro kolero. Liaj lipoj ektremis. Li deziris kapti kaj strangoli ŝin. En tiu ĉi momento li ne sciis kiel reagi. Li staris kiel ŝtona monumento. Tio estis terura kaptilo.

Certe Alena sekrete muntis kameraojn en la loĝejo kaj filmis iliajn plej intimajn pozojn. "Tiuj ĉ fotoj frakasos min", diris al si mem Despotov. Se ili aperus en interreto nur por sekundoj li estus neniu, sen laboro, sen familio, sen siaj altrangaj konatuloj.

Li devos tuj demisii de la ministra posteno. La frapo sur

lin estos terura kaj definitiva. Despotov eĉ vorton ne diris. Li rapide eliris el la loĝejo.

Dum kelkaj tagoj li febre cerbumis kion fari. "Mi mem permesis al ŝi ludigi min kiel simion. Mi estis tre kompleza al ŝi kaj ŝi opniis, ke ĉion ŝi povas fari kun mi." Li pripensis diversajn variantojn por eliri el tiu ĉi kaptilo. "Mi devas urĝ telefoni al la kuzo Rad kaj ni decidos kune kion fari."

La sekvan tagon Despotov telefonis al Rad kaj ili renkontiĝis en la urba parko. Despotov deziris, ke ili estu ie, kie la homoj ne vidos kaj ne rekonos lin. La benko, sur kiu li kaj Rad sidis, estis malproksime en la parko, kie troviĝis eta lago kun lilioj. Ĉi tie malofte videblis homoj kaj jam komencis vesperiĝi.

Despotov rakontis al Rad, kio okazis.

-Vi komprenas, ke tio frakasos min – diris maltrankvile Despotov.

-Tio estas tre danĝera - alrigardis lin Rad. – Tiu ĉi provinca pisulino komencis danĝeran ludon kaj ŝi tute ne konscias kio povas okazi.

-Ni devas agi rapide – diris Despotov.

El liaj okuloj, similaj al sekaj putoj, gvatis timo. Lia voĉo tremis. Ofte-oftege Despotov ĉirkaŭrigardis ĉu hazarde proksime ne estas iu.

-Ne paniku –konsilis lin Rad. – Eĉ el la plej danĝera

situacio estas eliro. Ni solvos tiun ĉi problemon.

Kelkajn minutojn ili silentis. Rad pripensis ion.

-Mi proponas al vi ion – diris li kaj atente alrigardis Despotovon. – Ni estas kuzoj, ni ĉiam helpis unu la alian. Estas grave, ke vi restu ministro. Via posteno estas ege bezonata por ni.

-Jes – diris Despotov. – Mi devas resti.

-Vi telefonu al ŝi kaj parolu kun ŝi trankvile, eĉ ame, kvazaŭ nenio okazis. Diru al ŝi, ke vi decidis kaj donis peton por divorco. Proponu, ke vi renkontiĝu en via vilao en Elhovilak, kie vi montros al ŝi la peton. Diru, ke ŝi veturu per la aŭto de Tim.

Ja, ŝi ofte uzis lian aŭton. La alian aferon ni aranĝos.

-Bone – konsentis Despotov, - sed vi scias - ne devas esti spuroj.

-Kompreneble, ke ne estos – trankviligis lin Rad. – Ŝi ekveturos al Elhovilak, sed tiam vi ne estos tie kaj neniu scios, ke ŝi veturis por renkontiĝi kun vi. La policanoj opinios, ke okazis ordinara survoja akcidento.

-Dankon – diris mallaŭte Despotov. – Mi ne forgesos vian helpon kaj ĉiam mi estos preta helpi vin.

Ili ekstaris de la benko kaj ekiris al du malsamaj direktoj.

En la vespero, post la katastrofo de la aŭto kaj la morto de Alena, Despotov kaj Rad denove renkontiĝis en la urba parko ĉe la lago kun la lilioj.

-Kio okazis? – demandis Despotov maltrankvile.

-Ĉio okazis laŭ la plano – diris Rad. – Akcidento.

-Ĉu restis spuroj? – demandis Despotov, kies okuloj
febris.

-Ne restis – respondis Rad.

Despotov profunde elspiris.

19장. 알레나의 위험한 도박

일주일 전부터 베트코 데스포토브 내무부 장관은 몹시 불안했다. 그는 계속 알레나를 생각했다. 그의 머리 속에는 알레나를 알게 된 첫날부터 그녀와 함께 보낸 순간이 계속 떠올랐다. 그의 사촌 라드 페이코브와 팀이 알레나를 소개해 주었다. 데스포토브는 알레나에게 푹 빠졌다. 전에 한 번도 그렇게 예쁜 여자를 본 적이 없었다. 그는 알레나의 날씬한 몸매, 길고 부드러운 갈색 머릿결, 부드러운 얼굴, 그녀의 독특한 베두인 눈동자를 칭찬했다. 특히 그 시선이 그를 끌어당겼다. 데스포토브는 알레나를 보면 모든 걸 잊었다. 그 순간만은 가족도, 자신이 장관인 것도 생각나지 않았다. 항상 그녀와 함께 있기를 열망했다. 그는 알레나에게 값비싼 선물을 아낌없이 안겼다. 그들은 보통 엘호비락에 있는 그의 빌라에서 만났지만, 그곳은 수도에서 조금 떨어져 있어 데스포토브는 소피아에 비싼 현대식 숙소를 빌렸다. 그와 알레나가 처음 새로운 숙소에 묵을 때 그는 알레나에게 말했다.

"여기 숙소 열쇠! 네가 원하면 언제든 와도 돼. 여기서 살아도 돼고. 내가 올 때 여기엔 너와 나 단둘이만 있을 거야. 이곳은 우리의 비밀 둥지야."

1년 넘게 데스포토브와 알레나는 함께 했다. 일주일에 두세 번 그들은 비밀 둥지에서 만나 뜨거운 시간을 보냈다. 하지만 알레나는 둘의 관계를 더는 숨기고 싶지 않다고 그에게 말하기 시작했다. 데스포토브에게 이혼하라고 강요했다. 알레나는 그의 아내가 되려는 야심을 품고 있었다.

"나는 더 이상 당신의 숨겨진 애인이 되고 싶지 않아요." 알레나는 자주 말하곤 했다. "당신이 어딘가에서 나를 만날 때면, 마치 인생에서 한 번도 만나본 적이 없는 사람처럼 행동해요. 나는 극장에서, 음악회에서, 공식 만찬장에서 당신과 함께 있고 싶어요. 당신과 함께 외국에도 가고 싶어요."

처음에 데스포토브는 웃어넘겼지만, 알레나는 점점 더 무례해졌다. 그는 그녀를 안심시키려고 상황을 봐가면서 이혼을 할 거라고 약속했지만, 알레나는 그를 내버려 두지 않고 계속해서 더욱 강하게 앙탈을 부렸다.

데스포토브는 치명적인 그날을 생생히 기억한다. 매우 상쾌한 오후였다. 그와 알레나는 침대에 누워 있었다. 데스포토브는 그녀를 쓰다듬으며 그녀의 오른쪽 귀를 물끄러미 바라보았다. 그것은 아주 작고 부드러운 진주조개 같아 보였다. 지금껏 그녀의 귀가 그렇게 작은지 알지 못했다. 조금 뒤 알레나는 천천히 침대에서 일어나 벌거벗은 채 욕실로 갔다. 데스포토브는 그녀의 뒷모습을 바라보았다. 그녀의 벗은 몸은 아름다운 도자기 같이 날씬하고, 피부는 유리 같았다. 그녀의 넓적다리는 약간 둥그스름했다. '요정이군.' 데스포토브가 중얼거렸다. 그의 갈망하는 눈빛을 느끼면서 알레나는 발걸음을 천천히 하고 그를 자극하려고 걸음걸이에 균형을 잡았다. 그녀가 침실로 돌아올 때, 데스포토브는 옷을 걸치고 창가에 서서 담배를 피웠다. 알레나는 욕실 가운을 벗고 다시 벗은 채 옷장의 작은 문에 붙은 거울 앞에 섰다.

"거울에 비취는 네 모습을 보지 마. 넌 너무 예뻐!" 데스포토브가 말했다.

"예, 나는 아주 예뻐요. 제 몸을 사랑해요." 알레나는 천천히 옷을 입기 시작했다. 보통 그녀는 옷을 벗을 때처럼 그렇게 옷을 입었다. 천천히 그리고 도발적으로. 그녀는 팬티를 입고 눈처럼 하얀 브래지어를 했다. 옷은 얼룩 없이 하얗고 아주 짧다. 알레나는 다시 거울을 쳐다보고는 빗을 들고 긴 갈색 머리를 빗어내렸다. 그녀의 머릿결이 부드러운 어깨 위에서 파도치던 그 날, 데스포토브는 기분이 좋았다. 알레나를 기쁘게 해주고 싶었다. 그는 거액의 중개수수료를 받았다. 내무부 장관으로서 외국 회사 경찰차를 계약해서 사들이는 건에 관여했다. 데스포토브는 중개수수료를 챙기게 되자 알레나에게 자동차를 사 주려고 마음먹었다.

"너를 놀라게 하고 싶어." 데스포토브가 말했다.

"이혼하자고 부인께 말했나요?" 알레나가 그를 바라보았다.

"왜 너는 그 말을 또 시작하니?" 조금 화를 내며 데스포토브가 말했다. "넌 왜 내가 꼭 이혼해야 한다고 고집을 부리니? 그렇게 싫어? 여기 현대식 집을 마련해 줬잖아. 네게 값비싼 선물도 하잖아. 차도 사 주려고 계약했어. 팀의 차를 빌려서 타지 않아도 돼."

"저는 차를 원하지 않아요. 당신을 원해요. 당신을 사랑한다고요. 당신은 이혼할 거라고 계속 말하지만, 할 생각이 전혀 없어요. 저는 당신이 돈으로 살 수 있는 인형이 아니에요." 알레나는 화를 내며 말하고 서둘러 방을 나갔다.

몇 분 뒤, 그녀가 돌아와 말했다. "나도 똑같이 당신을 놀라게 하고 싶어요." 그녀의 목소리에 원한이 맺혔다. 그녀의 까만 눈이 그를 악의적으로 쳐다보았다.

'그녀가 뭘 하겠다는 거지?' 데스포토브는 궁금했다. 하지만 알레나는 그에게 생각할 시간을 주지 않았다. 그녀는 그에게 사진이 들어있는 봉투를 내밀었다. 데스포토브는 봉투를 열고 사진을 들여다보았다. 그와 알레나가 다정한 포즈를 취하고 있는 장면을 찍은 매우 위험한 사진이었다. 알레나는 몰래 비웃음을 쳤다.

"서둘러 그걸 찢지 마세요. 그건 원본이 아니니까요. 원본 사진은 제게 있어요. 당신이 계속 저를 속인다면 저는 사진을 당신 부인에게 보내고 인터넷으로 세상에 공개할 거예요."

데스포토브는 화가 치밀어 얼굴이 붉어졌고, 입술이 파르르 떨렸다. 그는 그녀를 붙잡아 목을 졸라 죽이고 싶었다.

그 순간 그는 어떻게 해야 할지 몰라 망연자실했다. 비석처럼 가만히 서 있을 뿐이었다. 그것은 무서운 감옥이었다. 분명 알레나는 몰래카메라를 숙소에 설치해 그들의 은밀한 포즈를 찍었다.

'이 사진이 나를 파멸시킬 거야.' 데스포토브는 중얼거렸다. 그것이 인터넷에 단 몇 초라도 떠돌아다닌다면 그는 일도, 가정도, 고위층 친지도 없어져 아무것도 아닌 존재가 되고 만다. 장관직도 바로 그만두어야 할 것이다. 그의 사생활 폭로는 무섭고 결정적이 될 것이다. 데스포토브는 한마디도 하지 못한 채 서둘러 숙소에서 나왔다. 며칠 동안 그는 무엇을 해야 할까 어렴풋이 생각했다.

'나 스스로 그녀에게 나를 원숭이처럼 가지고 놀라고 허락한 꼴이 됐어. 나는 그녀에게 너무 호의적이었어. 그녀는 나와 함께 모든 걸 하겠다고 요구해.' 그는 이 감옥에서 빠져나갈 여러 가지 방법을 모색했다.

'서둘러 사촌 라드에게 전화해서 함께 무엇을 할지 결정해야겠군.'

다음 날 데스포토브는 라드에게 전화를 걸고 시내 공원에서 둘이 만났다. 데스포토브는 사람들이 그를 알아보지 못하는 곳에서 만나고 싶었다. 그와 라드는 백합화와 연꽃이 피고 작은 호수가 있는 공원의 어느 한적한 벤치에 앉았다. 여기엔 사람들이 아주 드문드문 보이고 어느새 저녁 무렵이었다. 데스포토브는 무슨 일이 벌어지고 있는지 라드에게 털어놓았다. "사진이 폭로되면 내가 망신당할 걸 너는 알겠지!" 걱정스럽게 데스포토브가 말했다.

"매우 위험하죠." 라드가 그를 바라보았다. "이 시골 새침데

기가 위험한 도박을 시작했군. 그녀는 무슨 일이 생길지 전혀 알지 못하는군."

"우리는 급히 행동해야만 해." 데스포토브가 말했다.

마른 우물 같은 그의 눈에 두려움이 서려 있었다. 그의 목소리는 떨렸다. 데스포토브는 혹시라도 누가 가까이 있는가 자주 주위를 살폈다.

"무서워하지 마세요." 라드가 그를 위로했다. "가장 위험한 상황에도 출구는 있어요. 우린 이 문제를 잘 해결할 거예요." 몇 분간 그들은 조용했다. 라드는 무언가를 생각했다.

"한 가지 생각이 있어요." 라드는 말하고 주의해서 데스포토브를 보았다. "우리는 사촌이고, 우린 항상 서로 도왔어요. 형님은 장관직을 계속 유지해야 해요. 형님의 직위는 우리에게 아주 필요해요."

"그래." 데스포토브가 말했다. "나는 계속 장관을 해야 해."

"그녀에게 전화해서 마치 아무 일도 없던 것처럼 조용하고 사랑스럽게 말하세요. 결심하고 이혼 신청을 했다고 그녀를 안심시키세요. 엘호비락에 있는 빌라에서 만나 신청서를 보여주겠다고 하면서 팀의 차를 타고 운전해서 오라고 말하세요. 그녀는 팀의 차를 자주 사용했어요. 다른 일은 우리가 알아서 할게요."

"알았어." 데스포토브가 동의했다. "잘 알겠지만 흔적을 남겨서는 절대 안 돼."

"물론이죠. 없을 겁니다." 라드가 그를 안심시켰다. "그녀는 엘호비락으로 운전해서 갈 겁니다. 하지만 그때 형님은 거기 있지 마시고, 그녀가 형님을 만나러 가는 걸 아무도 모르게 하세요. 경찰은 평범한 교통사고가 일어났다고 보고할 거예요."

"고맙다." 데스포토브가 조용히 말했다. "네 도움은 잊지 않을게. 항상 너를 돕도록 준비하고 있을게."

그들은 벤치에서 일어나 서로 반대 방향으로 헤어졌다. 교통사고와 알레나의 죽음 뒤 저녁 무렵에 데스포토브와 라드는 백합꽃이 핀 호수 옆 시립공원에서 다시 만났다.

"무슨 일이냐?" 데스포토브가 걱정스럽게 물었다.

"계획한 대로 모두 끝냈어요." 라드가 말했다.

"교통사고? 흔적은 남았니?" 가르스름한 눈으로 데스포토브가 물었다.

"남지 않았어요." 라드가 대답했다. 데스포토브는 깊이 안도의 한숨을 내쉬었다.

20.

La labortago finiĝis kaj la homoj rapidis reveni hejmen. Sur la stratoj videblis aŭtoj, aŭtobusoj, mikroaŭtobusoj. Vetko Despotov veturis al la kvartalo "Konkordo". Antaŭeliri el la ministerio, li telefonis al la ofica ŝoforo kaj diris, ke hodiaŭ li revenos hejmen per sia aŭto.

Kvartalo "Konkordo" estis nova kvartalo kun multetaĝaj domoj kaj etaj parkoj ĉirkaŭ la domoj. Trankvila, silenta kvartalo. Despotov haltigis la aŭton sur la strato "Tilioj", numero 25. La domo estis trietaĝa. Li eniris la domon, per la lifto supreniris al la tria etaĝo kaj li malŝlosis la pordon de la loĝejo je numero 12. Tio estis la loĝejo, kiun Despotov luis por la sekretaj renkontiĝoj kun Alena.

Dum minuto Despotov staris en la vestiblo. Sur la fenestroj estis latŝutroj kaj en la loĝejo regis mallumo kaj silento kiel en profunda puto. La fenestroj delonge ne estis malfermita kaj la aero estis malfreŝa.

Despotov komencis malfermi la pordojn de la ĉambroj. Ĉio estis tiel kiel lastfoje kiam li kaj Alena estis ĉi tie. Sur la tablo en la kuirejo estis pano kaj bokalo da konfitaĵo el fragoj. Tiam Alena manĝis pantranĉaĵon kun konfitaĵo. Sur la elektra forno estis la kafujo. Alena kuiris kafon, atendis lian alvenon kaj kiam li venis, ŝi servis al li tason da kafo.

En la dormoĉambro la granda lito ne estis ordigita.

Tiam ambaŭ kuŝis sur ĝi. Kiam Alena staris de la lito kaj ŝi komencis denove la temon pri la divorco, nervoza ŝi montris al Despotov la fotojn. Despotov vidis ilin, li eksplodis pro kolero kaj tuj forlasis la loĝejon.

Kiom da tempo post li Alena restis ĉi tie? Certe ŝi same tuj foriris. Sur seĝo ĉe la lito ankoraŭ estis ŝia banmantelo.

Despotov ĉirkaŭrigardis. En la loĝejo ne devis estis io, kio memorigos pri Alena. Tamen unue li devis trovi la kameraon. Alena ie muntis ĝin. Ja, ŝi havis ŝlosilon de la loĝejo, ŝi ofte venis ĉi tien kaj eĉ fojfoje tranoktis en la loĝejo. Despotov komencis serĉi la kameraon. Ĝi certe estis ie kontraŭ la lito. Li sidis sur seĝo kaj komencis rigardi la muron antaŭ la lito. Ĉe ĝi staris la bretaro kun libroj. Verŝajne la kamerao estis inter la libroj. Despotov iris al la bretaro kaj li komencis elpreni la librojn unu post la alia, sed la kamerao ne estis inter ili. Sur la bretaro estis eta porcelana skulptaĵo de dancistino. Ja, la kameraoj estas tre etaj kaj eblas, ke ĝi estas ie sur la skulptaĵo. Tamen ankaŭ tie ne estis kamerao.

Sur la muro pendis granda pentraĵo: knabino en blanka robo kun florbukedo mane. Li atente alrigardis la pentraĵon kaj preskaŭ ekkriis pro surprizo. La kamerao estis malantaŭ la pentraĵo, en unu el la okuloj de la pentrita knabino. Despotov prenis la kameraon, ĵetis ĝin sur la plankon kaj kolere piedpremis ĝin.

Li komencis kolekti la aĵojn de Alena en grandan sakon. Li malfermis la vestoŝrankon, la ŝrankojn, la tirkestojn. Ĉion li metis en la sakon: bluzojn, pantoflojn, kombilon, ombrelon… Li metis en la sakon la banmantelon, la littukojn, la kusensakojn. Kiam la sako estis plenplena, Despotov detale trarigardis la loĝejon ĉu ne restis iu aĵo de Alena.

Li ekstaris en la dormĉambro kaj rigardis la liton. La tagoj, kiujn li pasigis kun Alena, estis agrablaj. Kun ŝi li bone fartis, sed kial tiel perfide ŝi agis? Kial ŝi nepre deziris, ke li divorcu? Ja, li donis al Alena multe da mono, li aĉetis al ŝi multekostajn donacojn. Alena havis ĉion, kion ŝi deziris.

Verŝajne li mem estis kulpa. Li diris al Alena, ke lia familia vivo estas teda, ke li jam ne povas toleri Lean, la edzinon, kaj eble Alena opiniis, ke li divorcos. Tamen ŝi tute ne komprenis, ke ministro ne povas divorci. Alena ne konsciis, ke divorco de ministro estas fatala. Fatala por lia politika kariero. Ĉu Alena amis lin? Aŭ kion ŝi pli amis, ĉu lin aŭ lian monon? Povas estis, ke ŝi vere amis lin. Ja, estas junulinoj, kiuj enamiĝas en pli aĝaj viroj.

"Alena mem tamen elektis sian sorton", diris al si mem Despotov. Li nun iom kompatis ŝin, sed tio, kio okazis estis la nura solvo de la problemo. Li ne povis permesi sian fiaskon. Li devis agi decideme. Nun ĉio finiĝis.

Despotov prenis la sakon kaj ekiris. Ĉe la pordo li turnis sin. Ian premon tamen li eksentis. Sur la strato Despotov metis la sakon en la valizujon de la aŭto. Li devis decidi kien li ĵetos la sakon por ke neniu vidu kaj neniu trovu ĝin. Despotov funkciigis la aŭton kaj ekveturis.

20장. 장관을 찍은 몰래카메라

근무를 끝내면 사람들은 서둘러 집으로 돌아간다. 도로 위는 승용차, 버스, 마을버스로 꽉 찬다.

베트코 데스포토브는 **콘코르도** 지역으로 운전했다. 장관 청사에서 나오기 전, 그는 전용 운전사에게 전화를 걸어 오늘은 자기 차로 귀가하겠다고 말했다.

콘코르도 지역은 고층건물이 많고 주변에 작은 공원이 있는 신주거지다. 안정되고 조용한 지역에 속한다. 데스포토브는 틸리오 가 25번지에 차를 세웠다. 집은 3층이다. 그는 건물 안으로 들어가 엘리베이터를 타고 3층으로 이동해 12호 문을 열었다. 그곳은 알레나를 비밀리에 만나기 위해 빌린 숙소다. 몇 분간 데스포토브는 현관에 가만히 서 있었다. 창에는 나무로 된 덧문이 달려 있고 숙소 안은 깊은 우물처럼 어둠과 침묵에 휩싸여 있다. 창은 며칠째 닫혀 있어 공기가 탁했다.

데스포토브는 방문을 열었다. 모든 것이 마지막으로 알레나와 함께 있을 때처럼 그렇게 존재했다. 부엌 탁자에는 빵과 딸기 잼이 담긴 병이 놓여 있다. 그때 알레나는 식빵에 잼을 발라 먹었다. 전기난로 위에는 커피 주전자가 그대로 있다. 알레나는 커피를 타면서 그가 오기를 기다렸다. 그가 집 안에 들어오면 알레나는 커피잔을 가져왔다. 침실엔 커다란 침대가 어지럽혀진 상태 그대로였다. 그때 두 사람은 그 위에 누워 있었다. 알레나가 침대에서 일어나 다시 이혼 말을 꺼내며 고성이 오갔고, 신경질을 내는 데스포토브에게 그녀는 사진을 내밀었다.

데스포토브는 사진을 보고 불같이 화를 내며 분노를 폭발하더니 금세 숙소를 나갔다. 그가 나간 뒤, 얼마 동안이나 알레나는 여기 머물렀을까? 분명 그녀도 마찬가지로 곧 떠났을 것이다. 침대 옆 의자에는 그녀의 욕실 가운이 그대로 놓여 있다. 데스포토브는 숙소를 두리번거리며 꼼꼼히 살폈다. 숙소에 알레나를 생각나게 하는 무언가를 남겨 둬서는 안 된다. 하지만 먼저 카메라를 찾아야 했다. 알레나는 분명 어딘가에 카메라를 설치했다. 그녀는 숙소 열쇠를 가지고 자주 여기에 와서 잠을 잤다. 데스포토브는 카메라를 찾기 시작했다. 그것은 분명 침대 건너편 어딘가에 숨겨져 있을 것이다. 그는 의자에 앉아 침대 맞은편 벽을 쳐다보았다. 그 옆에는 책이 꽂힌 선반이 놓여 있다. 카메라는 책 사이에 있을 듯했다. 데스포토브는 선반으로 가서 책을 하나씩 꺼냈지만, 그 사이에 카메라는 없었다. 선반 위에는 여자 무용수를 새긴 작은 도자기 조각상이 서 있었다. 카메라는 아주 작아서 조각상 어딘가에 꽂아 놓았을 수 있을 듯했다. 하지만 거기에도 카메라는 없었다. 벽에는 커다란 그림이 걸려 있었다. 손에 꽃바구니를 든 하얀 옷을 입은 소녀 그림이었다. 그는 주의해서 그림을 쳐다보다 놀라서 거의 소리를 지를 뻔했다. 카메라는 그림 속에, 그려진 소녀의 눈알 하나에 박혀 있었다.

데스포토브는 카메라를 꺼내 마루에 집어던지고 화가 나서 발로 짓밟았다. 그리고 커다란 자루에 알레나의 물건을 끌어모았다. 옷장, 장식장, 서랍을 열어 모든 것을 자루에 마구 집어넣었다. 블라우스, 실내화, 빗, 우산 어느 것 하나 남기지 않았다. 자루에 욕실 가운, 침대보, 방석을 꾸겨서 쑤셔 박았다. 자루가 가득 찼지만 그래도 혹시 알레나의 물건이 하나라도 남지 않았는지 숙소를 자세히 훑어보았다. 그리고 침실에서는 잠시 침대를 물끄러미 바라보았다.

그가 알레나와 지낸 날들은 즐거웠다. 그녀와 함께 잘 지냈었다. 그런데 그녀는 왜 그렇게 배신의 행동을 했을까? 왜 내가 이혼하기를 바랐을까? 그는 알레나에게 거액을 줬고, 비싼 선물을 안겼다. 알레나는 원하는 모든 걸 가졌다. 하지만 그는 스스로에게도 책임을 돌렸다. 그는 알레나에게 그의 가정생활이 권태롭고 그의 부인 레아를 참을 수 없다고 털어놓았다. 그래서 아마 알레나는 그가 이혼할 거라고 예상했을 것이다. 하지만 그녀는 장관이 이혼할 수 없는 상황을 전혀 이해하지 못했다. 장관의 이혼은 여러 모로 치명적이라는 걸 알레나는 깨닫지 못했다. 특히 정치 경력에 얼마나 치명적이라는 걸.

알레나는 그를 사랑했는가? 아니면 그녀는 다른 무엇을 더 사랑했는가? 그인가, 그의 돈인가? 그녀가 정말 그를 사랑했을 수도 있다. 더 나이든 남자와 사랑에 빠진 아가씨들은 얼마든지 있으니까.

"알레나 스스로 자신의 운명을 선택했어." 데스포토브는 넋두리를 했다. 그는 그녀를 불쌍하고 안쓰럽게 여겼다. 하지만 이미 엎질러진 물, 남은 건 조용한 해결뿐이다. 그는 자신의 파멸을 수수방관할 수 없다. 단호하게 행동해야만 했다. 이제 모든 것이 끝났다.

데스포토브는 자루를 들고 숙소를 나왔다. 문 옆에 서자 몸을 재빨리 돌렸다. 어떤 압박감을 느껴서였다. 도로로 가서 데스포토브는 차 트렁크에 자루를 집어넣었다. 누구도 보지 못하고 찾지 못하도록, 자루를 어디에 버릴지 결정해야만 했다. 데스포토브는 차 시동을 걸고 출발했다.

21.

Filip Despotov, la filo de la ministro Vetko Despotov, telefonis al Greta.

-Saluton. Mi revenis el Laguno, mi jam estas en Serda kaj mi ŝatus renkontiĝi kun vi. Kiam al vi estos oportune?

Kiam aŭdis lian voĉon Greta ektremis kaj ruĝiĝis. De kelkaj tagoj jam ŝi atendis, ke li telefonu. "Li forgesis min. Certe li forviŝis mian telefonnumeron en sia telefono kaj neniam li telefonos al mi, opiniis Greta." Ŝ ofte rememoris la lastan tagon en Laguno antaŭ la reveno en Serda.

Estis antaŭvespero. Greta kaj Filip devis renkontiĝi ĉe la rokoj. Kiam la horloĝmontriloj proksimiĝis al sepa horo, Greta diris al la patrino:

-Mi iros iom promenadi.

-Kien vi promenados? – demandis Mila.

-Mi iros al la rokoj. Lastan fojon mi ŝatus vidi la maron. Morgaŭ ni forveturos kaj tutan jaron mi ne vidos ĝin.

-Bone. Tamen ne malfruiĝu. Vi scias, ke tie ne estas homoj. Mi maltrankviliĝos pri vi. Kaj mi petas vin, ne naĝu en la maro. Tre multe vi naĝis ĝis nun.

-Mi ne naĝos. Mi nur iom rigardos la maron de la rokoj.

Greta iris sur la eta strato. Ŝi sidis sur roko kaj rigardis la maron. Filip ankoraŭ ne venis. La roko estis varma pro la tuttaga brilo de la suno. Nun, antaŭ la sunsubiro, la maro estis kvieta. Ne estis ondoj. "Belega ĝ estas ⁻diris Greta." La mara blueco karesis ŝian rigardon. En la malproksimo videblis la enigma insulo Sankta Nikolao. "Se venontjare ni denove venos ĉi tien, mi nepre iros al la insulo", diris al si mem Greta.

La golfo estis granda. Tie maldekstre videblis la urbo Burgo, kie ŝi naskiĝis, la urbo de ŝiaj gepatroj. Greta ŝatis ĝin kaj deziris iri tien. Ŝi deziris denove promeni sur la konataj stratoj, renkontiĝi kun siaj iamaj amikinoj. De ĉi tie, de la rokoj, videblis la multetaĝaj konstruaĵoj de la urbo.

−Saluton − aŭdis Greta konatan voĉon malantaŭ sia dorso.

Filip alvenis kaj ŝi ne vidis lin, kiam li proksimiĝis.

−Saluton − diris Greta emociigita.

−Vi sidas kaj rigardas la maron − ekridetis Filip.

−Mi ŝategas la maron.

−Mi same ŝatas la maron − diris Filip − kaj la tagoj, kiujn mi pasigas ĉi tie, estas la plej belaj miaj tagoj en la jaro.

Filip eksidis ĉe Greta.

−Morgaŭ ni forveturos al Serda − diris ŝi.

−Ni restas ĉi tie ankoraŭ unu semajnon − diris Filip. −

Ĉu vi donos al mi vian telefonnumeron? Mi deziras telefoni al vi, kiam mi revenos en Serda.

-Bone. Aldonu ĝin en via telefono.

Greta diktis la telefonnumeron kaj Filip enmemorigis ĝin.

Ankoraŭ iom da tempo ili sidis sur la roko. Greta ĝojis, ke Filip sidas ĉe ŝi kaj ŝi sentas lian fortan ŝultron. Kaŝe ŝi rigardis lian belan sunbrunigitan vizaĝon, liajn okulojn kaj la rideton en la anguloj de liaj lipoj.

-Mi devas iri – diris Greta. – Mia patrino atendas min.

-Ĝis revido.

-Ĝis revido.

Greta ekiris. Filip restis sur la roko kaj postrigardis ŝin.

Dum Greta paŝis, ŝi demandis sin: "Ĉ mi plaĉs al li? Ĉu li telefonos al mi en Serda?" Kiam ŝi estis en gimnazio, ŝi havis du amikojn. Maksim estis ŝia amiko en la naŭa klaso kaj Goran – en la dekunua klaso. Poste Goran iĝis studento en Gemanio.

Greta ne povis klarigi al si mem kial Filip tiel plaĉis al ŝi. Ja, ili konatiĝis nur antaŭ semajno, sed ŝi deziris ĉiam esti kun li. Filip ne estis parolema. Li preferis silenti, sed Greta sentis, ke ili konversacias per rigardoj, sen vortoj. La vortoj estis superfluaj. Parolis iliaj okuloj.

Telefone Filip proponis al Greta, ke ili renkontiĝu en kafejo "Rozo".

-Vi scias kie ĝi estas, ĉu ne? – demandis Filip. – Proksime al la universitato.

-Jes. Mi jam estis tie kun miaj koleginoj – diris Greta.

-Mi atendos vin je la kvina horo.

Greta senpacience atendis la proksimiĝon de la kvina horo. Je la kvara horo ŝi komencis eklekti robon kiun ŝi surhavu. Unue ŝi provis bluan robon, sed ĝi ne plaĉis al ŝi. Poste ŝi rigardis ĉerizkoloran robon, sed ĝi same ne estis bona. Finfine Greta decidis surmeti flavan someran robon. Ŝi ekstaris antaŭ la spegulo kaj rigardis sin. Greta estis maldika kun tenera korpo. Ŝiaj tritikkoloraj haroj falis kiel somera pluvo sur la ŝultrojn. En ŝiaj okuloj ludis verdaj briletoj. Sur sia maldekstra vango Greta havis nevuson, similan al eta kafograjno. Ofte ŝi ŝerce diris: "Dank' al tiu ĉ nevuso panjo rekonas min."

-Vi estas tre eleganta – diris Mila. – Kien vi iros?

-Mi havas rendevuon kun Filip.

-Ho, la junulo kun kiu vi konatiĝis en Laguno – ekridetis Mila.

Kafejo "Rozo" estis la ŝtata kafejo de gejunuloj. Jam de ĝia enirejo videblis, ke ĝi estas kafejo por gejunuloj. Sur la muroj pendis grandaj afiŝoj kun portretoj de famaj eksterlandaj ĵazmuzikistoj. En la kafejo la junuloj povis aĉeti biletojn por koncertoj. Ofte ĉi tien venis konataj kantistoj kaj la atmosfero de la kafejo estis tre agrabla.

Kiam Greta eniris ŝi tuj rimarkis Filipon, kiu sidis ĉe tablo kaj atendis ŝin.

-Saluton — diris li. — Mi ne povas rekoni vin. En tiu ĉi robo vi estas tre bela. En Laguno mi plej ofte vidis vin vestita en bankostumo aŭ en mallonga pantalono.

Greta iom embarasiĝis. Venis la kelnerino kaj Filip mendis kafojn kaj sukojn. Ili komencis paroli pri Laguno, pri la grotoj en la rokoj. Greta rigardis Filipon kaj dronis en liaj molaj kiel veluro okuloj. Ŝi estis sorĉigita kaj kvazaŭ ŝi ne estis ĉi tie, sed sur la rokoj en Laguno, starante antaŭ la senlima alloga maro. Greta ne povis klarigi al si mem kial Filip tiel forte logis ŝin.

Subite iel subkonscie Greta eksentis, ke iu alia rigardas ŝin. Ŝi turnis sin kaj vidis la patron, Kalojan, kiu staris ĉe la enirejo de la kafejo. Li estis kun sia kolego Bojan. Greta ruĝiĝis kaj maltrankviliĝis. Kalojan proksimiĝis al ŝi.

-Saluton — diris li.

Greta levis la kapon kaj embarasite ŝi prezentis Filipon al Kalojan.

-Paĉjo, Filip estas mia amiko. Ni konatiĝis en Laguno.

-Saluton. Mi estas Kalojan Safirov.

-Saluton — diris Filip.- Mi estas Filip Despotov.

Kalojan surpriziĝis.

-Filip Despotov — ripetis li la nomon. — Ĉu vi estas

parenco de ministro Despotov?

-Mi estas lia filo – diris Filip.

"Granda surprizo" –diris al si mem Kalojan. "Mi konatiĝis foreste kun la patro pere de la fotoj de Alena kaj nun mi eĉ ne supozis, ke mi konatiĝos kun lia filo. La vivo konstante servas al ni surprizojn. Ŝajne iu forto destinas niajn agojn, renkontiĝojn, konatiĝojn."

Kalojan rigardis Filipon. "Kultura inteligenta junulo li estas, meditis Kalojan."

-Nia oficejo estas proksima – diris Kalojan – kaj nun, post la fino de la labortago mia kolego Bojan kaj mi venis trinki kafon. Ni tamen ne ĝenos vin – diris Kalojan al Greta.

Li kaj Bojan eksidis ĉe tablo malproksime de ili.

"La filoj ne estas kulpaj pri la agoj de siaj patroj, meditis Kalojan. La filoj ne devas respondeci pri la eraroj de la patroj. Filip certe nenion scias pri la kaŝita vivo de sia patro. Fillip eble fieras, ke la patro estas ministro. Filip verŝajne neniam ekscios, ke lia patro havis amatinon.

Kaj tio eble estas pli bone. La filoj ne devas elreviĝi de la patroj."

Nun, kiam Kalojan vidis Gretan kaj Filipon, li rememoris la unuan rendevuon kun Mila. Ambaŭ estis gimnazianoj kaj lernis en la sama klaso. Al Kalojan tre plaĉis Mila, sed li ne kuraĝis diri tion al ŝi. "Mila estas tre bela", diris Kalojan al si mem tiam. "Ŝi tute ne rimarkas min." Iun tagon tamen, post longa hezito, li skribis noteton al Mila: "Ĉu vi deziras, ke hodiaŭ ni renkontiĝu je la sesa horo posttagmeze en dolĉaĵejo "Melodio?" Tiam dolĉjo "Melodio" estis la plej nova dolĉaĵejo en Burgo kaj ĝi troviĝis proksime al la parko ĉe la maro. Kalojan ne kredis, ke Mila venos, tamen antaŭ ekiri, li vestis siajn plej novajn vestojn, kombis la hararon.

Li pli frue iris en la dolĉaĵejon kaj atendis ŝin. Lia koro forte batis. Li ŝvitis, maltrankvile rigardis la enirejon de la dolĉaĵejo kaj atendis. Mila venis kaj lia ĝojo estis granda. Kiam ŝi eniris, ŝajnis al li, ke eniras la plej bela knabino en la mondo, kiu venas por rendevuo kun li. Kalojan jam ne memoris pri kio ili parolis, sed li memoras, ke ili trinkis limonadon kaj li estis fiera, ke li havis monon por pagi la limonadon.

Tie, ĉe la tablo, Greta kaj Filip parolis kaj ridis.

"La gejunuloj ĉam estas samaj", meditis Kalojan. "La jaroj pasas, oni renkontiĝas, ekamas unu la alian kaj la vivo daŭras eterne."

21장. 그레타의 연애

베트코 데스포토브의 아들 필립 데스포토브는 그레타에게 전화했다. "안녕! 난 라구노에서 돌아와 이제 소피아에 있어. 만나고 싶은데, 언제가 괜찮을까?"

그레타는 그의 목소리를 듣자 몸이 떨리고 얼굴이 빨개지는 걸 느꼈다. 사실 며칠 전부터 그의 전화를 기다리느라 몸이 달았다.

'그는 나를 잊었구나. 전화기에서 내 전화번호를 지운 게 분명해. 절대로 내게 전화하지 않을 것이야.' 그레타는 초조했다.

그녀는 소피아로 돌아오기 전 라구노에서 지낸 마지막 날을 줄곧 떠올렸다. 떠나기 전날 저녁에, 그레타와 필립은 바위 옆에서 만나기로 했다. 시곗바늘이 7시에 가까워졌을 때 그레타는 어머니께 말했다. "산책하러 다녀올게요."

"어디로 갈 거니?" 밀라가 물었다.

"바닷가 바위요. 마지막으로 바다를 보고 싶어요. 내일 우리가 떠나면 1년간은 못 볼 테니까요."

"좋아, 하지만 늦지는 마라. 거긴 인적이 드문 걸 잘 알잖아. 걱정돼서 그래. 그리고 부탁하는데 바다에서 수영은 하지 마. 지금껏 실컷 수영했잖아."

"수영은 안 할게요. 바위에서 바다만 바라보다 올게요." 그레타는 작은 도로를 걸어서 바닷가로 갔다. 그녀는 바위에 앉아 바다를 물끄러미 바라봤다. 필립은 아직 오지 않았다. 바위는 종일 해를 받아서 따뜻했다. 해가 지기 직전인 지금, 바다는 무척 고요했다. 파도도 일지 않았다. "정말 아름답구나!" 그레타의 입에서 조용히 탄성이 터져 나왔다.

바다의 파란 색이 그녀의 눈을 어루만졌다. 멀리서 수수께끼의 섬 성 **니콜라오**가 보였다.

"내년에 여기에 다시 온다면 꼭 저 섬에 갈 거야." 그레타는 혼잣말로 다짐했다. 해만은 드넓었다. 왼쪽에는 그녀가 태어난 곳이자 부모님의 고향인 부르가스 시가 보였다. 그레타는 부르가스 시를 좋아해서 가고 싶었다. 다시 그곳의 익숙한 도로에서 산책하고 싶고 여자친구들과도 만나고 싶었다. 이곳 바위에 앉으면 저 멀리 부르가스 시의 고층건물이 보였다.

"안녕!" 그레타 등 뒤에서 익숙한 목소리가 들려왔다. 필립이 걸어왔다. 가까이 올 때까지 그녀는 그를 보지 못했다.

"안녕!" 그레타가 살짝 흥분해서 말했다.

"앉아서 바다를 보고 있네." 필립이 살며시 웃었다.

"바다를 아주 좋아해."

"나도 바다를 좋아해." 필립이 말했다. "여기서 보낸 며칠이 올해 가장 멋진 날이었어." 필립은 말하면서 그레타 곁에 앉았다.

"내일 우리는 소피아로 떠날 거야." 그녀가 말했다.

"나는 일주일 더 여기 머물러야 해." 필립이 말했다. "네 전화번호를 줄 수 있니? 소피아에 가면 전화하고 싶어."

"좋아. 전화기에 내 번호를 추가해." 그레타는 전화번호를 불러 주고 필립은 그걸 저장했다. 여전히 그 둘은 바위 위에 앉아 있었다. 그레타는 자기 옆에 앉은 필립의 강한 어깨를 느끼자 기분이 좋아졌다. 멋지게 태양에 그을린 필립의 얼굴을, 눈을, 입술 언저리에 걸린 미소를 그녀가 훔쳐보았다.

"이젠 가 봐야 해." 그레타가 말했다. "어머니가 기다려."

"잘 가."

"잘 있어." 그레타는 인사하며 일어났다. 필립은 바위 위에 그대로 앉아 그녀의 뒷모습을 바라보았다.

그레타는 걷는 동안 궁금했다. '내가 그의 마음에 들까? 소피

아에서 그가 내게 전화할까?'

그녀가 고등학생일 때 친구가 두 명 있었다. **막심**은 9학년 때, **고란**은 11학년 때. 후에 고란은 **게마니오**에서 대학생이 되었다. 그레타는 필립이 왜 그렇게 자기 마음에 드는지 말로는 설명할 수가 없었다. 그들은 고작 일주일 전에 알게 된 사이지만, 항상 그와 함께 있고 싶었다. 필립은 수다스럽지 않고 조용한 걸 좋아했지만, 그레타는 둘이 눈빛으로 대화한다고 느꼈다. 말은 군더더기에 불과했다. 둘은 눈빛으로 말하고 있었다. 전화로 필립은 그레타에게 카페 **로조**에서 만나자고 했다. "그곳이 어디에 있는지 알지?" 필립이 물었다. "대학 근처잖아."

"알아, 내 여자 동급생과 거기 간 적이 있어." 그레타가 말했다.

"5시에 기다릴게."

그레타는 참을성 없게 5시가 가까워지기를 기다렸다. 4시에 벌써 입고 갈 옷을 골랐다. 처음엔 파란 웃옷을 골랐지만 마음에 썩 들지는 않았다. 다음엔 체리 색 웃옷을 보았지만 그것도 내키지 않았다. 마침내 그레타는 노란 여름옷을 입기로 마음먹었다. 그녀는 거울 앞에 서서 자신을 훑어보았다. 그레타의 몸매는 부드럽고 날씬했다. 그녀의 밀색 머리카락은 여름비처럼 어깨 위로 흘러내렸다. 그녀의 눈은 푸른색으로 반짝였다. 그녀 왼쪽 뺨에는 작은 커피 알갱이 같은 점이 있다. 그녀는 자주 농담처럼 말했다. "이 점 때문에 엄마는 나를 알아볼거야."

"아주 멋지구나." 밀라가 그레타를 보고 말했다. "어디 가니?"

"필립을 만나기로 했어요."

"아, 라구노에서 알게 된 청년!" 밀라가 살짝 웃었다.

카페 **로조**는 젊은이들이 좋아하는 장소다. 입구에서부터 젊은이를 위한 카페임을 알아볼 수 있다. 벽에는 유명한 외국 재즈음악가의 초상화가 들어간 큰 포스터가 걸려 있다. 카페에서는 젊은이들이 음악회 입장권을 살 수 있다. 이곳은 유명가수가 자주 올 정도로 카페 분위기는 매우 활기차다.

그레타는 들어서면서 탁자에 앉아서 기다리는 필립을 금세 알아보았다.

"안녕!" 그가 말했다. "못 알아볼 뻔했어. 옷이 너무 잘 어울려. 라구노에서는 수영복이나 짧은 반바지 차림을 많이 봤잖아."

그레타는 조금 당황했다. 여종업원이 오자 필립은 커피와 주스를 주문했다. 그들은 라구노와 그곳 바닷속 작은 동굴에 관해 이야기를 시작했다. 그레타는 필립을 보자 융단처럼 부드러운 그의 눈동자에 빠져들었다. 그녀는 마법에 걸렸다. 마치 여기 소피아에 있지 않고 매력적이고 끝없이 펼쳐진 바다 앞, 라구노 바위 위에 앉아 있는 듯했다. 그레타는 왜 자신이 그리 필립에게 강하게 끌리는지 자신에게 설명할 수 없었다.

그때 그레타는 갑자기 자기를 지켜보고 있는 누군가의 시선을 무의식적으로 느꼈다. 그녀가 고개를 돌렸을 때 카페 입구에 서 있는 아버지 칼로얀의 눈과 마주쳤다. 동료 보안과 함께였다. 그레타는 얼굴이 붉어지고 걱정이 됐다. 칼로얀이 그녀에게 다가왔다. "안녕!" 그가 말했다.

그레타는 고개를 들고 당황해 하면서 아버지에게 필립을 소개했다. "아빠, 필립은 제 친구예요. 라구노에서 알게 됐어요."

"안녕, 나는 칼로얀 사피로브야."

"안녕하십니까?" 필립이 말했다. "저는 필립 데스포토브입니다." 칼로얀은 깜짝 놀랐다.

"필립 데스포토브?" 이름을 되물었다. "데스포토브 장관의 친척인가?"

"그의 아들입니다." 필립이 말했다.

'매우 놀랍구나.' 칼로얀은 혼잣말을 했다. '나는 알레나의 사진을 보고 아버지를 비대면으로 알게 되었고 지금 그 아들을 알게 되리라고는 상상도 하지 못 했어.' 삶은 꾸준히 우리에게 놀라움을 안긴다. 어떤 힘이 사람의 행동, 만남, 사귐을 운명 지운 듯했다. 칼로얀은 필립을 쳐다보며 깊이 생각했다. '그는 교양있고 지적인 젊은이군.'

"우리 사무실이 근처에 있어." 칼로얀이 말했다. "지금 일과가 끝나서 동료 보안 경감과 커피 마시러 왔어. 너희를 방해하지 않을게." 칼로얀은 그레타에게 말했다.

그와 보안은 그레타에게서 멀리 떨어진 탁자에 앉았다. '아들들은 자기 부모의 행동에 아무런 잘못이 없어.' 칼로얀은 생각했다. '자녀에게 부모의 실수를 책임지게 해서는 안 돼. 필립은 분명 자기 아버지의 비밀 생활에 대해 아무것도 모른다. 필립은 아버지가 장관인 걸 자랑스러워 할 것이다. 필립은 그의 아버지에게 애인이 있었다는 걸 절대로 모를 것이다. 그리고 그런 편이 아마 더 좋을 것이다. 아들이 아버지 때문에 꿈이 깨져서는 안 되지.'

칼로얀은 그레타와 필립을 보면서 밀라와의 첫 만남을 기억해냈다. 두 사람은 고등학생이던 때 같은 반에서 공부했다. 칼로얀은 밀라의 모든 것이 마음에 들면서도, 감히 그녀에게 고백히지 못했다.

'밀라는 너무 예쁜데….' 그때 칼로얀은 속으로 불평했다. '그녀는 나란 존재를 전혀 알아차리지 못하는군.'

어느 날 칼로얀은 긴 망설임 끝에 밀라에게 짧은 편지를 썼다. '오늘 오후 6시에 제과점 **멜로디오**에서 만날 수 있겠니?' 당시 제과점 멜로디오는 부르가스 시에서 가장 새로운 가게였고 그것은 바다 옆 공원 근처에 있었다. 칼로얀은 밀라가 나올 거라는 게 믿기지 않았지만, 출발 직전에 제일 멋진 옷을 입고 머리를 빗었다. 그는 빨리 제과점으로 가서 그녀를 기다렸다. 그의 가슴이 세게 뛰었다. 불안해서 땀을 흘려가며 제과점 출입구만 쳐다보며 기다렸다. 밀라가 왔을 때 그의 기쁨은 말할 수 없이 컸다. 그녀가 가게로 걸어 들어올 때 이 세상에서 가장 예쁜 소녀가 그를 만나려고 오는 듯했다. 칼로얀은 그때 밀라와 무슨 대화를 나눴는지 기억하지 못한다. 하지만 둘이서 레모네이드 주스를 마신 것은 생생히 기억한다. 레모네이드 살 돈이 있어 자랑스러웠다. 저쪽 탁자에선 그레타와 필립이 대화하며 웃고 있다.

'젊은이들은 언제나 똑같아!' 칼로얀은 사색에 잠겼다. 세월은 지나가도 사람들을 만나고 서로 사랑에 빠지면서 삶은 영원히 이어진다.

22.

Pluvis torente. La pluvo klakis kiel vipoj, batantaj la arbojn. La ĉielo estis malhelgriza. Pezaj plumbaj nuboj premis la teron. La tondroj estis surdigaj. La fulmoj sekvis unu post la alia kaj kiel akraj glavoj ili tranĉis la ĉielon. Estis somera pluvo, subita kaj torenta. Forta vento fleksis la branĉojn de la arboj, kiuj krakis kaj rompiĝis. Iuj altaj, sed putrintaj arboj falis sur la teron.

La restoracio "Montara Kanto" estis malproksime de la ĉefurbo, en piedo de la monto. La turistoj eniris ĝin por trinki kafon aŭ teon. Estis tagoj, kiam la posedanto de la restoracio, oĉjo Kliment, kuiris bongustan supon. Vintre oni ŝatis manĝi ĉi tie varman supon. Sabate kaj dimanĉe venis pli da homoj en la restoracion, sed dum la aliaj tagoj ĝi estis preskaŭ malplena. En la ne tre granda ejo videblis kelkaj lignaj tabloj kaj seĝoj. Sur la tabulkovritaj muroj estis montaraj pejzaĝoj kaj kontraŭ la enirejo pendis majestaj cervaj kornoj.

Oĉjo Kliment estis fama ĉasisto. Oni rakontis nekredeblajn historiojn pri liaj ĉasistaj heroaĵoj. Li ĉasis lupojn kaj ursojn. Ofte oĉjo Kliment trafis en danĝeraj situacioj, sed li ĉiam sukcesis savi sin. Li tre ŝatis rakonti siajn ĉasistajn travivaĵojn. La ĉeestantoj en la restoracio aŭskultis kaj rigardis lin per larĝe malfermitaj okuloj kaj ili demandis sin ĉu ĉio, kion oĉjo Kliment rakontas vere okazis. Tamen la maljunulo scipovis tre alloge kaj dolĉe rakonti. De tempo al tempo li fiere pintigis siajn lipharojn kaj daŭrigis inspire rakonti.

Plej ofte oĉjo Kliment rakontis la historion pri la urso, kiu iam persekutis lin dum kvin kilometroj. Tiam sur senarbejo li vidis urson kaj ĝiajn du ursetojn. Verŝajne la urso ektimiĝis pri la ursetoj kaj ĝi minace ekiris al oĉjo Kliment. "Tre malfacile mi savis min" ¬ridetis li. "Mi kuris kvin kilometrojn. Mia ĉasfusilo falis kaj la sekvan tagon mi iris serĉi ĝin. Tre forta estas la patrina instinkto. La urso deziris gardi siajn idojn kaj tial ĝi atakis min." Gaja viro estis oĉo Kliment kaj ofte li ridigis la gastojn en la restoracio per siaj senĉesaj historioj.

Ĉi-vespere en "Montara Kanto" venis Rad kaj Bojan, la komisaro. Oĉjo Kliment ne konis ilin, sed li tuj afable renkontis ilin kaj proponis al ili la plej bonan tablon. Estis oka horo vespere kaj neniu estis en la restoracio. Ambaŭ tamen eksidis ĉe la tablo en la angulo de la restoracio kaj mendis nur senalkoholan bieron, ĉar ili venis aŭte.

–Kio okazis? – demandis Bojan.

–La problemo estas serioza – diris Rad. – Nun vi esploras murdon de junulino, ĉu ne.

–Jes. Ni jam scias ŝian nomon – Alena Kitova – respondis Bojan.

–Vi devas tuj ĉesigi la esploradon!

Tiuj ĉi vortoj de Rad glaciigis Bojan. Li mire alrigardis lin.

-Kion vi diras? Tio tute ne eblas!

-Ĉio eblas! – Rad alrigardis lin kolere.

-Vi ne scias kion vi parolas.

-Mi tre bone scias kion vi devas fari – Rad parolis serioze. – Vi konstatos, ke ne eblas trovi la murdiston. Vi oficiale anoncos, ke la murdisto estas nekonata kaj netrovebla.

-Mi ne povas tion fari. Oni tuj maldungos min – kontraŭstaris Bojan. – Krome la ĉefo de la esploro estas komisaro Kalojan Safirov. Li estas pedanta kaj tre persiste kaj serioze li entreprenis la esploron pri la murdo.

-Ni trovos eblecon ankaŭ al li influi. Tamen vi devas fari ĉion eblan por ke la esplorado ĉesu. Vi scias kiel agi. La dokumentoj malaperos, la atestantoj rezignos atesti kaj tiel plu.

-Vi postulas de mi ion, kio tute ne eblas – daŭre malkonsentis Bojan.

-Ni plimultigos la monon, kiun ni donas al vi. Ja, vi devas repagi la krediton, kiun vi ricevis pri via nova domo.

Bojan tre bone sciis tion. Antaŭ du jaroj li aĉetis novan domon, sed la mono ne sufiĉis. Tiam kuzo de Bojan diris, ke li povas peti krediton de la financa firmo de Rad. La kredito estis kun malalta interezo. Bojan ricevis monon kaj tiel li konatiĝis kun Rad. Rad tamen komencis ofte telefoni al Bojan pri diversaj komplezoj, pri kiuj Rad bone pagis al Bojan. Kaj jen nun Rad deziras, ke Bojan ĉesigu la esploradon pri la murdo de Alena. Rad ne petis, li ordonis kaj Bojan ne sciis kion diri, kiel agi kaj kiel eliri el tiu ĉi komplika situacio. Estis ege malfacile, ĉar Kalojan jam serioze esploris ĉion, rilate la murdon.

—Mi esperas, ke vi bone komprenis min — diris Rad kaj fiksrigardis Bojanon.

—Jes. Mi faros kion mi povas — respondis Bojan.

—Ne kion vi povas, sed kion vi devas fari! — atentigis lin Rad. — Ni denove renkontiĝos kaj vi estu tre atentema.

Rad pagis la bierojn kaj ili eliris el la restoracio. Rad kaj Bojan eniris en siajn aŭtojn kaj ekveturis al malsamaj direktoj.

22장. 보안과 라드의 만남

심하게 비가 내렸다. 나무를 회초리로 때리듯 빗소리가 요란했다. 하늘은 어두운 잿빛이었다. 무거운 납 같은 구름이 땅 위에 낮게 드리웠다. 천둥소리에 귀가 먹먹할 정도였다. 번개가 우르릉 쾅쾅 차례로 뒤따랐다. 날카로운 칼날처럼 번개 빛이 하늘을 갈랐다. 갑자기 심하게 쏟아붓는 여름비였다. 거센 바람이 나뭇가지를 뒤흔들며 웅웅 소리를 내더니 급기야 가지를 꺾어버렸다. 키가 크고 썩은 나무들이 여기저기서 땅으로 픽픽 쓰러졌다.

식당 **몬타라칸토**는 수도에서 멀리 떨어진 산자락에 있다. 관광객들이 커피나 차를 마시려고 들어왔다. 식당 주인 **클리멘트** 아저씨가 맛있는 수프를 요리하는 날이 정해져 있다. 겨울이면 사람들이 따뜻한 수프를 먹으려 이곳을 찾는다. 주말에는 식당이 손님으로 북적이지만 다른 날은 거의 비었다. 그렇게 넓지 않은 장소에 나무 탁자와 의자가 몇 개 있다. 널판으로 마감을 한 벽에는 산을 그린 풍경화가 걸려 있고, 입구 맞은편 벽에는 신비로운 형태의 사슴뿔이 걸려 있다.

클리멘트 아저씨는 유명한 사냥꾼이었다. 사냥하던 시절의 영웅담 같은 믿을 수 없는 얘기들이 사람들 입에 오르내렸다. 그는 주로 늑대와 곰을 사냥했다. 클리멘트 아저씨는 여러 번 위험한 상황에 부닥쳤지만, 항상 살아남았다. 그는 그런 영웅담을 늘어놓는 걸 즐겼다. 이야기를 듣고 놀란 식당 손님은 눈을 동그랗게 뜨고 클리멘트 아저씨를 쳐다보면서 이야기 속 사건이 실제로 일어났는지 물어봤다.

그 노인네는 아주 매력적이고도 달콤하게 이야기하는 능력이 탁월했다. 때로 자랑스럽게 수염을 세우면서 영감 넘치게 이야기를 끌어갔다. 클리멘트 아저씨는 언젠가 5km 거리를 뛰어갈 때까지 자신을 뒤따라온 곰에 얽힌 영웅담을 자주 늘어놓았다. 그때 평원에서 새끼를 데리고 있는 어미 곰을 만났다. 어미 곰은 새끼 곰을 보호하기 위해 두려워하면서도 위협하듯 클리멘트 아저씨에게 덤벼들었다. '살고 싶어서 죽기 살기로 뛰었어. 정말로 목숨이 위태위태했어.' 그는 손님들을 향해 살짝 웃어가며 얘기를 계속했다. '뒤도 안 돌아보고 5km를 뛰었어. 그때 내 사냥용 총을 떨어뜨려서 다음날 찾으러 갔었지. 짐승도 모성애는 정말 강해. 곰은 자기 새끼를 지키고 싶었던 거야. 그래서 어미 곰이 나를 공격한 거고.'

클리멘트 아저씨는 아주 쾌활한 남자였다. 종종 그는 식당에서 자신의 끝없는 영웅담으로 손님들을 웃겼다. 오늘 저녁엔 몬타라칸토에서 라드와 보얀 경감이 들렀다. 클리멘트 아저씨는 그들을 알지 못했지만, 즉시 상냥하게 맞이하며 가장 좋은 자리로 안내했다. 저녁 8시라 식당에는 아무도 없었다. 하지만 두 사람은 식당 구석진 탁자에 앉았고 운전을 해야 해서 무알코올 맥주를 주문했다.

"무슨 일이야?" 보얀이 물었다. "문제가 심각해요." 라드가 말했다. "지금 아가씨 살인 사건을 수사하고 있죠?"

"그래. 우리는 그녀 이름이 알레나 키토바인 걸 알아냈어." 보얀이 대답했다. "수사를 당장 그만두어야만 합니다." 라드의 이 말이 보얀을 당황하게 했다. 그는 놀라서 라드를 쳐다보았다. "무슨 말이냐? 그건 절대 불가능해."

"할 수 있어요!" 라드는 화를 내며 보얀을 봤다.

"무슨 말을 하는지 모르겠구나!"

"경감님이 하셔야 할 일이 무엇인지 아주 잘 압니다." 라드가 진지하게 말했다. "살인자를 찾을 수 없다고 말하는 겁니다. 경감님이 살인자는 미상이고, 아무런 흔적을 남기지 않아 찾을 수 없다고 공식적으로 밝히라는 겁니다."

"나는 그렇게 할 수 없어. 윗 분들이 나를 해고할 거야." 보얀이 거부했다. "게다가 수사 담당자는 칼로얀 사피로브 경감이야. 그는 적극적이고 매우 고집이 세고 신중하게 살인 사건을 수사하고 있어."

"우리는 그에게 영향을 끼치도록 할 겁니다. 하지만 수사가 중단되도록 가능한 모든 일을 해야 합니다. 어떻게 행동할지 아시죠? 서류가 없어지고 증인이 증언을 포기하거나 등등…."

"전혀 불가능한 일을 요구하는구나." 보얀은 계속 거절했다. "돈을 더 많이 드릴게요. 새집을 마련하느라 받은 대출금을 갚으셔야죠." 보얀은 그걸 아주 잘 알았다. 2년 전에 그는 새집을 샀는데 당시에 자금이 충분치 못했다. 그때 보얀의 사촌이, 라드의 재정 회사에 대출을 청탁할 수 있다고 귀띔했다. 대출금은 이자가 적었다. 보얀은 대출금을 신청해서 받았고 그런 비밀스런 인연으로 라드와 알게 됐다. 하지만 라드는 보얀에게 충분한 대가를 지급하면서 여러 가지 청탁을 하려고 자주 전화를 했다. 그리고 지금은 보얀에게 알레나 살인 사건 수사를 종결하도록 손 쓰라고 요청했다. 이번에 라드는 요청이 아니라 거의 명령했다. 보얀은 무슨 말을 할지, 어떻게 행동해야 할지, 이 복잡한 상황을 어떻게 벗어날지 매우 난감했다. 칼로얀이 살인 사건과 관련해서 모든 걸 이미 철저하게 수사했기에 수사를 뭉개기란 거의 불가능한 일이었다.

"제 말을 잘 이해했으리라고 믿습니다." 라드는 말하고 보얀을 똑바로 보았다. "그래, 내기 할 수 있는 일을 다 해 볼게." 보얀이 마지못해 대답했다. "할 수 있는 일이 아니라 꼭 하셔야만 합니다!" 라드가 보얀에게 행동을 촉구했다. "우린 곧 다시 만날 거니까 아주 신경 쓰셔야 합니다." 라드가 맥줏값을 치르고 둘은 식당을 나왔다. 라드와 보얀은 각자 차를 타고 서로 반대 방향을 향해 출발했다.

23.

-Vi fumas cigaredon post cigaredo kaj silentas – diris Dena, rigardante maltrankvile Bojan. - Kio okazis? Ĉu vi havas iun problemon aŭ koleras al mi?

Dena, la edzino de Bojan estis pli juna ol li, sed ŝi tuj ĉiam komprenis kiam Bojan estis maltrankvila aŭ havis ian gravan problemon, kiun li devis solvi.

Dena estis vendistino kaj ĉiutage en la vendejo, kie ŝi laboris, venis multaj homoj. Jam kiam ili eniris la vendejojn ŝi tuj komprenis ĉu ili havas bonhumoron aŭ iun gravan problemon. Laŭ iliaj rigardoj Dena konjektis ĉu ili estas gajaj aŭ ĉagrenitaj. Tamen Dena plej bone konis sian edzon Bojan. Kiam ŝi vidis lin, ŝi tuj komprenis ĉu li estas trankvila aŭ ĉu io turmentas lin.

Ĉi-vespere Bojan revenis malfrue. Li estis ie, sed ne diris al Dena kie kaj kun kiu. Kiam ŝi demandis lin, li nur respondis, ke li havis ofican okupon. Post la vespermanĝo Bojan sidis antaŭ la televidilo, sed Dena rimarkis, ke li ne spektas la filmon, sed meditas pri io. Li fumis cigaredon kaj tio signifis, ke li estas tre perpleksa.

Finfine Dena ne eltenis kaj demandis lin:

-Kio okazis? Diru. Mi eble helpos al vi.

Bojan rigardis ŝin. La okuloj de Dena estis kiel grandaj maturaj prunoj, ŝia vizaĝo - blanka kiel lavita telero.

Bojan ne kutimis paroli kun Dena pri oficaj problemoj, sed nun li malrapide ekparolis:

-Ĉi-vespere mi renkontiĝis kun Rad Pejkov, kiu helpis nin per mono por la aĉeto de la nova loĝejo.

Dena streĉrigardis lin, ĉar ŝi antaŭsentis, ke li diros ion malagrablan. Jam antaŭ du jaroj, kiam Bojan diris, ke Rad helpos ilin per mono kaj kiam Dena vidis Radon al ŝi li ne plaĉis. Tiam tuj ŝi konjektis, ke Rad ne estas bona homo. Laŭ Dena li apartenis al tiuj personoj, kiuj per artefaritaj trompoj iĝis riĉaj. Tamen tiam ili ege bezonis monon kaj ili devis preni monon de Rad.

-Li postulas, ke mi faru ĉion eblan ĉesigi esploron pri murdo — diris Rad.

-Tio ne eblas! — tuj reagis Dena.

-Jes. Tion mi ne povas fari, sed Rad minacis min.

-Ĉu?

-Kelkfoje li petis min aranĝi diversajn aferojn. Ilin mi povis aranĝi kaj li donis al mi monon. Tamen se nun mi ne faros tion, kion li deziras, li kompromitos min kaj oni tuj maldungos min.

-Vere vi estas en terura situacio — tramurmuris Dena.

-Kaj mi ne scias kion fari. Se mi ĉesigus la esploron oni same sankcios min kaj maldungos min.

Dena rigardis Bojanon kaj ŝia maltrankvilo kreskis. Ili tre bezonis monon por finpagi la loĝejon. Bojan devis labori. Sen lia salajro la familio ne povis ekzisti. Tamen

Dena sciis, ke Bojan neniam ĉesigos la esploron pri la murdo. Por li la laboro estis tre grava. Li ĉiam laboris honeste kaj respondece. La problemo vere estis tre komplika. Kion fari? Dena ne povis konsili Bojanon. Li mem bone komprenis la teruran situacion.

-Kion fari? – demandis Dena ne Bojanon, sed sin mem.

-Mi ne havas respondon – diris li. - La sola solvo estas, ke mi demisiu. Mi forlasu la policon.

-Ĉu post tiom da jaroj vi forlasos la policon?

-Jes. Mi ne havas alian eblecon.

-Vi ne devas rapidi. Ni eble trovos iun solvon.

Ambaŭ eksilentis.

-Morgaŭ matene ni denove pripensos ĉion – diris Dena. – Nun vi devas trankviliĝi. Mi certas, ke el la plej terura situacio ekzistas eliro – diris Dena.

-Dankon.

La tutan nokton Bojan ne dormis. Li eĉ ne enlitiĝis. Li staris sur la balkono kaj fumis.

23장. 보안의 불안

"당신은 줄담배를 피우고 말도 통 없네요." 보안을 걱정스럽게 바라보며 **데나**가 말했다. "무슨 일인가요? 무슨 걱정이 있나요, 아니면 내게 화 났나요?" 보안의 아내 데나는 남편보다 젊지만, 보안에게 걱정거리가 있거나 풀어야 할 중요한 문제가 생기면 금세 알았다.

데나는 판매원인데 일하는 가게에 매일 손님이 북적인다. 손님이 가게로 들어서면, 그녀는 손님의 기분이 좋은지 고민거리가 있는지 금세 눈치챘다. 그들의 눈빛을 보고 마음속 희노애락을 직감했다.

데나는 누구보다 자기 남편 보안의 심경을 잘 파악했다. 그를 보면 편안한지, 어떤 문제가 생겼는지, 누구 때문에 괴로워하는지 금세 알아챘다. 오늘 저녁 보안은 늦게 귀가했다. 그는 어딘가에 있다 왔지만 데나에게 어디서 누구와 함께 있었는지는 말하지 않았다. 그녀가 묻자 공식적인 업무라고 얼버무렸다.

저녁 식사 후 보안은 TV 앞에 앉았지만, 데나는 그가 화면을 보지 않고 뭔가 깊이 생각한다는 걸 눈치챘다. 그가 담배를 피운다는 건 아주 난처한 상황에 처했다는 걸 의미했다. 마침내 데나가 참지 못하고 그에게 물었다.

"무슨 일이세요? 말해봐요! 내가 도와 드릴 수 있을지 알아요?" 보안은 그녀를 물끄러미 쳐다봤다. 데나의 눈은 잘 익은 커다란 자두 같고, 얼굴은 씻어놓은 접시처럼 깨끗했다.

보안은 공적인 문제로는 데나와 대화하지 않지만, 지금은 천천히 말을 꺼냈다.

"새집을 살 때 대출 건으로 나를 도와준 라드 페이코브를 오늘 저녁에 만났어요."

데나는 남편이 무언가 기분 나빴던 일을 털어놓는다고 직감했기에, 긴장해서 그를 보았다. 2년 전 새집을 마련할 당시 부족한 자금을 라드가 도와줄 거라고 보얀이 말했을 때, 라드를 본 데나는 그가 마음에 들지 않았다. 라드가 질좋은 사람이 아니라는 점을 대번에 짐작했다. 데나에 따르면, 그는 사기로 부자가 된 부류에 속했다. 하지만 그때 그들은 몹시 돈이 필요해서 라드에게 돈을 빌려야만 했다.

"그가 살인 사건 수사를 그만두도록 가능한 모든 일을 해 달라고 했어."

"그건 불가능하죠!" 데나가 즉시 반발했다.

"그래. 나는 할 수 없어. 하지만 라드가 협박해."

"정말요?"

"그간 몇 번이나 그가 여러 가지 일을 처리해 달라고 했었어. 그것들은 내가 처리할 수 있는 일이었고 그는 내게 대가로 돈을 줬어. 하지만 지금은 그가 원하는 걸 해주지 않으면 그는 나를 위험에 빠뜨려서 내가 해고되도록 할 거야."

"당신은 정말 무서운 상황에 부닥쳤네요."

데나가 중얼거렸다.

"그래서 나는 무엇을 해야 할지 모르겠어. 내가 수사를 그만둔다면, 경찰 조직에서 나를 징계에 부쳐서 해고할 거야."

데나는 보얀을 바라보고 걱정이 커졌다. 그들이 집세를 완납하려면 아직 돈이 필요했다. 보얀은 일을 해야만 했다. 그의 급여 없이는 가족의 생계를 꾸릴 수 없다.

하지만 데나는 보얀이 살인 사건 수사를 절대 그만두지 않을 걸 알았다. 그에게 일은 무척 중요했다. 그는 항상 정직하게 책임감을 느끼며 일했다. 문제는 정말 심각하다. 어떻게 해야 할까? 데나는 보얀에게 무언가를 충고할 수 없었다. 그 스스로 무서운 상황임을 잘 알고 있으므로.

"어떻게 해야 할까?" 데나는 보얀에게가 아니라 자기 자신에게 물었다.

"나는 대답할 수 없어." 보얀이 말했다. "유일한 해결책은 내가 사직하는 거야. 나는 경찰을 떠날 거야."

"그렇게 오랜 세월 몸 담아온 경찰을 떠나요?"

"응, 다른 방법이 없어!"

"서두르지 마세요. 다른 해결책을 찾을 수 있을 거예요."

둘은 말이 없었다.

"내일 아침에 모든 걸 다시 생각해요." 데나가 말했다. "지금 당신은 안정을 취해야 해요. 가장 암울한 상황에도 출구는 있다고 난 확신해요." 데나가 말했다.

"고맙소." 보얀은 밤새도록 잠을 이루지 못했다. 그는 침대에 눕지도 않았다. 그는 난간에 서서 밤새 줄담배를 피웠다.

24.

La fotoj, kiujn Kalojan trovis en la valizo de Alena, en ŝia loĝejo, vekis en li plurajn demandojn. Li ne ĉesis serĉi respondojn al ili. Kiu estis Alena? Ĉu modesta provinca junulino, lernema, laborema, kiu venis studi en la ĉefurbo kaj revis esti instruistino? Ŝi estis perfekta lernantino. Ŝiaj malriĉaj gepatroj, kiuj adoptis ŝin, deziris, ke ŝi akiru superan klerecon. Tamen Alena deziris fuĝi el la mizera vivo. Ŝi deziris havi multe da mono kaj agrablan luksan vivon. Kiel Alena konatiĝis kun ministro Vetko Despotov? De kiam ili konis unu la alian? Kie ili kutimis renkontiĝi? Kiu faris la intimajn fotojn? Certe tie, kie ili estis, iu muntis kameraojn kaj filmis ilin. Ĉu la ministro sciis pri la fotoj kaj ĉu li vidis ilin? Eble li ne supozis, ke ili ekzistas.

La vivo de Alena estis kaŝita. Ŝi ne havis geamikojn. Ŝi estis introvertema. Ŝi deziris havi nur monon. Ĉu ministro Despotov donis al ŝi monon?

Nun Kalojan devis atente trarigardi la notlibreton kaj la komputilon de Alena. Li devis pridemandi personojn, kiuj konis ŝin kaj kies nomojn li trovos en la notlibreto kaj en la komputilo. Iu certe diros pli pri Alena kaj tiel li ekscios la kialojn pri ŝia murdo. Tiel li trovos la murdistojn.

Lia poŝtelefono sonoris. Dafina, la sekretariino de la

direktoro de la policoficejo telefonis al li:

-Komisaro Safirov, la direktoro, sinjoro Rusev, petas ke vi venu al li.

-Bone. Dankon – diris Kalojan.

-Bonvolu alporti ĉiujn dokumentojn, ligitajn al la murdo de Alena Kitova.

Kalojan prenis la dosieron kaj ekiris al la kabineto de la direktoro. Kiam li eniris la ĉambron de la sekretariino, ŝi diris al li:

-Komisaro Safirov. Mi preskaŭ ne vidas vin dum la lastaj tagoj. Kiel vi fartas?

-Mi estas ege okupata. Mi esploras la murdon de Alena Kitova.

-Sinjoro Rusev atendas vin.

Kalojan frapetis je la pordo kaj eniris la direktoran kabineton. Kiam Rusev vidis lin, li ekstaris, proksimiĝis al Kalojan kaj manpremis lin.

-Saluton Safirov.

-Bonan tagon, sinjoro direktoro.

Rusev telefonis kaj petis Dafinan, la sekretariinon, alporti kafojn. Post kelkaj miniutoj Dafina alportis du kaftasojn kaj ŝi metis ilin sur la kafotablon.

-Bonvolu – diris Dafina kaj foriris.

-Safirov, kio okazis pri la esploro de la murdo de Alena Kitova? – demandis Rusev.

-La esploro progresas, sinjoro direktoro – respondis

Kalojan. – Ni konstatis, ke Alena Kitova estas el la urbo Stubel. Ŝi studas pedagogion en la universitato. Ni estis en ŝia loĝejo, kie ni trovis ŝian notlibreton kun telefonnumeroj. Ni prenis ĝin kaj ŝian komputilon. Nun ni devas detale trarigardi ilin kaj poste ni pridemandos la personojn, kies nomojn ni trovos en la notlibreto kaj en la komputilo, personojn, kiuj konis ŝin kaj kiuj sciis pri ŝia vivo en la ĉefurbo.

Rusev aŭskultis atente la klarigojn de Kalojan. Sur lia frunto estis profunda sulko kaj Kalojan komprenis, ke li streĉe meditas pri io. La sulko montris tion. Hodiaŭ Rusev surhavis ne grizkoloran kostumon, sed helbluan, blankan ĉemizon kaj markoloran karavaton.

–Ĉu vi ne trovis ion alian en la loĝejo de Alena Kitova? – demandis Rusev kaj Kalojan tuj konjektis, ke Rusev aludas pri la fotoj.

Certe iu informis lin pri ili. Tio estis tre malagrable. Rusev jam sciis pri la kompromitaj fotoj. Kalojan devis doni ilin al la direktoro, malgraŭ ke Kalojan decidis al neniu montri la fotojn.

Kalojan senvorte donis la koverton al Rusev. Li malfermis ĝin elprenis la fotojn kaj rigardis ilin. Lia vizaĝo ruĝiĝis. La sulko sur lia frunto iĝis pli profunda kaj ŝvitgutoj aperis sur ĝi.

Kalojan rigardis Rusev. Pri kio li pensis. La fotoj estas skandalaj. Ili kompromitos la ministron. Tamen la ministro estas la estro de Rusev. Kion Rusev elektos? ĉu la oficon, ĉu savi la honoron de la ministro? Se Rusev elektos la oficon, ni daŭrigos la esploron pri la murdo de Alena. Se Rusev elektos savi la honoron de la ministro, Rusev ĉesigos la esploron pri la murdo.

Kalojan komprenis, ke la direktoro estas antaŭ granda dilemo. Nun li devis decidi. Aŭ eble Rusev jam decidis.

Post minuto Rusev remetis la fotojn en la koverton kaj li diris:

-La fotoj restos ĉe mi. Mi certas, ke vi ne havas kopiojn.

-Mi ne havas – respondis Kalojan.

-Ĉu krom vi, iu alia vidis ilin? – demandis Rusev.

-Ne – respondis Kalojan.

-Hodiaŭ oni telefonis al mi – diris Rusev mallaŭte. – Ni devas tuj ĉesigi la esploron. Ni devas ne serĉi la murdiston!

Kalojan rigardis lin mire.

Rusev daŭrigis paroli per firma ordoneca voĉo:

-La konkludo estos: murdisto – nekonata. Mankas pruvoj, mankas atestantoj de la murdo. Ĉu vi bone komprenis min?

-Jes, sinjoro direktoro – respondis Kalojan.

-Vi havas multe da alia loboro. Forgesu pri la murdo de Alena Kitova. Ĝis revido.

24장. 청장의 수사중단 지시

칼로얀이 알레나의 가방에서 찾은 사진은 여러 가지 의문을 불러일으켰다. 궁금증에 대한 답을 찾으려고 칼로얀은 생각을 거듭했다. '알레나는 누구인가? 수도에 공부하러 와서 교사가 되기를 꿈꾸던 학구적이고 부지런하고 겸손한 시골아가씨인가? 그녀는 우수한 학생이었다. 알레나를 입양한 가난한 부모는 그녀가 최고의 교육을 받길 원했다. 하지만 알레나는 비참한 생활에서 벗어나기를 더욱 간절히 소원했다. 많은 돈과 상쾌하고 편안한 삶을 바랐던 것이다. 베트코 데스포토브 장관과는 어떻게 알게 되었을까? 그들은 언제부터 서로 알게 되었을까? 그들은 주로 어디서 만났을까? 누가 다정한 포즈의 사진을 찍었을까? 분명 그들이 있던 장소에 누군가 카메라를 몰래 설치해서 사진을 찍었을 것이다. 장관이 그 사진에 관해 알았을까? 그 사진을 보았을까? 아마 그 사진의 존재조차 짐작하지 못했을 것이다. 알레나의 삶은 베일에 가려져 있다. 그녀는 친구도 없었다. 내성적이었다. 단지 돈을 갖기 원했다. 데스포토브 장관은 그녀에게 돈을 주었는가?'
칼로얀은 알레나의 수첩과 컴퓨터를 샅샅이 훑어봐야 했다. 수첩과 컴퓨터에서 찾아낸 그녀를 아는 사람들을 신문해야 했다. 누군가 알레나에 관해 더 말할 것이고, 그러면 그녀가 왜 죽었는지 이유를 알아낼 수 있을 것이다. 그래서 그는 살인자를 찾을 것이다. 그의 휴대전화기가 올렸다.
"사피로브 경감님, 청장님 호출입니다." 경찰청장 여비서 다피나였다.
"알겠습니다, 감사합니다." 칼로얀이 말했다.
"알레나 키토바 살인과 관련된 모든 서류를 가지고 오세요."
칼로얀은 파일을 들고 경찰청장 사무실로 갔다.

그가 여비서 방으로 들어갈 때 그녀가 말했다. "사피로브 경감님, 지난 며칠간 전혀 뵙지 못했네요. 어떻게 지내셨나요?"

"아주 바빴습니다. 알레나 키토바 살인 사건을 수사했어요."

"경찰청장님이 기다리십니다."

칼로얀은 문을 두드리고 경찰청장 사무실로 들어갔다. 루세브 청장이 칼로얀을 보고 일어나서 다가오더니 악수했다.

"잘 지내지? 사피로브 경감!"

"안녕하십니까, 청장님." 청장이 여비서 다피나에게 전화해서 커피를 내오라고 했다. 몇 분 뒤 다피나가 커피 두 잔을 가지고 와서 커피용 탁자 위에 두었다.

"드십시오." 다피나는 상냥하게 말하고 나갔다.

"사피로브 경감, 알레나 키토바 살인 사건 수사에 무슨 특별한 것이 있나?" 루세브 청장이 질문했다.

"수사를 진행 중입니다." 칼로얀이 대답했다. "우리는 알레나 키토바가 스투벨 시 출신인 걸 확인했습니다. 대학에서 교육학을 공부하고 있었습니다. 그녀 집에 가서 전화번호가 적힌 수첩을 찾았습니다. 수첩과 컴퓨터도 확보했고요. 이제 그것들을 자세히 살펴서 수첩과 컴퓨터에 이름이 거론된 사람들, 지인들, 수도에서 그녀 삶에 관해 아는 사람들을 차례로 신문할 예정입니다."

루세브 청장은 칼로얀의 보고를 주의해서 들었다. 이마에 주름이 깊게 잡혀 있어 칼로얀은 그가 긴장하며 무언가를 숙고한다는 걸 알았다. 깊이 패인 주름이 그걸 방증했다. 오늘 루세브 청장은 회색 정장이 아니라 밝고 파란 정장에, 하얀 와이셔츠, 바다색 넥타이를 맸다. "알레나 키토바의 집에서 다른 무언가를 발견하지 않았나?" 루세브 청장이 물었다.

칼로얀은 루세브 청장이 사진을 암시한다는 걸 금세 알아챘다. 분명 누군가가 그에게 정보를 줬을 것이다. 루세브 청장이 이미 그 위험한 사진의 존재를 알고 있다는 것은 썩 기분 나쁜 일이었다. 칼로얀이 누구에게도 그 사진을 보여 주려 하지 않았지만 청장에게는 주어야만 했다. 칼로얀은 말없이 루세브 청장에게 봉투를 건넸다. 청장은 봉투를 열고 사진을 꺼내 보았다. 얼굴이 붉어졌다. 이마 주름살이 더 깊어지고 그 위에 땀방울이 맺혔다. 칼로얀은 루세브 청장을 보았다. '무슨 생각을 할까? 저 사진은 스캔들이다. 그것은 장관을 위태롭게 할 것이다. 하지만 장관은 루세브 청장의 상관이다. 루세브 청장은 무엇을 택할 것인가? 업무인가, 아니면 장관의 명예인가. 루세브 청장이 업무를 택한다면, 우리는 알레나 살인 사건 수사를 계속할 것이다. 루세브 청장이 장관의 명예를 택한다면, 살인 사건 수사를 그만두게 할 것이다.' 청장이 선택의 기로에 섰다는 걸 칼로얀은 이해했다.

지금 청장은 결심해야 했다. 아니면, 루세브 청장은 이미 결심했을 지도 모를 일이다.

몇 분 뒤 루세브 청장은 사진을 봉투에 넣고 나서 말했다.

"사진은 내가 가지고 있겠네. 복사본은 없을 것으로 믿네."

"없습니다." 칼로얀이 대답했다.

"경감 말고 누가 그걸 봤는가?" 루세브 청장이 물었다.

"아무도 없습니다." 칼로얀이 대답했다.

"오늘 내게 전화가 왔어." 루세브 청장이 조용히 말했다. "우리가 즉각 수사를 그만둬야 한다고. 우리는 살인자를 찾지 말아야 해." 칼로얀은 놀라서 청장을 똑바로 바라보았다. 청장은 딱딱한 명령조로 말을 계속 이었다. "결론은 이래. 살인자는 미상이고, 증거는 부족하고, 살인 목격자도 없어. 내 말 이해했나?" "예, 청장님." 칼로얀은 대답했다.

"다른 일도 많이 있지? 알레나 키토바 살인 사건은 잊어. 잘 가게!"

25.

Kalojan ankoraŭ ne kredis, ke Rusev ordonis al li ĉesigi la esploron pri la murdo de Alena. "Ĉ eblas tio? – demandis li sin mem." Ĝs nun Kalojan ne spertis ion similan. Neniam iu ĉefo postulis ĉesigon de murdesploro. Li tamen bone komprenis kial Rusev agis tiel. Neniam Kalojan supozis, ke por Rusev pli gravas la ofico ol la honoro kaj la justo. Ĝis nun li opiniis, ke Rusev estas serioza profesiulo, sincera kaj preciza persono. "Ĉu tiel rapide iuj ĉefoj solvas la problemojn?" – meditis Kalojan." Tiel la murdisto kaj la instiganto de la murdo de Alena facile eskapos el la kondamno."

La demandoj turmentis Kalojanon. Li sentis sin perfidita kaj humiligita. Nun li devis decidi kiel agi. Liaj kolegoj sciis, ke ĝis nun Kalojan laboris konscience, ĉiam li sukcesis trovi la murdistojn kaj starigi ilin antaŭ la tribunalo. Nun ili ne komprenos kial Kalojan rezignis esplori tiun ĉi murdon. Lia aŭtoritato estos subfosita.

Hejme Mila komprenis, ke io malbona okazis al Kalojan. Kvazaŭ ombro vualis liajn okulojn. Ŝi ne deziris tuj demandi lin, sed kiam ŝi vidis, ke Kalojan silentas kaj estas maltrankvila, ŝi alparolis lin. Mila sciis, ke kiam io turmentas Kalojan, li kutimas paroli kun ŝi pri tio.

-Kio okazis? – demandis ŝi.

Dum minuto Kalojan rigardis ŝin senmova kaj hezitis ĉu diri aŭ ne. Li ne deziris maltrankviligi ŝin, tamen se li ne diros al Mila kio okazis, ŝi estos pli maltrankvila. Li rakontis al Mila pri la malagrabla konversacio kun Rusev kaj pri la severa ordono ĉesigi la esploron pri la murdo de Alena.

-Nekredeble! – ekflustris Mila mirigita.

Ŝi rigardis Kalojan per larĝe malfermitaj okuloj kaj ne kredis, ke la direktoro de la ĉefurba polico ordonas tion.

-Nekredeble! – ripetis Mila. – Mi tute ne komprenas tion. Kiaj homoj ili estas? Ĉu la ministro kaj la direktoro opiniis sin ĉiupovaj? Ĉu ili opiniis, ke ĉio estas permesita al ili, ke ili ne devas respondeci pri siaj agoj? Aŭ ĉu ili imagas, ke ili estas superhomoj?

-Ili havas potencon – diris malrapide Kalojan, - tamen en tiu ĉi mondo devas regi ne la potenco, sed la justo. Kiam mi venis labori en la ĉefurbo, mi kredis, ke mia laboro estos utila al la homoj, ke mi povos kontribui al la agado kontraŭ la krimoj, sed nun mi komprenas, ke ĉi tie regas la korupto kaj spekulado. Ja, mi estis tre naiva kaj mi havis iluziojn.

-Vi ne estas naiva – kontraŭdiris Mila. – Vi agis honeste. Vi devas daŭrigi vian agadon. Tio estas via misio.

Kalojan alrigardis ŝin. En la okuloj de Mila brilis fajreroj. Ŝi estis ekscitita. Mila sciis, ke Kalojan ŝatas sian profesion kaj li entute dediĉis sin al ĝi. Por Kalojan la plej grava en la vivo estis la laboro.

-Kion vi opinias? – demandis Mila. – Kion vi faros? Kiel vi agos?

Tiuj ĉi demandoj ankaŭ Kalojan starigis al si mem kaj li jam decidis kiel agi.

-Mi daŭrigos labori – diris li malrapide kaj decideme. – Tamen mi forlasos la policon kaj mi estos privata detektivo. Mi starigos detektivan agentejon kaj mi daŭrigos labori. Tiel neniu ordonos al mi kion mi faru.

-Via decido ŝajnas bona – diris Mila.

-Morgaŭ mi deponos mian eksiĝon. Mi ne toleros similan maljuston. Mi ne devas kompromiti mian reputacion.

-Mi certas, ke vi bone pripensis ĉion – rimarkis Mila. – Vi scias, ke mi kredas je vi kaj mi ĉiam pretas apogi vin.

-Dankon.

La tutan nokton Kalojan estis maltrankvila. Li ne ĉesis pensi pri la murdo de Alena. Jam antaŭ la tagiĝo li estis preta por eliri el la hejmo. Li banis sin, razis sin, vestis bluan kostumon, flavan ĉemizon kaj sidis kun Mila ĉe la tablo trinki kafon.

-Mi esperas, ke hodiaŭ ĉio estos en ordo – diris Mila.

-Bonvolu tuj telefoni al mi post la konversacio kun la

direktoro.

—Ne maltrankviliĝu. Pasis pli komplikaj situacioj —
ekridetis Kalojan.

25장. 칼로얀 경감의 걱정

칼로얀은 루세브 청장이 알레나 살인 사건 수사를 그만두라고 한 명령이 아직 믿기지 않았다. 그것이 가능한가? 궁금했다. 지금껏 그런 비슷한 경험을 해본 적이 없었다. 어떤 상관도 살인 사건 수사를 그만두라고 지시한 적은 없었다. 하지만 그는 루세브 청장이 왜 그렇게 행동하는지 이해했다. 루세브 청장에게 개인적인 명예나 출세보다 공적 업무가 더 중요할 거라고 생각할 수는 없었다. 칼로얀은 그래도 지금껏 루세브 청장이 진지하고 정확한 사람, 신중한 직업인이라고 생각했다. 어떤 상관이 그렇게 문제를 쉽게 해결하는가? 칼로얀은 깊이 생각했다. 그렇게 해서 살인자와 알레나 살인을 교사한 배후는 쉽게 법의 심판을 벗어날 것이다. 수많은 의문이 칼로얀을 괴롭혔다.

칼로얀의 양심은 배신과 부끄러움이 교차했다. 지금 그는 어떻게 행동할지를 결정해야 했다. 지금껏 칼로얀은 양심적으로 일했고, 항상 범인을 잡아서 재판정에 세운 사실을 그의 동료들이 알고 있다. 이제 그 동료들은 칼로얀이 왜 이 살인 사건 수사를 포기했는지 이해하지 못할 것이다. 그의 자존심은 땅에 처박힐 것이다.

칼로얀이 귀가하자 밀라는 그에게 무언가 나쁜 일이 생겼다는 걸 직감했다. 마치 어두운 그림자가 그의 눈을 덮은 것 같았다. 그녀는 곧바로 묻고 싶지 않았지만, 칼로얀이 말없이 긱정하는 모습을 지켜보다 못해 그에게 말을 걸었다. 무언가 칼로얀을 괴롭힐 때, 그는 보통 그녀에게 대화로 털어놓는 걸 밀라는 잘 알고 있다.

"무슨 일이에요?" 그녀가 물었다. 칼로얀은 잠깐 가만히 그녀를 쳐다보면서 말을 주저했다. 그녀에게 걱정을 끼치고 싶진 않았지만, 그가 무슨 일이 일어났는지 말하지 않는다면 그녀는 더욱 염려할 것이다. 그는 밀라에게 루세브 청장과 한 불쾌한 대화를, 알레나 살인수사를 그만두라는 엄한 명령을 전했다.

"믿을 수가 없네요!" 밀라가 놀라서 말했다. 그녀는 칼로얀을 눈을 크게 뜨고 보았다. 수도 경찰청장이 그런 터무니없는 명령을 하다니 도저히 믿기지 않았다. "믿을 수 없네요." 밀라가 되풀이했다. "도저히 이해를 못 하겠어요. 그들은 도대체 어떤 사람인가요? 장관과 청장은 자신들이 전능하다고 생각하나요? 그들은 모든 것이 허락돼서 자기 행동에 책임지지 않아도 된다고 생각하나요? 아니면 그들이 남보다 뛰어나다고 착각하나요?"

"그들은 힘이 있어." 칼로얀이 천천히 말했다. "하지만 세상은 힘이 아니라 정의가 지배해야 해. 수도에 일하러 왔을 때, 내가 하는 일이 범죄에 대항하는데 인생을 거는 사람에게 유익할 거라 믿었어. 하지만 여기는 부패와 도박이 지배한다는 걸 이제야 깨달았어. 나는 정말 너무 순진하고 환상 에 젖어 살아왔어."

"당신은 순진하지 않아요." 밀라가 반박했다. "당신은 정직하게 행동했어요. 그런 행동을 계속해야만 해요. 그것이 당신의 사명입니다."

칼로얀은 그녀를 바라보았다. 밀라의 눈에 작은 불꽃이 튀었다. 그녀는 흥분했다. 밀라는 칼로얀이 자기 직업을 좋아하고 거기에 완전히 헌신한다는 걸 알고 있다. 칼로얀에게 한평생 가장 중요한 건 경찰 일이었다.

"무슨 생각을 하세요?" 밀라가 물었다. "무엇을 할 건가요? 어떻게 행동할 건가요?"

이 질문이 칼로얀에게 힘을 주어서 그 자신이 어떻게 행동할지 결심하게 했다.

"일을 그만둘 거야." 그는 천천히 그렇지만 단호하게 선언했다. "경찰을 떠날 것이고, 개인 탐정이 될 거야. 탐정 사무소를 차려서 일을 계속할 거야. 그렇게 해서 내가 할 일을 누구도 명령하지 않게 할 거야."

"당신 결심이 좋은 거 같아요." 밀라가 말했다.

"내일 사직서를 제출할 거야. 이런 부정을 견딜 수 없어. 내평판을 스스로 위태롭게 하지 말아야지."

"당신이 모든 걸 잘 결정했다고 확신해요!" 밀라가 인정했다. "내가 당신을 믿고 항상 당신을 의지하고 있다는 걸 당신은 알죠?"

"고마워."

그날 밤새도록 칼로얀은 생각했다. 알레나 살인 사건에 관해서는 고심을 거듭했다. 새벽이 되기 전, 그는 이미 집을 나설 준비를 했다. 몸을 씻고 면도를 하고 파란 정장에 노란 와이셔츠를 입은 후 밀라와 커피를 마시려고 탁자에 앉았다.

"오늘 모든 일이 잘 되기를 바라요." 밀라가 말했다. "청장과 대화한 뒤 곧 내게 전화해 주세요."

"걱정하지 마. 복잡한 상황은 다 지나갔어." 칼로얀이 미소지었다.

26.

Dafina, la sekretariino de la direktoro Rusev, mire
alrigardis Kalojan, kiam li enris la ĉambron. Ŝi ekis
demandi lin kio okazis, sed Kalojan tuj diris:

-Mi devas urĝe paroli kun la direktoro.

Lia voĉo eksonis seke kaj insiste. Dafina supozis, ke
denove okazis krimo, ĉu murdo aŭ io alia kaj ŝi tuj levis
la telefonaŭskultilon por telefoni al direktoro. Post kelkaj
sekundoj Dafina diris al Kalojan:

-Sinjoro Rusev atendas vin.

Kalojan eniris la direktoran kabineton. Rusev alrigardis
lin, sed li rapidis deflankigi sian rigardon de Kalojan. Tio
montris, ke Rusev kulposentas sin. Ja, li bone konsciis,
ke li ne devis ordoni la ĉesigon de la murdesploro.
Tamen Rusev ne havis alian eblecon. Li devis subiĝi al la
ministro.

-Kial vi venas? – demandis Rusev iom malafable.

Kalojan ne respondis. Li nur metis sur la skribotablon
la petskribon por eksiĝo.

-Kio estas tio?

Rusev daŭre evitis rigardi Kalojanon.

-Petskribo por eksiĝo – diris Kalojan. – Mi ne deziras
plu labori ĉi tie.

Rusev reagis kvazaŭ surprizita.

-Ĉu? - diris li. – Ĉu vi bone pripensis?

-Jes – respondis firme Kalojan. – Mi ne emas labori en tiaj cirkonstancoj!

-Mi komprenas vin. Nun vi estas emociigita, via decido estas tro rapida kaj ne bone pripensita – diris Rusev. – Vi devas trankviliĝi. Ja, vi estas iu el la plej bonaj kaj spertaj komisaroj. Vi dediĉis multa da energio kaj fortoj al tiu ĉi laboro kaj estas stultaĵo forlasi ĝin.

-Jes. Mi dediĉis multe da energio kaj fortoj kaj ĝuste pro tio mi eksiĝas. Mi vidas, ke miaj kapabloj kaj sperto tute ne necesas.

Rusev alrigardis lin kolere.

-La decido estas via – konkludis li.

Eble Rusev opiniis, ke tamen pli bone estas, ke Kalojan eksiĝos. Ja, li povus kaŭzi aliajn komplikaĵojn. Rusev tute ne deziris kontraŭstari al la ministro pri la internaj aferoj. Li preferis la eksiĝon de Kalojan.

-Bone – diris Rusev.

Kalojan eliris el la kabineto. Nun li sentis malpeziĝon. Li ne plu estos komisaro kaj de nun li devis rigardi al la estonto. Li devis organizi sian laboron de privata detektivo.

Sofio, la 25-an de aŭgusto 2019

26장. 칼로얀 경감의 사직

루세브 청장의 여비서 다피나는 칼로얀이 사무실에 들어서자 놀라서 그를 바라보았다. 그녀는 무슨 일이 있느냐고 그에게 물었지만, 칼로얀은 대답 대신 말했다.

"급히 청장님을 만나 봐야 합니다." 그의 목소리는 딱딱하고 고집스러웠다.

다피나는 다시 살인이나 무슨 다른 복잡한 사건이 터졌다고 생각해서 즉시 청장에게 전화하려고 수화기를 들었다. 몇 초 뒤 다피나는 칼로얀에게 말했다.

"청장님이 기다립니다."

칼로얀은 청장 사무실로 들어갔다. 루세브는 칼로얀을 바라보았지만, 얼른 시선을 한쪽으로 옮겼다. 그것은 루세브가 양심의 가책을 느낀다는 걸 나타낸다. 그는 살인 사건 수사를 그만두라고 명하지 말았어야 한다는 걸 잘 알고 있다. 하지만 루세브로서는 달리 방법이 없었다. 장관에게 복종해야만 했다.

"무슨 일로 왔나?" 루세브가 조금 불쾌한 듯 물었다.

칼로얀은 대답하지 않았다. 그는 청장의 책상 위에 봉투를 내려놓았다. "그것이 무언가?" 루세브는 칼로얀을 똑바로 보길 계속 피했다.

"사직서입니다." 칼로얀이 말했다. "여기에서 더는 일하고 싶지 않습니다."

루세브는 놀란 듯 반응했다. "정말?" 그가 말했다. "잘 생각했나?"

"예." 칼로얀은 굳게 대답했다. "이런 상황에서 일하고 싶지 않습니다."

"이해하네. 지금 경감은 감정적이고, 결심을 너무 서둘렀어.

잘 생각한 게 아니야." 루세브가 말했다. "안정을 취해. 경감은 매우 뛰어나고, 경륜이 깊어. 이 일에 많은 힘과 정열을 바쳤는데 그걸 버리다니 바보스러운 짓이야."

"예, 저는 많은 힘과 정열을 바쳤지만, 바로 그것 때문에 그만두려는 겁니다. 이런 상황에서는 제 능력과 경험이 전혀 필요치 않다고 봅니다."

루세브는 화를 내며 칼로얀을 쳐다보았다. "결정은 당신이 한 것이오!" 그는 결론을 내렸다. 아마 루세브는 칼로얀이 그만두는 편이 더 낫다고 생각한 듯했다. 정말 칼로얀은 다른 부담을 초래할 수도 있었다.

루세브는 내무부 장관의 반대편에 서고 싶지 않았다. 그는 칼로얀의 사직을 내심 반겼다.

"알았어." 루세브가 말했다.

칼로얀은 사무실을 나왔다. 지금 그는 마음이 한결 가벼워진 걸 느꼈다. 그는 이제 경감이 아니니 당장 미래를 바라봐야만 했다. 그는 탐정 사무소를 차려야만 했다.

2019년 8월 25일 소피아.

PRI LA AŬTORO

Julian Modest (Georgi Mihalkov) naskiĝis la 21-an de majo 1952 en Sofio, Bulgario. En 1977 li finis bulgaran filologion en Sofia Universitato "Sankta Kliment Ohridski", kie en 1973 li komencis lerni Esperanton. Jam en la universitato li aperigis Esperantajn artikolojn kaj poemojn en revuo "Bulgara Esperantisto".

De 1977 ĝis 1985 li loĝis en Budapeŝto, kie li edziĝis al hungara esperantistino. Tie aperis liaj unuaj Esperantaj noveloj. En Budapeŝto Julian Modest aktive kontribuis al diversaj Esperanto-revuoj per noveloj, recenzoj kaj artikoloj.

De 1986 ĝis 1992 Julian Modest estis lektoro pri Esperanto en Sofia Universitato "Sankta Kliment Ohridski", kie li instruis la lingvon, originalan Esperanto-literaturon kaj historion de Esperanto-movado. De 1985 ĝis 1988 li estis ĉefredaktoro de la eldonejo de Bulgara Esperantista Asocio. En 1992-1993 li estis prezidanto de Bulgara Esperanto-Asocio.

Nuntempe li estas unu el la plej famaj bulgar-lingvaj verkistoj. Kaj li estas membro de Bulgara Verkista Asocio kaj Esperanta PEN-klubo.

저자에 대하여

율리안 모데스트는 1952년 5월 21일 불가리아의 소피아에서 태어났다. 1977년 소피아의 '성 클리멘트 오리드스키' 대학에서 불가리아어 문학을 공부했는데 1973년 에스페란토를 배우기 시작했다. 이미 대학에서 잡지 '불가리아 에스페란토사용자'에 에스페란토 기사와 시를 게재했다.

1977년부터 1985년까지 부다페스트에서 살면서 헝가리 에스페란토사용자와 결혼했다.

첫 번째 에스페란토 단편 소설을 그곳에서 출간했다. 부다페스트에서 단편 소설, 리뷰 및 기사를 통해 다양한 에스페란토 잡지에 적극적으로 기고했다. 그곳에서 그는 헝가리 젊은 작가 협회의 회원이었다.

1986년부터 1992년까지 소피아의 '성 클리멘트 오리드스키' 대학에서 에스페란토 강사로 재직하면서 언어, 원작 에스페란토 문학 및 에스페란토 운동의 역사를 가르쳤고 1985년부터 1988년까지 불가리아 에스페란토 협회 출판사의 편집장을 역임했다.

1992년부터 1993년까지 불가리아 에스페란토 협회 회장을 지냈다.

현재 불가리아에서 가장 유명한 작가 중 한 명이다.

불가리아 작가협회의 회원이며 에스페란토 PEN 클럽회원이다.

Julian Modest estas aŭtoro de jenaj Esperantaj verkoj:

1. "Ni vivos!" ¬dokumenta dramo pri Lidia Zamenhof. Eld.: Hungara Esperanto-Asocio, Budapeŝto,1983.
2. "La Ora Pozidono" ¬romano. Eld.: Hungara Esperanto-Asocio, Budapeŝto, 1984.
3. "Maja pluvo" ¬romano. Eld.: "Fonto", Chapeco, Brazilo, 1984.
4. "D-ro Braun vivas en ni". Enhavas la dramon "D-ro Braun vivas en ni" kaj la komedion "La kripto". Eld.: Hungara Esperanto-Asocio, Budapeŝto, 1987.
5. "Mistera lumo" ¬novelaro. Eld.: Hungara Esperanto-Asocio, Budapeŝto, 1987.
6. "Beletraj eseoj" ¬esearo. Eld.: Bulgara Esperantista Asocio, Sofio, l987.
7. "Ni vivos!" ¬dokumenta dramo pri Lidia Zamenhof -grandformata gramofondisko. Eld.: "Balkanton", Sofio, 1987
8. "Sonĝ vagi" ¬novelaro. Eld.: Bulgara - Esperanto-Asocio, Sofio, 1992.
9. "Invento de l' jarcento" ¬enhavas la komediojn "Invento de l' jarecnto" kaj "Eŭopa firmao" kaj la dramojn "Pluvvespero", "Enŝeliĝ en la koron" kaj "Stela melodio". Eld.: Bulgara Esperanto-Asocio, Sofio, 1993.
10. "Literaturaj konfesoj" ¬esearo pri originala kaj

tradukita Esperanto-literaturo. Eld.: Esperanto-societo "Radio", Pazarĝik, 2000.

11. "La fermita konko" ¬novelaro. Eld.: Al-fab-et-o, Skovde, Svedio, 2001.

12. "Bela sonĝ" ¬novelaro, dulingva Esperanta kaj korea. Eld.: "Deoksu" Seulo, Suda Koreujo, 2007.

13. "Mara Stelo" ¬novelaro. Eld.: "Impeto" ¬Moskvo, 2013

14. "La viro el la pasinteco" ¬novelaro, esperantlingva. Eldonejo DEC, Kroatio, 2016, dua eldono 2018.

15. "Dancanta kun ŝarkoj" - originala novelaro, eld.: Dokumenta Esperanto-Centro, Kroatio, redaktoro: Josip Pleadin, 2018

16. "La Enigma trezoro" - originala romano por adoleskuloj, eld.: Dokumenta Esperanto-Centro, Kroatio, redaktoro: Josip Pleadin, 2018

17. "Averto pri murdo" - originala krimromano, eld.: Eldonejo "Espero", Peter Balaz, Slovakio, 2018

18. "Murdo en la parko" - originala krimromano, eld.: Eldonejo "Libera", Lode Van de Velde, Belgio, 2018

19. "Serenaj matenoj" - originala krimromano, eld.: Eldonejo "Libera", Lode Van de Velde, Belgio, 2018

20. "Amo kaj malamo" - originala krimromano, eld.: Eldonejo "Libera", Lode Van de Velde, Belgio, 2019

21. "Ĉasisto de sonĝo" - originala novelaro, eld.: Eldonejo "Libera", Lode Van de Velde, Belgio, 2019

22. "Ne forgesu mian voĉn" ¬du noveloj, eld.:

Eldonejo "Libera", Lode Van de Velde, Belgio, 2020

23. "Tra la padoj de la vivo" ¬originala romano, eld.: Eldonejo "Libera", Lode Van de Velde, Belgio, 2020

24. "La aventuroj de Jombor kaj Miki" ¬infanlibro, originale verkita en Esperanto, eld.: Dokumenta Esperanto-Centro, Kroatio, redaktoro: Josip Pleadin, 2020

25. "Sekreta taglibro" - originala romano, eld.: Eldonejo "Libera", Lode Van de Velde, Belgio, 2020

26. "Atenco" - originala romano, eld.: Eldonejo "Libera", Lode Van de Velde, Belgio, 2021

율리안 모데스트의 저작들

-우리는 살 것이다!:리디아 자멘호프에 대한 기록드라마
-황금의 포세이돈: 소설
-5월 비: 소설
-브라운 박사는 우리 안에 산다: 드라마
-신비한 빛: 단편 소설
-문학 수필: 수필
-바다별: 단편 소설
-꿈에서 방황: 짧은 이야기
-세기의 발명: 코미디
-문학 고백: 수필
-닫힌 조개: 단편 소설
-아름다운 꿈: 짧은 이야기
-과거로부터 온 남자: 짧은 이야기
-상어와 함께 춤을: 단편 소설
-수수께끼의 보물: 청소년을 위한 소설
-살인 경고: 추리 소설
-공원에서의 살인: 추리 소설
-고요한 아침: 추리 소설
-사랑과 증오: 추리 소설
-꿈의 사냥꾼: 단편 소설
-내 목소리를 잊지 마세요: 중편소설 2편
-인생의 오솔길을 지나: 여성 소설
-욤보르와 미키의 모험: 어린이책
-비밀 일기: 소설
-모해: 소설

번역자의 말

『살인자를 찾시 마라』는 범죄소설의 범주에 들어갑니다.
이 책을 구매하신 모든 분께 감사드립니다.

지방 경찰서에서 활약하던 칼로얀 사피로브 경감은 내무부장관의 추천을 받아 수도경찰청으로 영전(榮轉)하여 근무합니다. 20대 초반의 여대생이 자동차사고로 죽었는데 제동기가 고장난 걸 보고 살인임을 알아차렸습니다. 실종신고가 들어와 신원을 확인하고 수사하던 중 피해자가 내무부장관의 정부(情婦)임을 짐작하는 사진을 발견합니다. 수사 중간에 장관은 경찰청장에게 압력을 가해 살인 사건 수사를 중단하라고 명령합니다. 주인공은 탐정사무소를 차리겠다는 각오로 사표를 씁니다.

고위공직자의 불륜에 따른 살인 사건을 숨기려는 경찰서 내부의 권력형 비리가 발생하고, 그걸 둘러싼 주변 세력의 갈등이 나오는 흥미진진한 이야기입니다.

대학생들의 순수한 사랑이야기나 주인공의 사랑이야기는 양념처럼 에피소드로 들어갑니다.

율리안 모데스트 작가의 아름다운 문체와 읽기 쉬운 단어로 인해 에스페란토 학습자에게는 아주 재미있고 유용한 책이라고 생각합니다.

이번에는 원문을 적고 이후에 번역본을 실어 에스페란토를 읽으면서 느낀 감동을 우리말로 다시 읽고 그후에 또 한번 에스페란토로 읽는다면 훨씬 학습에 도움이 되리라고 생각합니다. 더운 여름에 즐거운 독서시간 되시길 바랍니다. - 번역자 **오태영(mateno, 진달래출판사 대표)**